挪威现当代文学译丛

喧嚣

De Urolige

[挪威] 琳·乌尔曼 / 著　郭国良　叶逸祺 / 译

上海译文出版社

图书在版编目（CIP）数据

喧嚣/（挪威）琳·乌尔曼著；郭国良，叶逸祺译.
— 上海：上海译文出版社，2019.8
（挪威现当代文学译丛）
ISBN 978-7-5327-8064-8

Ⅰ.①喧… Ⅱ.①琳… ②郭… ③叶… Ⅲ.①长篇小
说—挪威—现代 Ⅳ.①I533.45

中国版本图书馆CIP数据核字（2019）第128421号

Linn Ullmann
DE UROLIGE
Translated into Chinese from the English
Copyright © Linn Ullmann, 2019
Translated by Thilo Reinhard
Copyright © 2015, Linn Ullmann
All rights reserved
Simplified Chinese edition copyright:
2019 SHANGHAI TRANSLATION PUBLISHING HOUSE (STPH)
All rights reserved.

This translation has been published with the financial support of NORLA

N
NORLA
NORWEGIAN LITERATURE ABROAD

图字：09-2018-888 号

喧嚣

[挪威] 琳·乌尔曼 著 郭国良 叶逸祺 译
责任编辑/杨懿晶 装帧设计/胡枫

上海译文出版社有限公司出版、发行
网址：www.yiwen.com.cn
200001 上海福建中路193号
启东市人民印刷有限公司印刷

开本 890×1240 1/32 印张 12.5 插页 2 字数 174,000
2019 年 8 月第 1 版 2019 年 8 月第 1 次印刷

ISBN 978-7-5327-8064-8/I·4954
定价：68.00 元

第一章 序言 · 哈马尔斯

小岛地图

他回家的路线图仅仅不过是凭借着记忆或想象，
倒也足够清晰了。

——约翰·契佛《游泳的人》

你所看到的风景，记忆中的东西，对事物的理解，都取决于你站在何处。我第一次来哈马尔斯时，才只有一岁，对于那份持续升温的伟大爱情一无所知，而正是那份爱情，将我带到了那里。

　　事实上，是三份爱情。

　　假如有这样一台望远镜，可以回望过去，那么，我也许会说：看那儿，那是我们，我们来看看到底发生过什么吧。每当我们开始怀疑，我是不是记错了，你是不是记错了，怀疑事情其实根本就没有发生过，或是怀疑我们当时压根儿就不在场的时候，就可以站在一起，往望远镜里看。

　　我对往事作了梳理、排列和计数。我说：那是三份爱情。如今，我四十八岁了，正是在父亲四十八岁的那一年，母亲生下了我。当年，母亲只有二十七岁，看上去要比实际年龄年轻许多，也成熟许多。

　　我不知道那三份爱情中的哪一份最先到来。但我会从父亲和母亲之间萌生于一九六五年的那份爱情说起，他们分手的时候，我尚且年幼，不记得有关那份爱情的一切。

　　我看过许多照片，读过许多信件，听父母说起过他们俩在一起的那段时光，也听别人说起过他们之间的爱情，可事实上，你永远也不可能知道太多他人的生活，尤其是父母的生活，要是你的父母有意要用天赋的能力把自己的生活讲成一个个故事，娓娓道来，一点儿也不在乎自己说的是不是事实，那么，你就更不可能知道太多他们的生活。

第二份爱情由第一份爱情发展而来，关乎这对为人父母的情侣，也关乎他们的女儿。我对父母的爱是无条件的，觉得他们理所当然是我的父母，就像一时之间，你会觉得四季、月份、小时、昼夜的存在都是理所当然的，我是母亲的孩子，也是父亲的孩子，可是一想到他们也想做个孩子，事情有时候就变得有点儿复杂了。于是就成了这样：我是父亲的孩子，也是母亲的孩子，却不是**他们**的孩子，我们三个人从来都不是一个整体；我看着书桌上铺开的所有照片，却发现没有一张是母亲、父亲和我三个人的合照。

属于我的三口之家并不存在。

我想快快长大，不喜欢做个孩子，我害怕别的孩子，害怕他们的游戏、创造力和捉摸不定，为了弥补自己的童心，我曾幻想过自己能分裂成许多个体，组建出一支强大的袖珍军队——我们虽然个头小，但人数多。我分裂成了许多个体，在父母之间行军，从父亲到母亲，又从母亲到父亲，我有许多双眼睛，许多双耳朵，许多个纤瘦的身体，许多尖锐的声音，还有几套编排好的动作。

第三份爱情关乎**一个地方**，一个叫哈马尔斯的地方，过去又叫"得加帕达尔"。哈马尔斯是父亲的地盘，不属于母亲，不属于别的女人，不属于他的儿女，也不属于他的孙辈。我一度以为我们属于那儿，哈马尔斯仿佛也是我们的地盘。如果说，每个人都确实有一个属于自己的地方，虽然我并不这么认为，那么，哈马尔斯就是属于我的地方，至少与我的名字相比，这个地方更能给我带来归属感；在哈马尔斯，四处徘徊不会让人觉得压抑，不像我的名字，会给我带来压抑感。我认得这儿空气的味道，认得这儿的大海，这儿的石头，还有这儿的松树在风中摇曳的姿态。

命名，就意味着事物要带着一个名字给予、接受、拥有、生存和逝去。总有一天，我会写一本这样的书，书里不会有任何人名，或是会有很多人名，或者人名都太过寻常，过目便忘，又或者所有的人名发音都非常像，难以区分。我的父母是在反复纠结之后才给我起了名字，可我从来没喜欢过这个名字，它没有给我带来归属感。有人叫我名字的时候，我就会猛地弯下腰，好比自己到了公共场合后，才发现忘了穿衣服。

二〇〇六年秋天，发生了一件事儿，我从此便把这件事儿看作是阴霾，一次月食。

古希腊天文学家阿格莱奥妮丝（又称塞萨利阿伽妮克）生活的那个年代，还远远没有望远镜这种东西，可阿格莱奥妮丝却用肉眼就能准确地预测出每次月食发生的时间和地点。
她说，"我能摘下月亮。"
她知道自己要去哪儿，知道自己要站在何处，也知道什么时候会发

5

生什么事儿。她把手伸向了天空，天就黑了。

《写给新娘和新郎的忠告》一书中，普鲁塔克告诫读者要提防阿格莱奥妮丝那样的女性，他管这类女性叫女巫，规劝新娘要阅读、学习、与时俱进。他认为，女性要是精通几何学，就不会禁不住诱惑想要跳舞，要是博览群书，就不会禁不住诱惑做出蠢事儿来。学过天文学的女性聪慧明理，别的女性要想告诉她月亮是可以"摘下来"的，她就会笑出声来。

没有人知道阿格莱奥妮丝究竟生活在哪个年代。我们只知道，她确实能准确地预测出月食的时间和地点，无论普鲁塔克在评价她的时候有多傲慢，也承认这一点。

我准确地记得自己站在何处，却预测不出任何东西。父亲是个守时之人，在我小时候，他打开了客厅里落地式大摆钟的钟盒，给我看了看里面的钟摆和黄铜摆锤是如何运作的。父亲希望自己守时，也希望别人都能守时。

二〇〇六年秋天，父亲还剩下不到一年的寿命，但我和他那时候都还不知道。我站在白色的石灰岩仓库外，等着父亲的到来，仓库的房门是锈红色的。这座仓库已经改建成了一家电影院，四面都是田地、石墙和错落的房屋。再远点儿便是丹巴沼泽，那儿栖息着许多鸟类——有大麻鸦、鹤鸟、苍鹭，还有矶鹬。

我们要去看一场电影。和父亲在一起的时候，我们每天都会去看电影，只有星期天例外。我正试着回想起那天看的是什么电影。或许是谷克多执导的《奥菲斯》吧[1]？里面尽是些无聊的梦象。我也不知道。

"我拍电影的时候，"让·谷克多写道，"就像是睡了一觉，还做着梦。除了梦里的人物和地点外，其他的都不重要。"

我一遍又一遍地回想着当时看的是哪一部电影，却怎么也想不起来。父亲过去常说，看电影时，眼睛要花几分钟的时间才能够适应黑暗。几分钟。因此，我们总是约好两点五十分碰面。

那天，父亲直到三点零七分才出现，迟到了整整十七分钟。

这一切都来得毫无征兆。当时，天还没暗，也没有疾风摇曳树木。暴风雨没有来临，树叶也没有随风打转。只有一只五子雀飞过了灰色的旷野，飞向了沼泽，除此之外，天色阴暗，一片寂静。不远处，羊群像往常一样吃着草。我转身环顾四周，一切都和往常一样。

爸爸非常守时，因此，他的时间观念也深深扎根在了我的心里。如果你是在铁轨旁边的房子里长大的，每天早上都有火车从窗边呼啸而过，墙壁、床柱和窗台都跟着震颤，总是这样将你吵醒，那么，就算你不住那儿了，每天早上也会被自己记忆深处那趟轰隆驶过的火车唤醒。

我们当时看的不是谷克多的《奥菲斯》，或许是一部默片。过去，我们常常坐在绿色的扶手椅上，看着帧帧影像从银幕上闪过，没有钢琴声伴奏。父亲说，默片的消失就意味着一整门语言的失传。当时看的会

---

1 让·谷克多 (Jean Cocteau, 1908—1963)，法国先锋派导演，编剧，诗人。

不会是维克多·斯约斯特洛姆的《幽灵马车》呢[1]？父亲最爱看的就是这部电影。"他度日如年，必须夜以继日地为主人的生意而奔波。"当时看的要是《幽灵马车》，我肯定忘不了。那天在丹巴，五子雀飞过了旷野，除此之外，我只记得父亲迟到了。这对于我来说简直不可思议，正如阿格莱奥妮丝的信徒无法理解月亮为什么会突然消失。在普鲁塔克的眼里，这些信女没有学过天文学，甘受愚弄。阿格莱奥妮丝曾说："我摘下了月亮，天就黑了。"父亲那天迟到了十七分钟，当时没发生什么不寻常的事儿，一切都已经变了。他摘下了月亮，错乱了时间。我们本来约好了两点五十分碰面，可到了三点零七分，父亲才把车子停在了仓库前。父亲有一辆红色的吉普车。他喜欢飙车，喜欢闹腾，还有一副黑色大墨镜，形状就像蝙蝠翼。他没有做任何解释，甚至都不知道自己迟到了。我们耐着性子看完了电影，仿佛什么事儿也没有发生过。那是我们最后一次一起看电影。

* * *

一九六五年，父亲来到哈马尔斯，时年四十七岁，决定要在那儿盖一座房子。他爱上的是那儿的海滩，海滩上荒无人烟，遍地石子，种着一些奇形怪状的松树。他一到那儿就强烈地感觉到了一种亲切感，他知道，这里就是属于他的地方，那片海滩满足了他内心深处所有的幻想，无论是地形，比例，色彩，还是光线，包括视野都无可挑剔。周围的各种声音也很动听。在谈论巴赫的两卷著作中，阿尔贝特·施韦泽曾这样

---

1 维克多·斯约斯特洛姆（Victor Sjöstrom, 1879—1960），瑞典导演。

写道，"许多人都误以为他看到了一幅画，可实际上，这幅画是他听到的。"[1] 我们自然无法知道父亲那天在海滩上的所见所闻，但一切都是从那天开始的，换句话说，一切并不真的都是从那天开始的，早在五年之前，父亲就来过这座岛，或许那时候才是一切的伊始，谁又能知道一切何时开始，何时结束呢，不过，为了行文有序，我姑且说：一切都是从那天开始的。

他们当时正在这座岛上拍摄一部电影，这是父亲第二次在这座岛上拍摄，电影共有两位女主角，其中一位就是由我母亲饰演的。电影里，母亲饰演的角色名叫伊丽莎白·沃格勒。父亲和母亲共合作过十部电影，母亲在这些电影里的名字都不尽相同，她饰演过伊丽莎白、伊娃、阿尔玛、安娜、玛丽亚、玛丽安和詹妮，两人在慕尼黑合作拍摄的电影里，她还饰演过曼努埃拉，后来又先后再次出演过叫伊娃、玛丽安的角色。

不过，这是父亲和母亲第一次合作，两人几乎一见钟情。

影片里，伊丽莎白拒绝说话，和我母亲截然不同。她在病床上躺了十二分钟，由阿尔玛护士负责照顾，不知道为什么就是不说话。她的病床位于病房中央。病房陈设简陋。一扇窗户，一张病床，一个床头柜，仅此而已。夜深了，阿尔玛护士向病人介绍了自己，打开收音机，来回

---

1 阿尔贝特·施韦泽（Albert Schweitzer, 1875—1965），德国哲学家，神学家，人道主义者，1952年获诺贝尔和平奖。

切换电台，最终调到了巴赫的《E大调小提琴协奏曲》。之后，阿尔玛就离开了，留下伊丽莎白一个人躺在病床上。

小提琴协奏曲弹到第二乐章中段的时候，镜头移向了伊丽莎白的脸庞，将近一分半钟的时间里都没再动过。影像渐渐地暗了下来，直到看不清她银幕上的脸庞，你才会有所发觉，不过，到那时，你已经盯着它看了很久了，她的脸庞早已印在了你的视网膜上。那张脸属于你。过了一分半钟后，伊丽莎白才把脸转过去，呼了口气，用手遮住了脸。

我最先注意到的是她的嘴巴，她嘴唇里和周围的神经是那样醒目，之后，因为她是躺着的，我就歪过了头，直视她的脸庞。歪过头去的时候，我感觉自己仿佛就枕着枕头躺在她的身旁。她年轻极了，非常漂亮。我看着她，把自己想象成父亲。再把自己想象成母亲，被人看着。影像虽然越来越暗了，她的脸庞却似乎亮了起来，发着光，好像会在我的眼皮底下消失。幸好她最终把脸转了过去，用手挡住了。

母亲的手纤细而又冰凉。

* * *

一天晚上，父亲带着他的摄影师来到了他事先考察过的一处地方。"或许我可以在这儿盖一座房子。"我不知道这是不是父亲的原话，反正大意如此。摄影师回答说，"可以，不过等等，跟我再去远点儿的地方，我带你看个比这儿更好的地方。"当你像他们在一九六五年那天一样，沿着海滩前行的时候，会觉得前方的道路没有尽头，周围没有海岬，没有山丘，没有空地，也没有悬崖，一路上，地形和风光都一成不变；目之所及，尽是遍地石子的海滩，绵延不尽，没有任何变化。如果他们要去的不是海滩，而是树林，你或许会说，我父亲被带到了树林深处的一个地方，他决定就在这儿盖一座房子。两人在那儿站了一会儿。站了多久呢？够久，至少故事是这样发展的，足够父亲**下定了决心**。

父亲是这么解释的：

"你要是自命不凡，或许会说我终于回到了家；你要是在开玩笑，或许会说到一见钟情。"

这段家与爱的叙述伴随了我这一生。

父亲到了一个地方，宣告了这片土地的所有权，据为己有。

但每当父亲想解释事情为什么会变成这样的时候，都碍于言语说不清楚，最后都只归结为："你要是自命不凡，或许会说我终于回到了家；你要是在开玩笑，或许会说到一见钟情。"可要是让父亲用平常的口吻，声音不大也不小，不为说服，不为诱惑，不为玩笑，也不为煽情的话，他又会选择什么样的措辞呢？

那么，父亲在那儿到底站了多久呢？在自命不凡与玩笑之间，在家与爱之间究竟站了多久？假如他在那儿站久了，觉察到了自身的敬畏，意识到了自己在给这个地方取名为家，取名为爱，那么，他一定会产生摇摇头，继续前行的冲动。"我厌恶情感上的马虎，也讨厌差劲的电影院。"假如他只是在那儿站了一小会儿，可能就不会爱上这个地方，也不会最终决定要寄余生于此。他或许只是待了几分钟吧，有足够的时间能听到在已然随风弯曲的松林间呼啸而过的风声，听到耳畔的风声，听到钻进裤腿的风声，听到脚踩在卵石上的声音，听到他的手插在皮夹克的口袋里，不停摆弄硬币的声音，听到蛎鹬尖锐的鸣叫声，听到类似于摩斯密码的"哔哔"声。我想象着父亲转身对摄影师说："听，这地方多安静啊。"

首先，得有爱。即出于直觉的确信。之后，得有一项计划。不可临时行事。绝对不可以。永远都不要临时行事。一切都必须要经过周密的策划，不放过任何细节。而我的母亲就是这项计划中的一部分。父亲会盖一座房子，而母亲会和他一起住进这座房子。父亲会带着母亲去那儿看看，指指这儿，指指那儿，解释给她听。他们会坐在一块岩石上。其实，我觉得母亲才是说"听，这地方多安静啊"的人。父亲不会对母亲抑或是摄影师说出这样的话。这座岛上能听到无数的声音。相反，父亲转身面向了母亲，说道："我们的命运痛苦地交织在了一起。"母亲觉得这话听上去不错。听着有点儿不舒服。还让人困惑。却又真实。或许还有点儿俗套。父亲当时四十七岁，而母亲比他小了二十多岁。没过多久，母亲就怀孕了。那时候，电影的拍摄工作早就结束了。房子正在建造当中。父亲给母亲写了许多信，其中表达了自己对他们之间年龄差距巨大的担忧。

我是私生女，一九六六年的时候，人们还对非婚生子的行为嗤之以鼻。私生。杂种。野种。私生子女备受骂名。但所有的这些都不重要。对于我来说一点儿也不重要。当时，我还只是母亲怀里的婴儿。所有的这些对于我父亲来说也不重要。多我一个孩子不多，少我一个也不少。

早在我出生之前，父亲就已经有了八个孩子，人们都叫他"恶魔导演"（不管这一称呼意味着什么），还说他是"风流成性"，这一点顾名思义。我是父亲的第九个孩子。我有八个哥哥姐姐。在我出生之后几年，最年长的哥哥患白血病死了。

妈妈怀孕后受人非议。人们对她嗤之以鼻。因为她当时还只是个小姑娘。她很在乎别人怎么说，也很在乎别人的看法。她爱自己的孩子。母爱是天性。她鼓着肚子，生下了一个女儿。"私生女"。但就连母亲自己都感到羞耻。她收到过陌生人的来信，信上写着"祝你的孩子下地狱后烈火焚身"。

我出生时，妈妈的第一任丈夫在场。他是一名医生，据他的同事说，这个人"生性活泼，乐观开朗，很有感染力"。母亲告诉过我，生孩子并不那么痛，不过当时，因为第一任丈夫在场，她还是大喊大叫的，而他则弯下了身子，轻抚着母亲的头发，说道"好啦，好啦"。他知道出生的孩子不是自己的，他和母亲都已移情别恋了，只是还没来得及离婚罢了。因此，按照挪威法律规定，我是他的女儿。我竟然是一名医生的女儿，出生那天是星期四，体重六磅三盎司，身高一英尺八英寸[1]。在之后几个月的时间里，我，或者说这个女儿，要随他姓。照片里的她脸蛋圆嘟嘟的。我对她的事情知道的并不多。她躺在母亲的怀里，看上去很满足。还没有人给她起个名字。她和母亲一起，住在奥斯陆德拉梅斯韦恩街91号的小型公寓里，母亲和她丈夫过去就住在那儿，几年之后，这

1　约2.8公斤，50.8厘米。

间公寓会由外婆接手。父亲的信件大多都寄到了这个德拉梅斯韦恩街91号。其中有这样一封信，信纸是黄色的，出自瑞典小镇韦克舍的一家酒店，上面写着父亲潦草的字迹：

"星期二晚上

一封灰黑信件

这儿的酒店很好，每个人都很友善，我的内心深处填满了无尽的孤独……

星期三早上

现在是早上，窗外有一棵楸树，今天，一切都好多了……麻木感好些了。要是得把所思所想都写下来，那我就必须要告诉你，昨天晚上，我有了一个无比消极的念头。主要和我的身体状况有关。如今，我身上的核心部位或多或少都出现了问题，感觉特别疲惫。之前工作的时候太拼命，现在后遗症都开始出来了。我经常会觉得人不舒服。有时候，我会间歇性眩晕，也出现了许多迹象表明身体虚弱，还会因为周期性焦躁而发烧、抑郁，这些都让我恐惧至极，最感担忧。而所有这些症状很可能都是癔病导致的……有时候，我会莫名觉得很难为情，为自己对这些小病束手无策而深感羞愧。我想，这都是因为自己身陷老男人与小姑娘的恋爱难题。"

一天，母亲、父亲和那位医生必须要出席挪威法庭，就谁才是孩子的父亲作出判决。三个人相处得非常融洽。每个人都保持着乐观的心态，法庭上的系列诉讼就像是一场小型派对。据父亲说，当时，只有法官很是固执，一遍又一遍地要求双方陈述案情。到底是谁和孩子的母亲发生过性关系？又是**什么时候**发生的？母亲在法庭上度过了漫长的一天，想喝杯香槟，却无福消受。孩子的亲生父亲必须马上回斯德哥尔摩的剧院去，第一任丈夫则在医院上夜班。那就畅饮一杯葡萄酒吧？他们理应喝上一杯吧？她当然应该喝上一杯。母亲等待着夜幕降临，希望孩子整晚安睡。她躺在德拉梅斯韦恩街91号小型公寓的床上，躺在孩子的身旁，希望孩子不会醒来哭叫。有时候，孩子会哭上整整一宿，母亲对此不知所措，不知道怎么才能搞明白问题出在哪儿，也不知道要怎么解决问题。孩子是哪儿疼了吗？是不是病了？该不会快死了吧？她能打给谁呼救呢？谁会愿意半夜三更起床，冒雪出门来帮忙呢？到了早上，保姆来家里，穿着一条围裙，戴着一顶护士帽，在母亲看来，这个保姆俨然一副妄加评判的神情。母亲担心自己上班会迟到，担心会冒犯保姆，她们之间还有值得讨论的东西。母亲想说"我好累啊"，却又没有说出口。"我上班要迟到了。你就不能安静点儿让我走吗。"再过两年，孩子才能在洗礼仪式上取名，可那天在法庭上，法官已经宣判孩子随母姓，每当父亲和母亲见面或通话时，他们对这个女儿的称呼都是"宝宝""我们的私生女"，或者用瑞典语和挪威语里温柔的事物来指代——"小瞌睡""枫叶""亚麻""暂时的平静"。

母亲和父亲相爱已有五年，两个人的恋爱时光大多是在哈马尔斯度过的。如今，房子已经建好了。女儿由两个女人照顾，一位名叫罗莎，另一位名叫希瑞。罗莎体形丰满，希瑞则身材修长。罗莎有一个苹果园，希瑞则有一个这样的丈夫，愿意四肢着地，跪在地上，让女孩骑到背上，边骑边唱"十五个人在亡灵箱上，哟嗬嗬，一瓶朗姆酒，喔唷！"一九六九年，母亲带着女儿离开了哈马尔斯。四年之后，六月底的一天，女儿回到了哈马尔斯看望父亲。她不喜欢和母亲分离，但母亲承诺每天都会打给她电话。

哈马尔斯的一切都未曾改变，只是如今住在那儿的是英格丽德。家里的一切都还是母亲与女儿离开时的模样，落地式大摆钟嘀嗒依旧，每到半点和整点都会敲响，织品橱柜依旧嘎吱作响，松木墙上金色的壁灯依旧明亮，在地板上投下道道光芒。在女儿面前，父亲蹲下了身子，轻轻地说道："我想只有妈妈才可以碰你吧。"

女儿身材矮小，瘦骨嶙峋，每年夏天来哈马尔斯时，都拖来两个大箱子搁在院子里，直到有人把箱子挪进屋里。她冲出车门，在院子里到处跑，跑进自己的房间，又跑到了院子里。她穿着一件蓝色的夏日及膝裙。父亲问：你的行李箱里都装了些什么呀？这么小的女孩子怎么会有两个这么大的箱子呢？

父亲的房子有一百六十五英尺长，长度一直在增加，从房子的一头走到另一头要花好长好长的时间。室内严禁奔跑。父亲每年都会对房子进行装潢和扩建，房子一年比一年大，高度却始终没有变化。家里没有地窖，没有阁楼，也没有楼梯。女儿整个七月都会在那儿度过。

父亲害怕女儿的到来，"你好呀，最近过得好吗？"院子里，有个东奔西跑的小女孩，她有着突出的膝盖，两腿细得像烟斗通条，或者，她是在跳舞，几乎总是在设计某种复杂的舞步，你可以和她说话，但她并不会回答任何问题，而是会开始跳舞，或者勇敢地站到父亲的跟前，这时候，父亲就会面带微笑，接下来该怎么办？该说什么呢？该做什么呢？女儿害怕与母亲分开，却又期待能见到父亲，期待哈马尔斯的一切，期待这座房子、这座岛、她那贴着印花墙纸的房间、英格丽德的厨艺、荒野、遍地石子的海滩，还有小岛和苏联之间灰绿色的海洋（要是迷路到了苏联，再回来就没那么容易了），也期待一切都未曾改变，也永远不会改变的事实。父亲有很多规矩。女儿都明白。这些规矩按字母顺序一条条排开，女儿甚至在学会字母表之前就先学会了父亲的规矩表。A就是A，B就是B，她都不必问，Z总会在同一个地方出现，她知道Z在什么位置，父亲几乎从不生她的气。不过，父亲的脾气其实并不好，母亲说"他是个暴脾气"，有时候，父亲会大发雷霆，大吼大叫，但女儿知道怎么样才能不惹父亲生气。女儿骨瘦如柴，父亲说她就像是一张电影胶片。

一天，母亲给父亲打了一通电话，她很生气，因为父亲不让女儿喝牛奶。父亲觉得牛奶对肠胃不好。实际上，父亲觉得很多东西都对肠胃不好，不过尤其是牛奶。母亲则认为，孩子的成长离不开牛奶。这一点大家都知道。父亲对牛奶的偏见有悖常理，牛奶有助于孩子成长是常识。不管怎样，母亲说，父亲没有把养育女儿太当回事儿，但这一点，这一点，父亲可不同意。电话里，母亲的声音越来越尖锐，所有的孩子都必须要喝牛奶，女儿这么瘦，更应该要喝……据我所知，这是父亲和母亲唯一一次因为养育女儿的问题而争吵。

父亲的生活会因为女儿的到来而发生变化。女儿就意味着打扰。"你好呀，最近过得怎么样？让我好好看看你。你长大了。变漂亮了。"之后，父亲或许会用两只手的大拇指和食指摆出个方框，透过方框来看女儿。他会闭上一只眼睛，用另一只眼睛盯着女儿看。拍张照。用手指搭成的相框将女儿定格在那一刻。女儿站在那儿，一动也不动，严肃地盯着方框看。那并不是真的相机——眼前的要是真的相机，女儿肯定会扭捏起来，好奇自己在照片里的模样。

女儿的到来意味着父亲不能专心从事手里的活儿，注意力会转移到孩子身上，无法安静工作，无法安心写东西。不过，也只有女儿带着手提箱刚到家里的时候，父亲才无法安心工作，两人已经有一年的时间没见了。女儿在院子里翩翩起舞。父亲则用两只手摆出相机的造型，闭上一只眼睛，用另一只眼睛透过方框看着她。我不知道是谁把两个手提箱挪进了屋里，不知道是谁打开了箱子，也不知道是谁把女儿的裙子、短裤和T恤挂进了她房间的小衣柜里。这一切最有可能是英格丽德做的。父亲很快就能回到书房里继续工作了，他的书房和女儿的房间分别在房子的两头。

女儿一年到头都由母亲来抚养，只有每年七月交由父亲照顾，在母亲看来，牛奶有益于孩子成长。此外，母亲也喜欢把自己关在房间里，落得清静，她也想写些东西，也想像女儿的父亲那样按字母顺序制定一系列规矩。可她好像做不了这件事儿。母亲的规矩一直在变化，女儿再怎么努力也掌握不了。突然之间，A就成了L。这让人困惑。A本来是A，可后来就变成了L、X或是U。家里的每一个房间母亲都待过，她想写点儿东西，却只是徒劳。无论她走到哪儿都会被打扰。

母亲说，"我感到心烦意乱"。

母亲心烦意乱的时候，就应该要非常，非常安静。

母亲和女儿住在斯特罗芒的一座大房子里，斯特罗芒位于奥斯陆的邻郡。母女二人还住过许多别的地方。不过她们离开哈马尔斯后，最先搬到了斯特罗芒的这座大房子里。那儿的花园里有个儿童游戏房。游戏房里，女儿在墙上刻下了自己的名字。不管母亲进了哪一个房间，女儿都会跟到这个房间里，想要做点什么。她想画画，想问个问题，想说："看看这个！"她还想骑上自己的自行车，想梳头发，想跳舞，想一动不动地坐在那儿，什么话也不说，"保证，保证一个字也不说。"她还想再次跳舞。最后，母亲无论在哪个房间都无法安静地工作，因此，她翻新了地窖，挪出一小块地改造成了一间书房。（斯特罗芒的房子与哈马尔斯的房子不同，只会越来越深，长度不变。）不过，就算母亲待在书房里，女儿也照样能找到她。地窖妈妈。地下妈妈。母亲想写本书，可创作过程却并不那么顺利。无论她去了哪儿，女儿都能找到她，每次找到她以后，母亲都会分心。母亲解释说，人一旦分心，注意力就"再难"集中。

和母亲一同生活要比和父亲一同生活更加难以预料。原因很简单，真的很简单：父亲会比母亲先走一步，等到他去世的那一天，或许会悲痛万分，却也在意料之中，他毕竟都一大把年纪了。父亲的大限将至，他和女儿对此都非常清楚，正因如此，每年夏天，两人都会悲伤道别，对此都很擅长。可女儿要和母亲道别就是另一回事儿了。她会尖叫，母亲则会紧紧地抱住女儿，说"别哭啦，做个坚强的大姑娘，不要哭"，边说边环顾四周，想要挣脱女儿紧紧抓着自己的双手。"没人看着吧？"母亲一向留意一旁有没有人看着，在乎旁人的想法。这孩子在尖叫。这女孩骨瘦如柴，声音太刺耳啦。

父亲经常对母亲说，"你是我的斯式琴。"[1]那是质量最好的一种乐器，音色饱满而又圆润。母亲将这番话深深地记在了心里，不断重复，"他说我是他的斯式琴。"

她是我的小提琴。

我是他的小提琴。

父亲和母亲就像这样沉醉在彼此的隐喻之中。他们都不知道，也不在乎这样一个事实：大量研究表明，斯式琴的音色其实并不比其他类似的小提琴动听。

换句话说，这类研究又有什么意义呢？观众中总会有人自作聪明，嘟嚷道："我知道他是怎么做到的，那只是唬人的伎俩，舞台上站着的，并不是真正的魔术师。"

可是，母亲和父亲又做到了什么呢？听着！他们生下了女儿！可

---

1 意大利琴师斯特拉迪瓦里制作的小提琴，他创立了新的琴式，具有独一无二的卓越品质，现存世数量仅有700多把。

以肯定的是，这个女儿并不像斯式琴那样完美，或许更像是一把走调的小风琴，因为母亲要离开而鸣啸。女儿紧紧抓着母亲——又是怎么回事儿呢？这孩子脑子是不是不太正常？是什么样的母亲才会一次又一次的离女儿而去？（人们只用责备的目光看着母亲，却从来没有那样看过父亲。）母亲在乎他人的所见所想，女儿却不在乎。女儿没有注意到人们的嘴脸，紧紧抓着母亲不放。一想到再也见不到母亲了，就无法忍受。女儿幻想过各式各样的死法，尤其是母亲的死状，自然也幻想过自己在母亲之后是怎么死的。母亲随时都可能会去世——或死于疾病，或死于车祸，或死于空难，或死于谋杀。母亲走遍了全世界，或许碰巧会在某个战乱国家迷了路，而后中弹身亡。母亲要是死了，女儿无法在自己的身上切开个大口子，就此消失。母亲是她在这世上最爱的人。不过，女儿倒没有想过爱，没想过这个字眼，也没想过爱意味着什么。要是有人问女儿有关爱的问题，她或许会说自己爱母亲，爱外婆，爱耶稣（母亲和外婆都对她说过耶稣爱她），也爱猫咪，不过最爱的还是母亲。她每时每刻都想念着母亲，即便母亲就在身旁，就和她在一个房间里，她也想念。母亲无法承受女儿那样深沉的爱。养个孩子比她想象中的还要难。女儿有手有脚，会活蹦乱跳，有一口大牙，"声音太刺耳啦"。母亲最喜欢女儿睡着的时候。我亲爱的小姑娘。可母女俩同时醒着的时候，麻烦就大了。女儿很黏人。这份爱很黏人。感觉女儿像是想爬回母亲的肚子里。母亲永远都不会承认自己因为女儿黏人而心烦，她自己的内心深处充满了极度的渴望，渴望知道自己是什么样的人，想成为什么样的人，也渴望知道什么是爱情，爱情该是什么模样。或许，母亲最渴望的是能得到无条件的爱，与此同时，还能落得清静。但她从来都没和人说过这些。渴望无条件的爱的同时，还渴望落得清静是可耻而又自私的。母亲的内心世界完全对外封闭——那是个黑暗而又奢华的世界。

* * *

哈马尔斯的一切都未曾改变，或者说变化很慢，让人难以察觉，长期以来，女儿都觉得眼前的一切还维持着原样——直到那一天，父亲迟到了十七分钟，却丝毫没有察觉，女儿这才意识到了变化。过去的秩序被打破了，守时的父亲迟到了。椅子依旧立在原地。照片依旧挂在原处。窗外的松树依旧形态各异。英格丽德在家里到处走动，抖松坐垫，拂去灰尘，棕色的长辫来回晃悠。

后来，丹尼尔和玛丽亚也开始和女儿同一时间到哈马尔斯来。两个人年龄都比她要大，但也还是孩子。他们的一天是这样度过的：日日夜夜都待在狭长的房子里，四面环海，周围都是岩石、大蓟和罂粟，还有荒野，让人想起西非的大草原。每年的夏天都一样。每晚六点，女儿都和这些哈马尔斯的家人一起在厨房里吃晚饭。菜都是英格丽德做的，一直都很好吃。晚饭过后，大家都会在棕色长凳上坐上一会儿，望向碎石院子，院子里最先只停着一辆车，后来又来了两辆，最后还停了一辆红色的吉普车。自行车棚的另一头是一片森林，林中有三条小径。父亲和孩子们坐在长凳上，英格丽德则轻靠着棕色柱子站在那儿——柱子支撑着小小的单坡屋顶——和平常一样抽着香烟。

棕色的长凳稍微有些粗糙，坐在上面很暖和——要是拿手去蹭凳面，就会扎到刺儿。这座房子是用木材和石头做的，四面围着一堵石墙。到了晚上，大人们看报纸的时候，女儿就会自己走到海边。遍地石子的海滩几经海浪的冲刷有了些坡度，每当女儿走远了，蹚进水里时，都会转过身来，抬头望向房子和石墙。接着，房子几乎就不见了，完全消失了，眼前只有灰蒙蒙的一片光雾，只能看到碎石和天空，在夏日阳光的照射下，在岁月的冲刷下，房子褪去了颜色，仿佛有人往上面罩了一件隐形斗篷，尽管房子还依稀可见，窗户和门框都是矢车菊的蓝色，这些还是能看到的，那儿有一座房子，无法完全隐藏。

每隔一会儿，便会有人说：我们为什么不坐在面朝大海的那一侧呢？为什么不坐在那一侧观赏海景，感受地平线上的光线变化呢？不过，他们仍然坐在屋前，坐在棕色长凳上，而英格丽德依旧靠在柱子上，抽着烟。仿佛每个人都在抽那根烟。

父亲有一间书房，他每天都会坐在那儿写些什么，他常说，"我唯一能吹嘘的就是自己一直都很勤奋。"女儿管父亲的书房叫"办公室"，每天晚上，办公室都会变成一家电影院。父亲会从一个黑箱子里扯出一卷白色帆布幕，把灯关上，电影就可以开始放映了。那个黑箱子又长又窄，关上的时候就像是一口棺材——里面够躺上一个如火柴般纤瘦的人。箱子配了弹簧锁，把手和手提箱或女士手提包上的差不多，白天会搁在靠在后墙上的银色架子顶端。

到了八点，父亲就会打开箱子，这个白天看起来像口棺材的箱子就会变出乳白色的银幕来，银幕大极了，犹如绷紧的船帆盖在了墙上。

办公室的旁边有个小房间，和办公室只隔着一堵玻璃墙，放映机就放在那儿。女儿来哈马尔斯的头几年里，父亲会亲自放电影，不过后来，他就教儿子丹尼尔来做这些事儿。丹尼尔每放映一次电影，就能赚到十克朗。父亲不让女儿碰放映机，态度十分坚决，比不让女儿在大人打盹儿时出声还要坚决，比不让她敞开哈马尔斯的房门，不让她坐在风口还要坚决，和严禁她迟到一样坚决。在哈马尔斯，没有人迟到过。但不管你再怎么准时，就算你踩点儿准时赴约，都得说声："对不起，我迟到了。"在哈马尔斯，人与人之间就是这样相互问候的，有如到了夏天，海鸥就会鸣叫，屡见不鲜。"对不起，我迟到了。"要是真出乎意外，你迟到了几秒钟的时间，就得说："我迟到了，请原谅我。您能原谅我吗？我没有任何借口！"不过，这样的情况几乎从来都没有发生过。

在哈马尔斯的头几年，每天晚上六点半的时候，父亲都允许女儿看一场只属于她的电影。女儿会坐在一张破旧的大扶手椅上，双脚搁在脚凳上。黑箱子已经打开了，银幕也展开了。她瘦得像条细枝，有着一头凌乱的长发，和一口龅牙。父亲关上了灯和门，守候在玻璃墙的另一头。

"可以开始了吗？"父亲大声喊道。

"可以了。"女儿回答道。

办公室的百叶窗都关上了，房间里一片漆黑，万籁俱寂。

"房间里没风钻进来吧？"

"没有。"

"好的，那么，我们开始看电影吧！"

几年后，女儿开始和大人们一起看电影了，父亲决定要翻修旧仓库，改造成一家电影院，旧仓库离正房和丹巴的丁香篱笆不远。那年夏天，女儿九岁了，这家电影院也建成了，大门锈红而笨重，巨大的锁眼透着光亮。电影院里有十五个座位——都是苔绿色的扶手软椅——玻璃板后面放着两台先进的苔绿色放映机，在黑暗中轻声运转着，呼呼作响。

到了晚上七点四十分，女儿就会和她那两个同父异母的哥哥姐姐坐进父亲的车里，挤在后座上，从哈马尔斯出发前往丹巴，二十分钟后，电影就要放映了。从家里开车到电影院用不了多长时间，最多只要十分钟，不过到了电影院后，还得花十分钟的时间"去适应"。不必急着进去，也不必急着出来。下午也是一样。电影院的午场仅限成年人观看，三点开始放映，两点五十就得到了。小时候，女儿很有画地图的天赋，画的大多是法罗岛（法罗岛的大小是曼哈顿岛的两倍，人口约五百，日益下降，岛上的居民多以农业、渔业为生），用蓝色的记号笔凸显出了她熟知的地方：首先是哈马尔斯，每年夏天，她都和父亲、英格丽德还有同父异母的哥哥丹尼尔、姐姐玛丽亚待在那儿。然后是丹巴，始建于一八五四年，那儿有一座正房，一座厢房，一排丁香篱笆，一个友善的鬼，一间风车房，还有一家仓库改造来的电影院。地图里还有一座新建的双层楼房，由石灰石堆砌而成，叫做"安根"，用于冬天居住，抵御严寒，海边还有间小屋，叫做"写作屋"，虽然没有人在那儿写出过多少东西来。安根和写作屋与哈马尔斯都只有几步之遥。地图上甚至还有个叫卡尔伯加的地方，位于法罗岛的南端，靠近萨德桑德海滩，后来被卖掉了。

哈马尔斯的房子有个小门厅，门厅里有三扇门，一扇用作正门入口，径直通往外面的棕色长凳，一扇会自动打开，通往屋内，还有一扇通往四面石墙的花园。花园里有一间客房，一间洗衣房，一片玫瑰丛，和一个泳池。

来哈马尔斯的头几个夏天，女儿最爱去的地方是洗衣房里狭窄的电热壁橱，洗完的衣服都是挂在那儿烘干的。烘干壁橱里又闷又热，挂衣杆下的空间正好够女儿蜷缩在那儿。英格丽德和父亲刚洗好的衣服就挂在壁橱里，要么湿淋淋地滴着水，要么还没干透，里面有父亲的条纹睡衣，法兰绒衬衫和灯芯绒长裤。衣杆上挂着的大都是父亲的衣服。英格丽德身材纤弱，她穿来穿去都只是一些耐穿的衣物：大多是裙子和衬衫。有时候，衣杆的最边上也会挂着女儿的蓝色连衣裙。

女儿游泳游得很好，可以在泳池里待上"好几个小时"，这是父亲说的，他总喜欢夸大事实，女儿说，她并没有在泳池里待上"好几个小时"这么久。有时候，父亲会到花园里来，对女儿说："你的嘴唇都发紫了，马上从泳池里出来。"他担心女儿会感冒，也担心自己会感冒，因此，他时常会放下手中的工作，叫女儿从泳池里出来。

家里所有的窗户都必须时刻关着，就算是唯美的夏日也不例外。父亲生怕会有苍蝇飞进来，也怕风会刮进来。女儿与父亲之间的对话常常都是这样：

"房间里没风钻进来吧？"

"没有。"

"确定吗？"

"确定。"

"我不希望你感冒。"

"我没有感冒。"

"我知道，我只是怕你会感冒。"

不过，大多数时候，女儿在泳池里想待多久都可以。父亲会在他的办公室里工作，英格丽德做着家务，而丹尼尔则做着他那个年龄段的男孩子都会做的事儿——女儿对那些事并不很感兴趣。游完泳后，女儿就会蜷缩在烘干壁橱里。她最喜欢衣杆上没有挂满衣服的时候，因为一旦挂满了衣服，就没有多少空间留给她了，衣杆上挂的衣服越多，壁橱里就越热，不仅是热，还很潮湿，仿佛身处丛林之中；每当壁橱里挂满衣服的时候，女儿都只能爬着进去，几乎就是一路挤进去的，挂着的衣服要是还没干，衬衫的袖子、裤腿和裙摆就会甩到她的脸上和身上，就像被许多大型动物舔了似的。

一天，英格丽德打开了壁橱的门，把女儿拉了出来。她说，坐在烘干壁橱里很危险。英格丽德有着一头靓发，几乎总是梳着辫子，不过，她每次要参加派对时，都会一早把头发缠进发卷里，等到了晚上再披散下头发，头发便成了波浪卷，散落在身后。

许多东西都很危险。所有平常的事物自然也不例外，把塑料袋套在头上很危险，可能会窒息而死；穿着湿漉漉的内裤、泳衣、比基尼泳裤四处走动很危险，可能会患上膀胱炎而死；捻下皮肤上的蜱虫很危险，一旦方法不当，就可能会患上败血症而死；进食后不到一个小时就下水游泳很危险，可能会死于痉挛；搭陌生人的便车很危险，可能会死于绑架、强奸或是谋杀；吃陌生人给的糖果也很危险，可能会被毒死，或者死于绑架、强奸、谋杀——但哈马尔斯还充斥着别样的危险：永远都别去触碰房子下面冲上岸边的零碎杂物，无论是酒瓶香烟壳，洗发水瓶，还是贴着外语标签的锡罐，又或者是写着外文的信件，都千万别碰，也别闻，更别喝，不然可能会中毒身亡；在哈马尔斯，不要坐在风口，可能会死于感冒；不要感冒，否则会被驱逐，最后死掉；不要坐在烘干壁橱里，可能会窒息或是触电而死；不要迟到，在哈马尔斯，除了死亡外，没有任何理由能够迟到。要是给女儿一张地图，她就会照着地图走——除了会违规坐进烘干壁橱以外，她会遵守每一项规定。英格丽德一再告诫过她不要坐在那儿，可女儿依旧会偷偷地溜进去取暖。直到一天，她发现衣橱的门上贴着一页黄色的记事纸，父亲在纸上写下了大大的粗体字：

警告！游完泳的孩子严禁到此烘干取暖！

父亲能说一口漂亮的瑞典语，出于瑞典语的表达习惯，经常会用第三人称单数来称呼女儿。"我的女儿今天过得好吗?"父亲在交谈过程中从来不用英语单词,只有在指代泳池的时候才说英语,对此,他感到无比骄傲。泳池就位于草坪中央,犹如一个平躺着的老妇人,宽宏大量,佩戴着珠宝、穿着碧蓝色的长袍;泳池长十八英尺,一端深六英尺,呈长方形,颜色自然是碧蓝色的,散发着氯气的气味。到了晚上,会有黄蜂掉到泳池里——或沉入池底,或浮在水面上四处爬动——此外,也会有蜘蛛、甲虫、瓢虫、球果从树上掉下来,偶尔还会有麻雀落水。每天早上,都会用抄网把所有落入池中的东西打捞上来。丹尼尔每做一次这样的工作,也会赚到十克朗。清晨的泳池闪闪发光,水面和池底到处都爬满了东西,四周遍地茂草,还有高耸的松树——无疑是地图上一处闪耀的碧蓝色地点。

我听过父亲和英国、美国记者还有电影系学生说英语时的录音。他讲起英语来带着浓浓的口音,有点儿瑞典口音,夹杂着德国口音,还掺着美国口音,听起来很有节奏感,和我之前听过的声音都不像,一点儿也不像是他本人的声音——"是啊,是啊,"他喋喋不休地说着,"正如福克纳曾经所说,一个人从来都不会把自己讲过的故事写下来。"在父亲看来,挪威语是一门美丽的语言,喜欢重复"buskedrasse"这个词,而父亲常常会把"buskedrasse"与"buksedrakt"混淆,后者是女士长裤套装的意思。

每天早上,父亲都会到泳池里游泳。女儿便会躲在玫瑰花丛后,悄悄地注视着父亲。女儿觉得，父亲都一大把年纪了，早就过了裸泳的岁数，根本就不该去游泳了。可事实却摆在眼前！父亲正像只大甲虫一样在泳池里戏水呢！他总是一个人游泳。游泳是他早上做的第一件事儿，游完泳后才吃早餐，才会消失在书房里。女儿对父亲在书房里的工作不太了解，只知道父亲在黄色笔记本的一页页横线上写着些什么。

父亲只在夏天写东西，一年里剩下的时间都在拍电影，或是在剧院里工作。

有时候，父亲会和一位女士坐在客房里"剪切电影"，也就是将一条条的电影胶片裁剪、拼接。父亲花了整整一个夏天来剪切《魔笛》，剪切的时候，席卡内德的歌词和莫扎特的音乐会从客房的窗户里传出来——客房的窗户只有在那年夏天敞开过——哈马尔斯的每一个人都竖起了耳朵。塔米诺绝望地恳求道："无尽长夜啊！你什么时候才能消散？我什么时候才能重见光明。"这时候，就会响起合唱，回应道："年轻人，你或许很快就能重见光明，又或许再也见不到光明。"

父亲不是在忙着剪切电影，就是在忙着写东西，到了下午，他会把几页黄色的簿记纸交给英格丽德。英格丽德可以毫不费力地认出父亲的字迹，这一点，几乎只有她才能做到，接过记事纸后，她便会把上面的字打印成清稿。父亲写东西的时候，决不允许任何人打扰，对此，女儿非常清楚，母亲送她来哈马尔斯前就说过，"你爸脾气暴躁"，女儿问母亲什么是脾气，母亲回答说，父亲会生气，女儿又问，父亲生气了会有危险吗，母亲一阵迟疑后回答说，不危险，可你要是伤害到了别人，就危险了，不过，你要是从来不把自己的愤怒、哀伤和恐惧表现出来，肚子里就会留下个大结，那样的话也会很危险，女儿又问，那爸爸的肚子里有结吗？母亲回答说，他的肚子里没有结，但有时候，父亲会生气，说出些言不由衷的话来……满面怒容，大吼大叫……然后别人的肚子里就会有结……我说他脾气暴躁就是这个意思……他性子很急……是个暴脾气……女儿问，暴脾气又是什么？母亲叹了口气，回答说，暴脾气就是……就是……就是你要是点了根火柴，整个房子就会突然着火……女儿回答道，噢，好吧，深知自己不能打扰父亲，不过，有时候，女儿还是打扰到了他。她敲了敲父亲书房的门，叫父亲出来——她的房间里有只蜘蛛，或者是只甲虫，或者是只黄蜂，父亲得出来把它弄走。对此，父亲并没有大吼大叫，也没有生气，只是叹了口气，起身随女儿穿过客厅和厨房，来到了女儿的房间里。女儿实在是太瘦了，瘦得就像是昆虫的亲戚。父亲喜欢女儿嘴里一直嚷嚷着的挪威单词，如 "øyenstikker"。女儿则喜欢瑞典单词，如 "trollslända"。这两个单词都是蜻蜓的意思。女儿并不怕父亲。她害怕的是马蝇和盲蜘蛛。

多年以后，女儿长大了，会说一口流利的瑞典语了，这时候，父亲反而叫女儿跟他说挪威语。父亲说，女儿说瑞典语的时候，音调会升高好几级，听上去就像她小时候的声音，如今，女儿既然都成年了，就应该维持低点儿的音调，听上去才更舒服，更合适，父亲说，自己更喜欢女儿说母语时的声音。

然而，曾几何时，女儿还只有三英尺八英寸高，能藏在玫瑰丛后而不被发现，那时候，房间里要是有条千足虫，或是有只蚂蚁、黄蜂、甲虫，女儿就可以去打扰父亲，叫他来处理。

　　或许，我该给所谓的"女儿"一个称呼，或者就顺其自然吧。父亲六十岁生日的时候，邀请了所有的九个孩子来哈马尔斯参加生日派对。当时是一九七八年的夏天，就在那个夏天，女儿十二岁了。我忘了她第一次参加大型派对时是怎样的一番场景，她大概都不知道自己竟然有这么多哥哥姐姐，又或许，她知道这一切，就像她知道挪威由很多个郡组成一样。女儿才刚念完五年级，马上就要和母亲移居美国了，之后会在美国上学。她的挪威地理老师名叫约根森，到美国以后，她会想念这个老师的。女儿擅长地理，尤以地图专长。没错，她知道自己是父亲九个孩子中的一个，正如她知道，世界上最高的瀑布里，挪威的瀑布占了九处。她把这些瀑布的名字都写了下来："马尔达尔斯瀑布、蒙格瀑布、维达尔斯瀑布、奥波瀑布、郎恩瀑布、斯凯科克赫达尔斯瀑布、拉姆纳杰利斯瀑布、奥马利瀑布、森迪瀑布。"八个哥哥姐姐里，女儿只认识丹尼尔和玛丽亚，剩下的几个哥哥姐姐都只在照片里见过。很多人都以为沃里斯瀑布是挪威最高的瀑布，可事实却并非如此。沃里斯瀑布的高度可差远了。约根森一定会说，"要让你知道自己错得有多么离谱。"那是在参加派对的前一天。父亲的生日是在七月十四日，也就是法国的国庆节，女儿终于要见到所有的哥哥姐姐了，八个同时见上一面。她坐在屋外的棕色长凳上，慢慢等待着，不时起身，漫步到了森林里，在那儿捡了许多野草莓，用草叶串在了一起，之后又坐了下来。她想把这些野草莓串成的项链攒起来，送给她那四个姐姐，可过了很久都没有人来，因此，她就一个人吃掉了所有的草莓。女儿褪色的蓝裙刚好遮住了臀部。她的大腿和手上被蚊子叮咬了许多包。她独自坐在那儿，看着蚱蜢从石墙上苏醒，没有一个地方能像哈马尔斯这般宁静。沿途一旦有车开过，大老远的就能听到声响。女儿听到车声后，常常会跑到路边，穿过马路来到第一个防畜栏前，据父亲说，那个防畜栏是私家道路和公用道路的分界线，她会站在防畜栏边，挥动着手臂示意，车上的司机看到后便会调头离开。这儿不需要外人。可是今天，女儿并没有跑到路边，没有去把人赶走。父亲或许正后悔要开这么个该死的派对。他当初第一次想到要开派对的时候，这主意听上去多好——多讨人喜欢啊！自己所有的孩子都能聚到一块儿。然而，正如阿克塞尔·桑德摩斯[1]曾写过的那样——父亲偶尔会引用这位作家的话——做人要小心自己想出来的好主意。你可能会被好主意迷得神魂颠倒，忽略一切其他的事物。桑德摩斯写下这番话时，谈论的是写作，但无疑也适用于派对的举办。除此之外：女儿还怀疑派对并不完全是父亲的主意，或许也是英格丽德的主意。父亲要是邀请他所有的孩子都来哈马尔斯，那英格丽德自己的孩子就也都会来。不止是老幺玛丽亚，她的其他三个孩子也都会来。英格丽德嫁给我父亲时，就离开了她所有的孩子，如今，她每时每刻都想念着这些孩子，可父亲，也就是她的新婚丈夫，却坚持要过二人世界，容不下任何孩子。为了彼此的相遇，他们都等了太久太久，在此之前，父亲经历过多段婚姻，也

---

1 阿克塞尔·桑德摩斯（Aksel Sandemose, 1899—1965），丹麦裔，挪威作家。

有过多次外遇，英格丽德也曾嫁给了男爵。或者不是男爵，而是伯爵。这就是爱。坐在棕色长凳上，有人曾说过"这就是爱"。每每有人谈及与父亲有染的女人，母亲就会摇摇头，不想听到有关父亲第五任妻子的任何消息，也不想听到有关第四任妻子的任何消息，"我不想听到有关她们的消息。"一个人往往不愿听说在自己之前，昔日的情人爱上的是谁，也不愿听说是谁后来顶替了自己的位置。母亲不喜欢情妇的身份，不喜欢夹在父亲第四任和第五任妻子中间。母亲又算什么呢？第四任半妻子？

父亲曾说，等他七十岁生日的时候，会邀请所有的妻子来，会邀请为他生过孩子的所有情妇，也会邀请曾与自己有染，却未过门，也没为他生过孩子的所有女人。该怎么称呼这些女人呢？不过，父亲如今是六十岁，而不是七十岁，此刻，女儿正坐在棕色长凳上等待着她的哥哥姐姐，这些哥哥姐姐她大多没见过，而在明天这个重要的日子里，父亲会头戴着花环拍照，身边会围着英格丽德和孩子们，在丹巴的台阶上拍照。女儿转身望向了马路，挠了挠大腿。父亲曾说过，蚊子叮咬的第一下是最痛快的，身上的某个部位会冒出来一个白色的包，还透着点儿粉色，大叫着"快挠我，快挠我"。身上要是被蚊子叮了很多包，就没那么好受了，皮肤会疼，留下的包也不会大叫了，没有任何声音，人会因瘙痒而彻夜无眠。女儿听到第一辆车开来的声音时，她站了起来，又马上坐了回去。"他们来了！"他们都到了。女儿环顾四周。人都哪儿去了？"爸爸！英格丽德！丹尼尔！玛丽亚！快来！他们来了！"接着，碎石院子里就开来了第一辆车，之后又接连开来两辆，车上下来了许多年轻人，有哥哥姐姐，还有他们的男女朋友，眼前的还有手提箱、丝巾、红唇、阔腿裤和头发，耳畔还传来了笑声和说话声。父亲哪儿去了？他们都到了的时候，父亲究竟有没有在场？他或许自个儿躲在书房里吧？这一切都不重要。父亲老了，饱受胃痛困扰，不喜欢家里来客人。"看！"我这一小家子的人都来啦！院子里的人越来越多。女儿笑了起来。这个家庭一点儿也不小，是个大家庭。看——那个人叫扬，是哥哥姐姐里年纪最大的一个，也最聪明，有了老婆和几个孩子。那儿——那个是住在伦敦的姐姐，笑起来像电影明星。人群里还有个航空公司飞行员。女儿知道，自己有个哥哥是航空公司的飞行员，每周都在大西洋上空驾驶着飞机来回飞行。这个哥哥是人群里最高的那个，女儿一眼就认出了他，他转过身来，看到了这个妹妹，便放下手提箱，张开了怀抱，他的身材瘦瘦高高，是女儿见过的人里长得最好看的，女儿年纪轻轻，见过的人倒不少。于是，女儿就奔向了哥哥，哥哥把她高高地举到空中，飞快地转着圈儿，她差点儿喘不过气来，女儿慢慢地睁开了眼睛，仿佛正身处水下。在哥哥手臂的支撑下，她不仅看到了哈马尔斯——看到了平坦的沼泽，看到了羊群，看到了石灰岩搭建的旧农舍，还看到了整座法罗岛——看到了诺绍曼的石灰岩矿场，看到了丹巴南部英国人的公墓，看到了乌拉壕的沙丘（女儿听说，这座沙丘上冬天可以滑雪橇），看到了教堂附近的旧杂货店，看到了萨德桑德海滩、艾克维肯海滩和诺斯塔尔海滩，还看到了远处兰哈马斯和迪格鲁文的烟囱。正当女儿以为哥哥要放她下来的时候，哥哥反而举得更高了，这下她看到了海洋和地平线，也看到了远处将苏联、东欧国家与西欧分隔开来的场景，要是迷路到了海的那边，再回来可就难了。

同父异母的哥哥姐姐——他们仿佛都不是真的，只存在于模糊的记忆里——只是虚幻的孩子，消失在了丁香篱笆里，或者从防畜栏间溜走了。到了晚上，丹巴有一场派对，女儿在派对上以最快的速度跳着舞，不停地跳着，直到身上几乎没留下什么衣服才停下了舞步。

父亲给了女儿一本绿色的笔记本，每一页上都带着横线，叫她别忘了每天都在上面写些东西。大姐玛丽亚每天都写日记，还没妹妹这么大的时候就养成了这个习惯。父亲说，女儿要是不把东西写下来，就很可能会把一切都忘了。可女儿并不想每天写日记，她反而创造出了一种密语，绿色的笔记本上到处留下了神秘的表格和文字："Ivoefo qqjttfsS j tåmb"。女儿还在笔记本上画了几百张地图。地图上的比例尺无须太过精确，重要的是把边界都画出来。棕色长凳前有一个自行车棚，自行车棚前有一片森林，森林里有三条小径，一条通往大海，一条通向一间小屋，还有一条通往空地或草地，父亲后来就是在这块空地上盖起了新房。

父亲之所以计划着要盖新房，是为了以后能和英格丽德在那儿安度晚年，他所有的房子都有自己的名字，这座新房就叫安根（音译自瑞典Ängen，喻义草地）。父亲已经想好了余生该怎样度过。夏天，他们会待在哈马尔斯，到了冬天，就住进安根。父亲说，有时候，海面上会刮来狂风，住在哈马尔斯根本就无法入睡。这时候，他和英格丽德就宁愿去别处睡。可是后来，英格丽德去世了，徒留父亲悲痛欲绝。

有几年夏天寒气袭人，所有人都说那年夏天是有史以来最冷的。父亲最喜欢下雨天。他说，震耳欲聋的阳光下，他最可怕的噩梦都会上演。小时候，在收音机那头的天气预报员播报完瑞典各地的气温之前，女儿不准到父亲和英格丽德的房间里。预报员播报完"维斯比的气温为六十二华氏度"后，女儿就可以放心到他们的房间里去了。她就可以匆匆下床，跑到大人的卧室里，反复喊着"维斯比的气温为六十二华氏度"。哥哥姐姐们也依次和恋人、配偶、新生的孩子们一起待在安根。随着时间的流逝，女儿不再是家里最年轻的人了。父亲在萨德桑德海滩上也有一座房子，叫卡尔伯加，后来被卖掉了，海边还有一间小屋，也就是写作屋，是哥哥们会和女朋友待的地方。

和大多数孩子一样，女儿喜欢列清单并统计数字，要是有人问起她的父亲，女儿也许会这样回答：我爸有四座房子，两辆车，五个妻子，一个泳池，九个孩子，还有一家电影院。

爸爸和英格丽德从来都没有在安根住过，英格丽德没来得及住进去就去世了，而扬和他的孩子们则在安根度过了几年夏天。家里的九个兄弟姐妹中，扬排行老大，刚开始工作的时候是一名火车司机，后来转行去了剧院，当起了导演。《李尔王》讲述的不是一个大丈夫想要成为国王的故事，而是一个国王想要做个大丈夫的故事。"而这一点，"扬举手说道，"是最难做到的。"任何人都能成为国王！一年夏天，扬提议在哈马尔斯和安根之间的荒野上搭个大帐篷，每年七月，父亲所有的子女、继子女、妻子、孙辈都会来法罗岛为他庆生，要是搭起帐篷，就能给他们腾出些空间，就能给这个日渐壮大的家庭腾出些空间。可父亲并没有同意，而是冲着扬吼道："我的地盘上无论如何都不能搭这该死的帐篷，门儿都没有，太过分了，我决不允许来这儿的人都觉得自己可以为所欲为。"

女儿在美国住过一段时间，后来又回到了挪威的家中。她结了婚，生了个儿子，儿子取了和她公公一样的名字，叫奥拉夫，不过，大家都叫他奥拉。女儿不再只是个小女孩了，但依然留着自己的地图。每年夏天，她都待在安根，到了晚上，奥拉都会在室外的草地上踢足球。

不用言语来讲故事是一门艺术——无论发生了什么，父亲都一直在追求这门艺术，每天下午都会在电影院里放映默片。女儿还小的时候，父亲对她说过，"这就是你要接受的教育。""注意力集中。"那时候，电影放映机是由阿克来操作的。之后来了塞西莉亚：高个子、肤色黝黑，长得很漂亮，赤脚站在玻璃板后面，等着父亲挥右手示意。他稍微挥了挥手。灯就关了。影片开始放映。《黄昏之恋》。扬就在那儿，父亲的几个女儿也都在场。一年夏天，凯比搬进了丹巴的正房，从那以后，她每年夏天都会回到丹巴。多年以前，父亲和凯比结了婚，生下了儿子丹尼尔，如今，他们没有了夫妻情分，但还是朋友，每个星期天都会一起吃晚饭，晚饭过后，她会弹琴给父亲听。凯比每次来看电影的时候，都戴着一顶大帽子，穿着一条长长的夏日连衣裙，漫步穿过了荒野，就像是照片里海滩上的弗朗索瓦丝·吉洛，而毕加索就是在那片海滩上拿着一把阳伞向弗朗索瓦丝求爱。父亲追凯比的时候，手里并没有拿着一把阳伞，而是等待着她，称呼她为"女士"，假装没有注意到她的一举一动，凯比来看电影的时候，带着个大大的柳条篮，篮子里装着水瓶和坚果，放映中途，她拿水瓶、吃坚果的时候会发出沙沙响的噪音。除了她以外，没人带了装着水瓶和坚果的柳条篮，也没人发出沙沙响的噪音。父亲不可能没注意到这么大的动静。夏日午后，电影院里人来人往，也有人一直待在那儿。人们进放映厅就座前，会在外面的长凳上坐上几分钟。父亲说，要给耳朵时间适应，也要给眼睛时间适应。不必急着进去，也不必急着出来。七月十五日，也就是父亲过完生日的第二天，鹬鸟成群迁徙，低空飞过了丹巴。

"看！"父亲指着上空说道，只见头上飞过了黑压压的一片。

"它们开始迁徙了，要离开丹巴往南飞了。"

父亲咧嘴笑了。

"太不可思议了，是吧？这些鸟儿每年迁徙的日子都一模一样！"

父亲是个守时之人，也希望他人都能守时，对鸟儿的期望也不例外，面对离别，父亲有自己的一套。

女儿最终和丈夫离了婚，一年后又遇到了新的男人。父亲说，女儿新认识的这个男人会让她很不开心。说来有点儿戏剧性。这个男人长相英俊，女儿爱上了他。

一个冬天的夜晚，女儿给扬打了一通电话。哥哥问她和新的男朋友进展如何，女儿告诉哥哥，那个男人已经离她而去了，之后，扬就和她说，自己得的白血病类型存活率很高，可能高达百分之八十，不过最近几天晚上的经历是一场噩梦；他又补充说，"想想真奇怪，我也许只能活到五十四岁。"

* * *

女儿新认识的这个男人后来又回到了她的身边，两个人又复合了。婚礼当天，他们都紧张得喘不过气来，仿佛是一路跑到教堂来的。不久后，他们便生下了一个女儿，取名叫伊娃。到了夏天，他们就会到哈马尔斯来，住在安根。安根的家里，餐桌上方的吊灯套着黄色的灯罩，灯罩边的装饰一年比一年破旧。

* * *

父亲每天都会开着他那红色的吉普车往返于哈马尔斯和丹巴之间。两地的车程只用十分钟。下午的电影三点开始放映。不过得在两点五十分就到达电影院。父亲说过，他想在哈马尔斯和丹巴之间修建一条铁轨，想开着蒸汽机车在家里和电影院之间来回。

下午场结束后，父亲会开车到福勒松德去买晨报。从法罗岛去福勒松德必须要搭乘黄色的渡船，一共有两艘。乘船穿越海峡要五分钟的时间。夏天，两艘渡船都会投入工作，往返于两地之间，可到了秋天和冬天，就只剩下一艘渡船了，每班间隔一个小时。渡船的班次始终准时。想象一下只有你一个人要穿越海峡。时间是十月底。想象一下你以惊险的高速开着车。通向码头的路笔直而又漫长，船夫远远地就能看到你。你开车经过了教堂、荒野、羊群、松树，还有老旧的风车房。船夫看到了你，可你来得太迟了，他们可不等你。船夫放下了挡板，就算是坐在窗户紧闭的车子里，也能听到渡船发出的隆隆声，他们拉起了船头的跳板，出发前往福勒松德。

＊ ＊ ＊

父亲的岁数越来越大，他说，许多东西都消失了。

"什么样的东西？"

"言语。记忆。"

女儿当时并没有多想。父亲的记忆力可比她强多了。一直以来都是这样。父亲记得住名字、日期、历史事件、电影、场景布置还有音乐片段。他总是一遍又一遍地讲着同样的故事，但每年夏天都是如此。他讲同一个故事的次数或许越来越频繁，除此以外没有任何迹象表明他的记忆在消失。

安根的餐桌上放着一页黄纸，上面没有标注日期：

"亲爱的

小女儿！

每年夏天，你都会到这儿来（风雨无阻）。

我要对你和小奥拉（奥拉夫？）

还有亲爱的朋友们

致以最热烈的欢迎

大大的拥抱

父亲。"

　　父亲喜欢开着红色吉普车呼啸而过，想让人听到轰鸣声，想让人听到车声就知道他来了。女儿长大了，不再是以前那个小女孩了，而是两个孩子的母亲，如今，她想象着这样一幅画面：森林里闪过了一抹红色，所到之处尘土飞扬。听，我开着车经过有多吵啊！看，我在离地面多高的地方飞驰啊！父亲拐了个弯，车速很快，非常快，刹车时，车轮嘎吱作响，最后，父亲为了好玩又加大了油门，之后就关掉了发动机。只见他打开了车门，抓起拐杖，大胆地跳出了车外。

　　时间正好是两点五十分。

　　"是什么言语消失了呢？"

　　"噢，我也不知道……我在吉普车里。我已经关掉了发动机，渡船上几乎没别的车辆，我向船夫招了招手，他也对我挥手示意。我想他大概已经做了四十年的船夫了。夏天终于过去了。天空又成了灰蒙蒙的一片。有一个二十来岁的姑娘站在栏杆旁，脸转向了另一边。我在去法罗岛买晨报的路上。这时，突然下起了倾盆大雨。这个姑娘抬头望着天空，却没动。渡船轰隆隆地震动着。大雨倾盆而下，我启动了……知道吧？一切都戛然而止。天下起了雨，姑娘望着天空，我启动了……噢，天哪，那东西叫什么来着……？下雨天会在车上启动，来回摆动唰唰响的东西，叫什么来着？"

　　"雨刷？"

"对！就是雨刷！"

"你居然忘了那东西叫雨刷？"

"忘了，脑子里一片空白，想不起来了。这种事经常会发生。我也会忘记东西。"

眼睛要花几分钟的时间才能够适应黑暗。不能急着进去，也不能急着出来。父亲每年都重复着同样的东西。有几年夏天，父亲留长了自己的胡子和头发，其他时候，他都会刮掉胡子，剃光头发。父亲的右脸颊上有一颗痣，一年比一年大，他还戴着深褐色的大墨镜。如今，他瘦了点儿。我也比他高了。

"啊，下午好。"父亲说着，艰难地从吉普车里爬了出来。"我们先在长凳上坐会儿再进去吧。"

* * *

二〇〇六年秋天，我们坐车来到了哈马尔斯。由我丈夫来开车。我们带着女儿，一路向东。自从八月初一别之后，我就没见过父亲了。我们约好了在电影院外面见。

几天前，我们刚刚通过电话。通话的时间并不算长。

"我们要看什么电影呀？"

"噢，到这儿以后你就知道了。"

"我很期待。"

"我也是！热烈欢迎你的到来！"

"还是和往常一样的时间见吗？"

"对，和往常一样。"

我站在塞西莉亚身旁，在灰暗的秋色下等待着父亲的到来。塞西莉亚有着一头乌黑的长发，穿着一件笨重的风雪衣。我习惯了她赤脚的样子，如今，她却穿上了厚厚的靴子。英格丽德去世后，有关房子的一切事宜都由塞西莉亚来处理，此外，她还担起了放映员的工作。这世界上，父亲最爱的就是放映机，只允许塞西莉亚碰。"这些放映机都是些漂亮的老娘儿们，"父亲这样说道，"而且还都很耐用。让那些该死的数码产品见鬼去吧。"

秋天和冬天的时候，父亲偶尔也会迎来客人，不过大多数时候，他都是一个人。

我瞥了一眼手表，已经两点五十二分了。路上一片寂静。

我转身面向了塞西莉亚。

"他迟到了。"

"是啊，还是迟到了。"

"你说什么？"

塞西莉亚把双手插进了口袋。

"有时候，迟到在所难免……并不少见。"

"并不少见……你在说什么啊？"

我又看了看自己的手表。

"已经两点五十五分了。"

"那又怎么样呢？电影要到三点才开始放映。"

她并没有看我。

"塞西莉亚，他迟到了……我爸竟然迟到了。他应该两点五十分就到这儿的。你就不担心吗？我有点儿担心。"

她叹了口气，看向了我。

"你爸第一次迟到的时候，我确实很担心，那是去年冬天时候的事儿了。当时，我等了六七分钟，可他还是没出现，然后我就去找他了。他那次开车冲出了路面，打开了车门，想从吉普车里出来，但摔了一跤。我找着他的时候，他在沟里躺着。"

"可是……我们得去找他！"

"你要去就去吧，自从那次以后，他就经常迟到，都不是因为又掉到了沟里。他很快就会来的，看着吧。他要是过了很久还没来，我会坐车去找他的。"

我们静静地站在那儿。我又看了看手表。三点零五分了。一只五子雀从旷野上飞过，飞向了沼泽。之后，什么事儿也没有发生。我希望一切都还是原来的样子，而我身边的一切也都还是原来的样子。这儿的风景永远都不会改变。可无论我站在哪儿，或是走在哪儿，无论我说什么，或是想什么，无论我朝哪儿看，时间都早就过了约好的两点五十分。接着，我听到了吉普车的声音，吉普车一路疾驰而来。发动机的轰鸣盖过了微弱的鸟鸣。父亲的墨镜太大，完全遮住了他的脸——看上去就像个夜间出没的动物。他踩下了刹车，打开了车门，摸着找拐杖。已经三点零七分了。父亲迟到了十七分钟。他摘下了墨镜，向我张开了怀抱。

他没有说："对不起，我迟到了。"也没有说："我迟到了，请原谅我。"

爸爸搂住了我的肩膀，我们一起走向电影院的大门。我依偎在了父亲的身旁。

"啊！你来啦！"他说道，"欢迎！噢，亲爱的！你的旅途还算愉快吧？来来来，我们先在长凳上坐会儿再进去看电影吧。"

第二章 卷轴

你还在写回忆录吗？

有没有试过用录音机来记录生活？

——出自塞缪尔·贝克特[1]写给

托马斯·马克格利维[2]的一封信

我的髋骨到脖子一带有点儿抽筋。除了我以外，没有人能注意到。我想这都是手提包的缘故。我总是会往包里塞许多东西，之后又忘了拿出来，整天都把包斜挎在肩上，到处走动。我把手伸进包里拿东西时，经常会被什么东西扎到，要么是枚坏了的别针，要么是枚绣花针。我不知道自己的手提包里哪儿来的绣花针。我压根就不会缝纫，上一次缝东西还是上五年级的时候，我迫于无奈缝过一个毡垫。当时，我花了很长时间才缝好了毡垫。每次上缝纫课的时候，我都担惊受怕，自己从来都没有进步过，永远都完成不了一件作品，缝出来的东西永远都不好看，其他同学都缝好垫子的时候，我却还在埋头苦干。到了冬天，雪一连下了好几天，上学时，天色昏暗，放学时，依旧如此。时间就这样一周一周地过去了。我终于缝好了毡垫，觉得自己缝出来的毡垫就像是一朵红色的云，针脚很粗糙，填充物都从缝里钻了出来，但患有偏头痛的老师可不觉得这垫子像红色的云。"你还没把缺口缝好！"她大声喊道，声音回荡在花岗岩的台阶上，传到了操场，操场的角落里，一堆堆脏兮兮的积雪开始融化了。老师虽然一直在吃含氨糖片，呼出来的气却带着一股怪怪的奶味，怪味在她的身上挥之不去，她的骨子里渗透着某种东西，我想那便是疲惫，或许，我还感觉到了老师从那个毡垫上看到了自己的影子，尽管当时我不会这么说——她无论怎么保养，都还是病恹恹的，正如那个毡垫怎么缝也缝不好。

我从来没有被纺锤扎到过手指，也从来没像睡美人那样一睡就是百年，我当然睡着过，但不至于沉睡百年，我几乎没有连续睡过四个小时以上的觉，要能连续睡上五个小时就够走运的了，有一次，我被小枝云杉扎到了手指，当时是夏天，我随身带着手提包，里面装着去年剩下的圣诞树，我不知道圣诞树怎么就到了包里，还压在了我的手机、钱包和镜子底下。我被树枝扎到过，被茎条扎到过，也被松果片扎到过——我的手提包里仿佛长着一片森林，有秋叶，有蓍草，有蒲公英，还有青草。

女儿给了我一些花儿，还有唇膏、弹力发带和树叶，想让我留着，有一次，她给了我一张素描，上面画着一棵树。画里的这棵树高大青翠，棕色的树干十分粗壮，两条硕大的树枝伸向了天空。那时候，我还接女儿放学回家。如今，她会和朋友们一起步行上下学。

我本来想把那张素描摊开，挂在冰箱门上，可后来就把它随手扔进了包里，忘了这事儿。"可这张素描是为了你才画的。你难道不想要吗?"有时候，我和女儿共用一把发刷，发刷也放在手提包里，女儿梳头发时经常会很用力，扯下的缕缕头发都缠在了刷毛上。

多年以来，我都把父亲，或者说他留下的东西放在手提包里，随身携带。二〇〇七年夏天，父亲去世了，几年以来，他都在家里喋喋不休地说着些什么。

父亲留给了我六段磁带录音，都是去年春天，他还健在的时候录的。里面录下了他的声音，和一片寂静，还有我的声音。除此之外，麦克风还接收到了许多我听不出来的声音，或许可以说是噪音。这几段音频都是用一个灰色的录音机录下来的，录音机只有一根粗手指那么大。我知道自己迟早要去处理这些录音，迟早要去听。那可是我父亲的声音。他就在我的手提包里。或许还有更合适的地方可以用来存放他，比如保险箱、档案柜或是小箱子。

父亲说过，许多东西都不见了。他说，"言语"消失了。他要是再年轻些，就会写一本关于衰老的书。可如今，父亲已经一大把年纪了，做不了这事儿了，不再像年轻人那样充满活力。而这样的想法也启发了我们俩当中的一个人，我忘了是我，还是父亲，想到了父女二人可以合著一本书。我会问出许多问题，父亲则会一一解答，之后，我会把我们之间的对话都转录成文字，最后再一起坐下来进行润色。出了书以后，我们就可以开着吉普车巡回售书了。

　　父亲八十七岁的时候才萌生了写书的想法。有时候，他会忘词，或是将词汇混用，不过，父亲的记忆力要比我好。做事要有计划。这是我们家的家训。我生活在一个大家庭里，母亲这边和父亲那边都各有一个家。父亲一共和六个女人有染，生下了九个孩子——我真该和他说说这事儿，也记得自己有过这个想法。我们如果要写一本书的话，就更该说说这事儿。因为我不相信父亲"计划"过要和六个女人生下九个孩子。我的出生并不在他的计划之中。母亲告诉过我，她当年把避孕药放在手提包里，一直都随身携带着，可那一次，她要么是忘了吃避孕药，要么是一时疏忽觉得没有必要，结果就怀上了我，我也不知道当时到底是哪种情况，母亲每次谈起那段经历时说的都不一样。父亲告诉过我，他和母亲当时就要不要堕胎的问题进行过简短的讨论，结果毫不意外，两人最终还是决定要把孩子生下来。人在制订计划的时候，自然而然地会感觉到幸福，因为这时候，一切皆有可能，一切皆无定论。计划要比愿望来得实在，一切还可以慢慢来。"我们常说，自己不知道会死于何时，"挚爱的祖母弥留之际，普鲁斯特曾这样描述道（尽管他写的其实是自己的母亲），"不过，说这话的时候，我们其实就已经把自己死亡的时刻定格在了一个朦胧而又遥远的时间范围内，我们从未想过，这一时刻会与眼下新的一天有着某种联系，没想过自己的死期或许就在今天下午，就在这个远非未知，每个小时都早有安排的下午——或许就在这个下午，死神会向我们发动第一次进攻，占有我们的一部分人生，从此对我们穷追不舍。"父亲和我在制定计划的时候，也没有想过死神已经悄然临近。我们还有两年的时间可以慢慢来，计划着写一本关于衰老的书。

"有备才能无患"：

这本书要叫什么名字呢？

结构要怎么安排？

要问父亲什么问题呢？

父亲说，我想问什么都行，可我不确定父亲是不是真是这么想的。我说："我不相信你。"父亲回答说："相信我吧，说真的，你想问什么都行。"我说："好，到时候就知道了。"

我们花了两年的时间计划这本书的写作，两人通话的时候也会讨论这事儿，父亲喜欢打电话，对我答录机上的留言很有意见，他自己的留言简短而生硬。我们每次见面时，都会说起这本书。我去哈马尔斯看过父亲，大多是在夏天的时候去的，有时候也会在春天和秋天去。除了这本书外，我们也会谈到别的事儿，不过，只要我们没在谈论别的事儿，就是在谈论这本书。

有时候，父亲说的话会让我产生这样的想法：这事儿我得问问他。我该记些笔记，当时却没有这么做。记得父亲说过，衰老是一项工作，每天早上，他都会列出一张清单，写下自己所有的不适，如髋部僵硬、晚上没睡好、胃痛、想念英格丽德伤心欲绝、身体沉重、一想到明天就焦躁不安、牙疼，等等，写下来的不适要是不多于八样，父亲就会下床，不然的话，他就会待在床上。不过多于八样的情况几乎从来都没有发生过。

"为什么是八样啊？"

"额……因为我已经八十多岁了。我允许自己每活十年就多一样不适。"

我们花了很多时间来谈论计划。父亲是个守时之人。

那么：一天中该在什么时候录这些音呢？

十二点四十九分？

十二点五十分？

还是十二点五十分三十秒？

是每隔一天录一次？

还是每天都录音？

我赞成录音时间短一些，父亲则觉得时间应该长一些。事情并非总是这样。小时候，我偶尔可以到父亲的书房里去见他，坐在破旧的大扶手椅上以便和他"交谈"。父亲管这样的交谈叫"开会"。我记得自己曾希望这样的会议永远都不会结束。

"我们明天开个会吧，就你和我两个人，"小时候，父亲会这样对我说，"可以的话，开会的时间大概就定在十一点左右吧，好吗？"

"好的。"

英格丽德会在厨房里说：

"你爸正等着你呢，快进去吧。"

爸爸就在办公室里。

"嗯！我的小女儿今天过得怎么样？"

"很好。"

"很好？'很好'是什么意思？我不需要你和我打官腔。"

"官腔是什么啊？"

"我不需要你说来说去还是'很好，很好'。我想知道你这一天究竟过得怎么样！"

我和父亲会面对面地坐下。我的屁股只坐到了一小部分的椅子上。我们的脚都搁在同一张脚凳上，父亲当时穿着一双薄薄的棕色羊毛袜，而我好像一只脚穿着蓝色的袜子，另一只脚则穿着白色的袜子，两只都不太干净，我倒是想找一双干净的袜子穿，不过那样就得迟到了。父亲在我们的脚上盖了一条毯子。

"房间里没风钻进来吧？你冷不冷？"

我打了个喷嚏。喷嚏不大，我只是因为吸入了空气里的灰尘打了个小喷嚏。

父亲沉默了一会儿。

"你是不是感冒了？"

"没有，没有。"

"你在泳池里待太久了。我就知道会这样。你在水里待太久了。"

"爸爸，我没有。我保证。我没感冒。"

"好吧！不管怎么样，今天的会就开到这儿吧。你今天不能再去游泳了。或许你应该躺在床上？我会告诉英格丽德你今天身体不舒服，告诉她你需要躺下来休息。"

二〇〇六年夏天，我们继续计划着写这本书，计划着接下来都要做些什么。这本书的出世要经过许多阶段。要经过采访、转录文字、汇编、撰写和校订，工作量很大。

哈马尔斯的客房里搬来了一个身穿红色裙子的女人。她是一名广播电视台的记者。我叫她安娜，和匈牙利的妓院老鸨安娜·卡帕纳斯同名。一天，安娜出现在了英格丽德的厨房里，正做着肉丸子。我骑着自行车经过，透过窗户看到了她那条红色的裙子。另一天，她和父亲坐在棕色的长凳上，两人都在傻笑。还有一天，他们打算去教堂听室内乐，音乐家都是从斯德哥尔摩远道而来的。我坚持要和他们一起去。我们挤进了父亲的吉普车里。父亲把车开得很快。到教堂的时候，安娜和我握住了这个瘦高个老男人的双臂，好像父亲两边都要人扶着似的，可他其实并不需要。他每天都会一个人挂着拐杖长时间散步，可如今，他一边挽着安娜，另一边挽着我，大步流星地走在过道上，满面笑容。

二〇〇六年夏末，电话响了。当时，我在安根，而父亲则在哈马尔斯。我们之间的距离虽然只用走几分钟就到了，可通话的次数还是比当面交谈的次数要多。

"你猜怎么着？"他说。

"怎么着？"

"我订婚了！"

"好吧。"

"你不信吗？"

"不信。"

父亲故意停顿了一下。

"听说你吃醋了。"

"我没吃醋。我是你的女儿。"

"你吃醋了!"

"我才没吃醋。我又不是你的情人。我是你的女儿。你随便什么时候和人订婚都行。我不会碍着你的。"

二〇〇六年秋天,电话又响了。当时,我在奥斯陆,而父亲则在哈马尔斯。

"我最近一直在想我们这本书要怎么写。"

"哦?"

"我一直在想……写这本书要涉及到的技术性细节。"

"爸爸,别担心啦。"

"不,听我说。我想到了一个主意。我们要不让安娜也参与进来吧?"

"不行。"

"她是电台记者,这你是知道的,对吧? 她能接触到一流的技术设备。"

"确实。"

"我觉得可以让安娜把她的设备带到哈马尔斯来……我的意思是说,我们到时候可以让她来负责给我们之间的访谈录音。"

"就不能用普通的磁带录音机吗?"

"我比较在乎音质。"

"我这会儿就在去买磁带录音机的路上。"

"你说什么？现在吗？"

"还没出门。不过马上要出门了。"

"嗯……"

"爸爸，那是只属于我们俩的书！"

"好吧，好吧，别生气嘛。"

"我没生气。"

"你明明生气了，我能听出来你生气了。"

二○○七年春天。医生说父亲出现了好几次轻度中风。我在谷歌上搜索了"轻度中风"这四个字。"轻度中风是指暂时性大脑供血不足。"对应的医学术语是"短暂性脑缺血"。疾病给父亲带来的变化是缓慢的，然而，父亲的记忆力已经开始渐渐衰弱了，他开始分不清虚拟与现实。我是说，父亲开始分不清梦境（我不知道此处用梦境一词是否恰当）与现实（我也不知道此处用现实一词是否恰当）。

他脑子里所有的"窗户"都大开着。贝克特曾写过这样的话："如今，分不清现实和——现实的反义词是什么来着？想不起来不要紧。反正就是那个老是和现实同时出现的词。"

父亲说："给你讲点儿我的日常生活吧。每天下午一点整，都会有人把我推到厨房里，为我端上一份煎蛋卷。"

他闭着嘴笑了。

父亲以前都是咧开嘴笑的，可自从他得了口腔溃疡后，说起话来都更难了，就闭着嘴笑了。接着，父亲又说："《一点钟吃煎蛋卷》。这书名好，我们的书就叫这个名字吧，怎么样?"

我们管要写的这本东西叫"工作""项目"或者"书"。知道每一样东西叫什么名字并不是件容易的事儿。父亲在一张没有标明日期的黄色纸条上这样写道：

"我最亲爱的女儿呀！

我打不通你的电话，想和你说，我已经准备好了，听你安排，

随时都可以着手'我们的项目'。

拥抱，

你的老父亲"

纸条上有一处污渍，又大又圆，还包着一处醒目的泪渍。假如这不是一页纸条，而是一张孩子画的素描，上面的也不是污渍，那么，我就会拿来画个装着一小筐乘客的热气球。我一定是在这张纸条上放过什么东西，要么是杯咖啡，要么是杯葡萄酒。

沾到污渍的是下面这些字眼："女儿""不通""准备好了"。

近来，这样的一幕似乎一直在上演：我看着一张脸，想到了另一张脸。我不知道这叫什么。记忆中的轮廓正渐渐消失。

有时候，我会突然忘了有关父亲的一切，读着他写给我的纸条，看着他的照片，却什么也想不起来，我是说自己的脑海里浮现不出父亲的画面，想象不到他的样子，想不出他在某种情况下会怎么说，怎么做，也想不起他的声音。悼念他人就意味要把他们记在心里，可我却一样都做不到，没有心怀悼念，也没有记在心里。我漫无目的地到处走着，没有看到坟墓，也没有见到活人，丈夫在他的一首诗里写道："你已经消失在了你爸的房子里"。

父亲还在世的时候，就以自己的名字命名成立了一家档案馆和一家基金会。最终，父亲的名下一共成立了三家基金会。一家负责处理他的手稿、笔记本、日记、信件和照片。一家负责处理资产。还有一家负责他称之为家的法罗岛。父亲去世后，一类面值的邮票和纸币都印上了他的肖像，甚至还有一条废弃的街道也以他的名字命名。这条街就坐落在斯德哥尔摩中部，和皇家剧院离得很近。我在这条街上徘徊，与其说这是一条街道，不如说这是一片弃土。我数着自己的脚步，在街上来来回回，可每次数出来的步数都不一样。街道的尽头通往一个小小的广场，广场也是以父亲的名字命名的，上面停靠着一堆自行车，车轮都上了黑色和银色的圈锁。一辆自行车倒在了地上，慢慢地把别的自行车也都拖倒了。

"和我们说说你爸吧。"

每每听到这话，我都会摇摇头。

我总不能说，自己什么都不记得了。

一天，我翻阅了一本书，书里的内容和美国画家乔治娅·奥·吉弗有关，乔治娅就住在新墨西哥州，用画笔记录下了她看到的东西，记录下了锈红色的悬崖、赤褐色的峭壁、黄色的陡坡、累累白骨、一望无际的平原，还有依稀可见的天空。书上说，乔治娅的画作将不同的视角相互结合，这样一来，人们在看这些画的时候，就会觉得画里的景物似乎远在天边，又近在眼前。一说起乔治娅，人们都会想到"咫尺天涯"。

八十年代初，摄影师安塞尔·亚当斯曾为乔治娅拍过照。两个人是朋友，喜欢同样的风景。乔治娅的年纪要比安塞尔大些，不过后来，安塞尔要比她早几年去世。照片里的她时年九十二岁，穿着一件白色的衬衫和黑色的夹克，戴着一条白色的头巾。她的脖子上挂着一件珠宝，看上去像是泥土和沙子锻造而成的，闪闪发光。她神情严肃，老化的皮肤上布满了皱纹，就像露出地面的岩石，或是月坑，又或是饱经日晒的白骨。她的额头很宽，眼神坚定，鼻梁粗长，宛如一条光秃秃的树枝，紧闭着双唇。我仔细地看着乔治娅的这张照片，突然想到了父亲在他生命的最后几年里就长这副模样。无论是额头、鼻梁，还是嘴巴都很像。很长的一段时间里，我一度觉得自己似乎把一切都忘了，甚至都想不起父亲的脸庞，而如今，看着亚当斯给乔治娅拍的这张照片，我终于想起来了。我看着她的面容，想到了父亲的脸庞。

"我们去新墨西哥州吧？"我对丈夫说。

"就不能在这儿待一会儿吗？"他说着，把手搭在了我的手上。

招待我的小伙子大概有十八岁，个头很高，骨瘦如柴，留着一头长发，面色苍白，脸上长满了疙瘩。他慢悠悠地走在店里，走一步，看一步。这家商店很大，商品都经过了分门别类：手机和导航系统一个区，电视和音频设备一个区，小型电子产品一个区，家居用品和家电一个区，电脑一个区，相机和录像设备又是一个区。我留意到了他那又细又长的手指，他仿佛正跟着它们走。有时候，我会平白无故地和陌生人说话，表明自己的意图。我和这个小伙子说，自己要买台磁带录音机，准备采访父亲，我父亲已经八十八岁了，马上就要八十九岁了，我要买台市面上最好的录音机，不想到时候和父亲坐在偏远的小岛上，为设备故障而发愁。

"磁带录音机其实已经不叫磁带录音机了，"小伙子低头看着地板说道，"录音机里没有磁带，只有数字记录器。"

我试着引起他的注意。

"嗯，是啊，我也意识到了这一点，不过，你知道我想要的是什么，对吧？能帮我找台质量好的录音机吗……要知道，这应该难不倒你吧？"

他的身材又高又瘦，就像只昆虫，胸牌上写着"桑德"，我不知道他是因为笨手笨脚，还是举止文雅，始终一副要撞上什么东西的样子，他的步伐有如精心编排过的舞步，每次都差点要撞上什么东西。

二〇〇七年春天，我们开着车前往哈马尔斯。新买的磁带录音机就放在我的手提包里。丈夫开着车，女儿伊娃坐在后座上，看着笔记本电脑上的动画片。伊娃有一副新的淡蓝色头戴式耳机。丈夫会不时停下车，头靠在方向盘上休息片刻。我问他怎么了，他回答说没事。伊娃的耳机有海月水母那么大。

我已经有好几个月没见过父亲了，只和他通过几次电话。他坐在厨房的餐桌上，吃着煎蛋卷，喝着葡萄酒。我进屋的时候，他抬起了头，眼神发亮。父亲比起我上次见他的时候要老了很多。他难道认不出我了吗？他问我是不是从皇宫里来的。

父亲挥了挥手，请我坐下，问我想不想吃点什么。

"要吃煎蛋卷吗？"

我摇了摇头，坐了下来，想引起他的注意，可他就是不看我。他说，自己想做回皇家马车夫，他一吃完午饭我们就可以出发了。

"爸爸，是我。"

他继续吃着午饭，盯着自己的盘中餐。

"爸爸？"

父亲由许多女人轮流照顾。这些女人来来往往，先是塞西莉亚，后来又来了马娅。一切事物都由塞西莉亚监督，马娅则负责家务。最后，又来了几个女人。去年夏天，我数了数有几个女人在哈马尔斯照顾父亲，共有六位。如父亲所愿。他常说，"许愿要谨慎。"

66

悼念他人并不意味着万念俱灰。英格丽德去世的时候，父亲悲痛欲绝，万念俱灰。他说，他也想随英格丽德而去，只是因懦弱才没有结束自己的生命。他说，"我七十四岁了，上帝到现在才决定要把我赶出托儿所。"父亲还失去了一个儿子。他失去了长子扬。我要是失去了孩子，就绝不仅仅只是"万念俱灰"，"悲痛欲绝"了，我会不知道该怎么活下去。可父亲却做到了，扬死后，父亲坚强地活了下来。在他的眼里，孩子并不是最重要的。我依旧忙着画地图、列清单、做图表——整理出重要的，不重要的，最喜欢的，最不喜欢的——尽管我知道这些都毫无用处。说实话，我觉得自己一生都在悼念父母。他们在我眼前的变化正如我的孩子在我眼前的变化，我并不知道父母眼中的我是什么样的。

我可以悼念在世之人吗？

每天晚上，我都会照着地图走到海边，来到一个之前没去过的地方，对周围的道路还不熟悉，这儿很美，城镇的名字都很奇怪，如布朗特韦克、希灵厉、锡姆里斯，眼下正是冬天，海上结了一层薄冰。

我记得，公公过去常说："我不会在骑马的那一天给马装鞍"。

外婆过去常说："喂——我挂了！"

母亲过去也常说："喂——我挂了！"

而父亲过去常说："许愿要谨慎。"

他还说："文字要是飞离了巢穴，就再也抓不回来了。"

父亲是教区牧师之子，自然常常会（经由斯特林堡）引用马丁·路德的言论[1]。牢记卫生，不忘克己，切记秩序，严守时间。

他谈到过一种愤怒，不知道自己的孩子是不是也传承了这种愤怒。

"宝贝，你生气啦？"

父亲从没见过我生气。

"我们之间不存在还没解决的问题，对吧？"

"是的，爸爸。"

"没烦心事儿吧？"

"一点儿也没有。"

"好，我就知道没有。"

父亲管这种愤怒叫盛怒。不然的话，该叫它什么呢？暴脾气？觉得自己透不过气？脾气不好？还是轻蔑、鄙夷、怨恨、自怜？"我很伤心，谁也救不了我。"这种盛怒就像是某种形式的贪食：怒气会先将你吞噬，之后，你又将怒气吞噬，周而复始，永不停歇。

父亲说，你若不幸染上了这种盛怒，就必须要控制自己的愤怒。而这一点，是父亲年轻的时候从更聪明的长辈那儿学来的，他巴不得把这条建议传授给我。他说：有的人拥有绝对音感，能在听到蜜蜂嗡嗡响后说，"你听到了吗？那是升 G 调！"有的人则很小气。有人会跳舞。还有人很生气。人体主要由水组成，人心则主要由盛怒组成。这种盛怒会让你咬牙切齿，面目狰狞，总能使你陷入极度难堪的境地。从专业的角度上说，它

---

1 奥古斯特·斯特林堡（August Strindberg, 1849—1912），瑞典作家，世界现代戏剧之父。

能招致灾祸。工作中容不得情感上的马虎；你要是任由自己宣泄怒气，如有毒的肝泥香肠般痛斥别人，就只会浪费宝贵时间，坏了自己的事儿，葬送自己想要实现的一切，更何况到了第二天，你还得一个个拨通电话，和所有人道歉。这一切不仅让人难堪，还很费时间。你发脾气的时候，或许会对人说出些言不由衷的话来，一旦说出口，就再难收回。覆水难收，木已成舟。"文字要是飞离了巢穴，就再也抓不回来了"。宝贝，记住这句话，工作中是这样，爱情里也是这样。你以为自己家财万贯，爱情会地久天长，可你要是不加留意，就会发现自己转眼间便身无分文，倾家荡产。你必须要用心做好自己。拍一出戏或是一部电影的时候，适当地发点儿火有助于解决问题，但要出于专业上的需要，而不是情感使然。

"不，爸爸，我不是从皇宫里来的。我是从奥斯陆来的，来采访你，你忘了吗？我们有工作要做。"

我没有说"我们约好了今天见面"，也没有说"我们要坐下来谈会儿"，而是说"我们有工作要做"，因为"工作"是个神奇的词，没有什么会妨碍一个人工作。我们不会打电话请病假，也不会装病逃避。我们也许会撒谎，欺骗，半夜醒来吓得要命，放声大叫，然后看看时间。天快亮了，床头柜上布满了潦草的字迹。但到了六点钟，我们就起床去工作了。

我和父亲要写一本书，明天就开始着手。

马娅正在擦洗厨房的柜台。她和父亲说话的时候用的都是第三人称。他想不想再来点儿葡萄酒？他想不想再来点儿面包配煎蛋卷？马娅的语速很慢，嗓门有些大。她对着水槽拧干了抹布，脏水直往下滴，然后把抹布挂到了小小的墙钩上。

"小女儿来看他了，多好啊？"

她激动地点了点头，期待着父亲也点头回礼。

"噢，是啊，"父亲并没有点头，"噢，是啊，当然啦。"

父亲看着我，眨了眨眼睛。

消失的不再仅是古怪的言语。古怪的言语或许只占了其中的半席。忘却的言语拖出了一条蜿蜒而又漫长的轨迹，始于遍地石子的海滩，穿过森林，一路延伸到了哈马尔斯的房间里。月亮升起的时候，父亲便出门找寻这些遗忘的言语，鸟儿早已等候多时。耳畔的声音纷扰嘈杂，眼前的风景凌乱不堪。我对自己说：可他已经失去了理智，我们现在不能做访谈了，一切都太晚了，不过，话说回来，我不知道"失去理智"这样的表述会不会让人产生误解。父亲戴上他那厚厚的眼镜后，一只眼睛还是能看到点儿东西的，可换成另一只眼睛就几乎什么也看不见了，他的书桌上放着一本日记本，上面写着"激光手术"这四个字。父亲预约了维斯比医院，六月十八日那天要去做激光手术，手术后有望恢复一些视力。父亲只有一只耳朵能听得见声音，有时候，我要是一不留神站错了位置，或是坐在了父亲听不见的那只耳朵旁边，就只能大声和他说话。一切全凭我的记忆。父亲的触觉也一定是因为这样敏感了许多。就算我只是轻轻地碰到了他，他也会退缩，仿佛身上已经破了皮，触碰不得。因此，我也不再像以前那样频繁地去碰他的脸和手了。父亲时而敞开心扉，时而封闭自我，这样的状态从未间断过。要做到每天早上都能让自己兴奋起来并不容易，对于八十九岁的父亲来说，更是如此，所以有时候，当然会选择睡上一个回笼觉，或者干脆就不要醒过来。佩索阿在《惶然录》里怎么说的来着？[1]"我会早早地醒来，花很长的时间准备好生存。"之前，我们谈到要写的这本书时，就提到过佩索阿。或许，我们可以沿用他的书名，不过那样的话会不会有点儿装模作样呢，我们不想装模作样，人往往都不知道能容忍自己装模作样到什么程度，不过，暂时拿"惶然录"当书名还是可以的。写完这本书的时候，我们或许还能想到别的书名，可后来，随着时间的流逝，父亲忘了有关佩索阿的一切。

店里的小伙子推荐我买的是银灰色的索尼录音机，小巧玲珑，方方长长，正好可以拿在手上，用来写一本关于衰老的书。

衰老是工作。下床也是工作。洗澡、穿衣服、日常呼吸新鲜空气、和他人见面都是工作。没有人说起这些工作。

"感觉这段话很适合作后记。"父亲说道。

我们正坐在吉普车里，在去电影院的路上。一年还是两年之前，我们才计划着要写这本书。父亲踩下了油门，没有预警车一下子就蹿了出去，车速实在是太快了，我只好抓着座位的边缘。吉普车颠簸了一路，开进了森林里，疾速沿着崎岖的小路往大海的方向前行，之后，父亲猛

---

1 费尔南多·佩索阿（Fernando Pessoa, 1888—1935），葡萄牙诗人，作家。

地踩下了刹车，正好把车子停在了高高的悬崖边上，扭头看向我，笑得合不拢嘴。

"吓坏了吧！"

"嗯。"

"哈哈哈。"

"你不该这样开车。"

"可我开心着呢！别生气嘛，你老爸都一百岁啦，记忆力也越来越差啦，就让我开心开心吧。"

"你还没到一百岁呢，记忆力要比我好。"

"那我们要写这本书吗？"

"嗯。不过，你得好好开车。我还没活够呢。"

"我们可以给这本书取名叫'后记'。"父亲这样说道。

"也许吧。"

"也许？哦，我觉得这是个非常好的书名。"

我们在五月份的时候录制了音频，父亲是在七月底某天凌晨四点去世的。就在他去世的那天晚上，我在度过了漫长的一天后，拿出了磁带录音机。录音机就放在我的手提包里。我躲在安根楼上的卧室里，坐在了床边。家里的其他人都还聚集在楼下。丈夫给每个人都熬了汤。他时而拉着我的手，似乎有话要对我说，却又没什么说的。大家都夸汤好喝，是胡萝卜姜汤，尚且温热，抚慰人心。我的一位姐姐（应该是英格玛丽）说，我丈夫的汤在那样的场合下堪称完美。几个姐姐都善于留意身边的一切，即便是在那样的场合下，也留意到了汤这样一个微小的细节。当天早些时候，大家都约好了在安根见面，一起吃顿饭，也许可以谈谈接下来要做的事儿，发讣告、办葬礼之类的事儿。

　　我看了看磁带录音机，它正好可以拿在手里。录音时，我告诉父亲，技术设备都在正常运作，自己把录下来的采访都听过了，已经开始转录文字了。我撒了谎。每次来哈马尔斯录制对话后，我都拖着疲惫的身子回到安根，几乎和父亲一样累，根本就不可能坐下来听当天的采访，也不可能转录文字。我对丈夫和伊娃说，让我一个人待一会儿。我无暇顾及他们。父亲没有给别人留下任何房间，因此，丈夫和伊娃就去了法罗岛北端的诺绍曼采集芦苇和贝壳。

我看了看手表，父亲已经离世十六个小时了。我按下了录音机的播放按钮。

我录下来的就是这些东西？磁带的音质很差，噼噼啪啪地响——听上去就像是我当时点燃了篝火，和父亲两个人坐在了火堆中央。杂音盖过了父亲支支吾吾的声音，也盖过了我尖厉的声音，录音里，我一个字也听不出来。听了五分钟后，我就按下了暂停按钮，把录音机放回了包里。录得真是一塌糊涂。早知道，我就应该用外置的麦克风来录音，就应该把麦克风别在父亲的衬衫领子上，尽管父亲绝不会允许我在他的衬衫领子上别任何东西。他绝不会允许我瞎折腾，一定会龇牙咧嘴。父亲总爱穿厚厚的法兰绒格子衬衫，这些衬衫都褪了色，有浅绿色的，灰色的，红色的，棕色的，还有橘黄色的。他年轻时选定了一类穿衣风格后，就再也没变过。在他生命中的最后一年夏天，父亲要人帮着才能把衣服穿上。如果将父亲比作一棵树，那褪了色的法兰绒衬衫就是树皮。我不想拿小玩意儿戳到他。父亲衬衫最上面的扣子都不会扣上，我记得自己看到了他喉结上方薄薄的皮肤，褶皱而又松弛，看上去就和蛋壳一样脆弱。所以，我当时不可能会把麦克风别到父亲的衬衫领子上。

我想说的是，当时，我去哈马尔斯采访父亲的时候，既不懂技术方面的知识，又没有相关的设备，正是因为有了这些明显的缺陷，才录下了六段根本没法听的音频。

尽管我没有听这些录音——是的，我没有听，尽管磁带录音机不见了，肯定是丢了，再也找不到了——我也会时常想起这些录音。父亲去世的那天晚上，我听过的那五分钟录音在我的脑海里挥之不去。录音机的麦克风不仅录下了我们的声音，还录下了房间里其他所有的声音，时而发出嘶嘶声，时而传来轰鸣声，时而劈啪作响，时而夹杂着低语，时而又噼噼啪啪地响，十分刺耳。我当初为什么就没有记笔记呢？我早该想到这会是我们之间的最后一次对话，本该记下当时发生的一切，不仅是我们说的话，还有其他所有的东西，比如当时的天气，两个人的穿着，我穿的是哪件衣服。每次到父亲的书房里看望他的时候，我都不会穿牛仔裤，这是长久以来的习惯。当时，我们周围不断上演着许多事儿。窗外的松树在风中摇曳，那般轻柔。而这些在录音机里都听不到，只能用肉眼才能看到。在哈马尔斯的房子里，人在室内时，就听不到室外的一切。松树摇曳——我当初为什么没有写到松树呢？为什么没有写到父亲的双手和阳光呢？

父亲去世了。我坐在安根楼上一间卧室的床边，落日的余晖照亮了一切。我看了看磁带录音机，看了看小巧玲珑，方方长长，关着的录音机。

父亲就躺在哈马尔斯的房子里，仿佛还活着，等人拉他起来。我们决定让他躺上二十四个小时，这样一来，他的儿女和孙辈如果愿意，就可以来哈马尔斯和他的遗体告别。不是所有人都愿意来见父亲最后一面，也不是所有人都能来。那天晚上，我的一个姐姐就睡在父亲隔壁的房间里，她说，父亲不该在他去世的头一天晚上就孤身一人。

到头来，我们在房间里录下的所有声音，尤其是那些无法忍受的我自己的声音，便是父亲留给我的全部。

要是父亲当时就坐在我的身边，也坐在床边，听到录音后，他会怎么说呢？"耳福是非常重要的。"他肯定会抱怨音质太差，设备太差，还会抱怨录音技术太差。"这些录音连屎都不如！"之后，他还会说："宝贝，你的声音太细太清脆了，听起来像是城堡里的少女在献殷勤。我告诉过你，你和我说话的时候要用挪威语。"他还会说："我们得重录一遍。"

冲着年迈的父亲大声说话的女人是谁？

"我的小爸爸今天过得怎么样？"

我按下了暂停按钮。

之后，我又按下了播放按钮。或许录音并没有我想的那么差。

"我的小爸爸今天过得怎么样？"

我再次按下了暂停按钮，匆匆把磁带录音机塞进了包里，从床上爬了起来，有了新的打算。

我决定要下楼和大家在一起。

一起喝汤。

喝完汤后，就上床睡觉，再起床，再睡觉，再起床，再睡觉，再起床。

一天一天地过日子。

先将父亲安葬，再悼念他，然后——过段时间——再听录音。

录音机在我的包里放了三年之久，后来，我把它从包里拿了出来，放进了一张书桌的抽屉里——从那时起，一切都成了模糊的记忆。父亲去世一年后，我公公也去世了。至此，我和丈夫都失去了父亲。有只流浪猫每天晚上都会到我女儿的沙池里来撒尿，家里和花园里都弥漫着一股猫尿味，无论怎么清洗都消散不去。丈夫爱上了一个女子，她有着一头乌黑长发，手腕纤细。我们搬到了法罗岛，在那儿待了一年。丈夫给她发了邮件，内容都是歌曲的链接。我问他为什么要这么做，他说，因为她不是我。后来，我们又搬了家。多年以来，我都不知道录音机在哪儿。

父亲去世七年之后，录音机突然又出现在了顶楼的一个箱子里。是我丈夫找到的。我给二十四岁的儿子奥拉打了电话。

　　"录音的音质太差了，"我这样和他说道，"我不知道为什么会这样。卖给我录音机的人还说这是市面上最好的录音机。"

　　"嗯，好吧，那是很久以前的事儿了。"

　　"七年前的事儿。"

　　"七年的时间很长啦，数字磁带录音机一般用不了这么久。"

　　"这我知道，可这些录音听上去就像是一百年前录的一样。"

　　"你真的听过录音了吗？"

　　"额，没有，算不上听过。上次听的时候，录音就够差劲的了。我听了不到五分钟还是十分钟就听不下去了。"

　　我深吸了一口气。

　　"那你能不能帮我个忙？我想应该有办法能把这些录音转存到笔记本电脑或是电话上……也许有什么工具或者应用程序之类的东西可以消除杂音……你认不认识什么好的录音师？"

　　奥拉还有许多纸板箱要处理，就要和女朋友同居了，这会儿其实没工夫和我说话。我问他能不能给他发一张录音机的照片。他要是看到了录音机的型号，或许能给我出出主意，要怎么做才能挽救音质。

"就不能试着去听听这些录音吗？"他说道。

"不可能！录音机里噼噼啪啪地响，根本就没法听！"

"也许只是扬声器出了问题，我的意思是说，这录音机太小了，都闲置七年了，扬声器可能不行了。"

他这会儿很有耐心。他是什么时候学会了这样说话？宛如一名成年男子在和一个一筹莫展的小姑娘说话。

"我也不知道。"我说道。

"妈妈，听我说。我觉得你应该拿副质量好的头戴式耳机连接上去，听听看音质有没有变好。"

"好的。"

"你有质量好的头戴式耳机吧？"

"有。"

"要是音质没有半点儿好转，还是听不清你们俩在说什么的话，就给我发短信。好吗？"

"好的。"

"我得挂电话了，先这样吧？"

"好的。"

我翻出了一副大大的耳机，坐到客厅的沙发上。眼下已是深夜，凌晨时分。丈夫和女儿都在楼上睡着了。我按下了播放按钮，感觉就像潜入了水里。

录音里充斥着杂音，人声支支吾吾的，时不时会停顿，寻找某些字词。我的双手在拨弄着什么东西，混入了更多的噪音。拨弄的声音很大，有时候都盖过了我和父亲的声音。我记得录音机当时就放在一张小木桌上，位于父亲的轮椅和我的椅子之间，我时不时地会把录音机拿起来看看，确保它正常运作，父亲的声音一轻，我就把录音机往他那儿挪，一直担心自己没有把他的话录下来。我每碰到一次麦克风，都会在录音里留下一阵雷鸣般的噪音。

　　我想对这个坐在那儿不停摆弄着录音机的女儿说：别乱动了！把手都放在腿上！注意力集中在老爸身上，再过几个星期他就要死了。录音让人尴尬，但我没有停止播放，没有按下暂停按钮。父亲的神志比我印象中要清醒许多，而我的声音也没有那么刺耳。我们都尽力了。可拨弄的声音还是让我有些不安。我从来没有想过，自己的双手竟然会成为声源，在我打响指、拍手、鼓掌的时候，双手当然会发出声音，可其他时候，通常都很安静，做手势不会发出任何声音，拨弄也不会，至少我以为不会。在描述一组公元前四世纪的陶俑时，安妮·卡森曾这样写道："有两张嘴的事实让人困惑和尴尬，"而每一个陶俑"除了有两张嘴以外，几乎什么都没有"。一个人要是不知道自己在其他地方还有"嘴巴"，发现自己身上原以为不会发出声音的部位竟然充斥着声音，该有多困惑，多尴尬啊。麦克风将所有声音都一网打尽，无论重要与否，通通都录了下来。从另一方面来说，区分事物是否重要这样的想法本身就毫无意义。分门别类的想法根本就没有意义。而我却花了太多的时间来区分事物是否重要。"然而，活着的人都犯了同样的一个错误，那就是对事物加以过于严格的区分，"里尔克曾这样写道，"（据说，）天使往往都不知道自己是走在活人还是死者之中。"

后来，我突然想到，听到录音里的拨弄声就和看到照片里的自己一样让人尴尬。一有人给我拍照，我就会眯上眼睛，皱起眉头，缩起脖子，脖子仿佛是管道，能让我就此消失在里面。我的脖子又细又长，随着年龄的增长，脖子上的皱纹也越来越多。我看到照片里的自己眼睛眯成了两条缝，还没想好要摆出什么样的表情就被相机定格在了那里。

我们一共录下了六段音频。父亲如果还在世的话，我会问问他为什么有那么多停顿。录音放着放着便没有了声音。声音与声音之间留下了许多空白。这些停顿要作何解释呢？换做是他，他会怎么解释呢？

她： 好啦，我们为这次的采访计划很长时间了。

他： 我们为这次的采访计划很长时间了。

她： 嗯。

他： 可是昨天晚上，我觉得特别没把握。

她： 是吗？

他： 是啊，我当时躺在床上睡不着觉，觉得很没把握。

她： 为什么啊？

他： 啊？

她： 你为什么觉得没把握呀？

长时间的沉默。

他： 我最近都在试用一种新的安眠药。

她： 哦？

他： 我这辈子一直都在服用安眠药，都上瘾了……罗眠乐是个好东西，一天两片，再吃上两次安定片，早晚各两片。

她： 早上也吃吗？

他： 是的。

她： 大清早？有助于你再多睡一会儿？

他：是的。

她：也就是说，你昨天晚上睡得很好喽？

他：嗯，我昨天晚上确实睡得很好，不止是很好，整晚都睡得非常好。

她：可这样一来……我的意思是说，睡得好就好，是吧？

他：是啊……所以我们现在才会在这儿……才会在我的书房里……这间书房的建筑设计师是声学方面的专家，这儿的一切最初都只是为了听音乐而布置的……这是我的房间。

她：嗯。

他：嗯。

她：可你刚开始的时候还说，你昨天晚上睡不着觉，觉得对整个项目很没把握，所以，你昨天晚上或许只是时不时会醒过来，觉得"这样不行"吧……？

他：是的。

她：你觉得"这样不行"……感觉对整个项目很没把握？

他：是的。

她：那么，你昨天晚上躺在床上醒着的时候，在想什么呢？

他：(清了清嗓子) 我当时在想，我应该准备得更充分点儿的，想着我们之间正式开始对话之前，本该先预热一下，再循序渐进，步入正题。

她：嗯……

他：或者做些类似的准备。我有些记不清了。

父亲停顿了一会儿，清了清嗓子。

他：因为眼看着天就要亮了，我就变得越来越焦虑。

一共六段音频，每一段的时长都是两小时多一点。等我们坐到了父亲的书房里，中间摆好了录音机，我们俩都觉得很没把握。我依然记得当时的那种感觉，从录音里就能听出来我们都很没把握，都有些畏缩，仿佛身处异国他乡，非得说外语。录音里没有声音的时候并不是真的就没有声音，而是噼噼啪啪地响，充斥着拨弄和支支吾吾的声音。父亲的声音时而清晰，时而含糊，我的也一样。我不知道此处用"清晰"一词来形容是否恰当——"清晰"像是用来形容光线和视野的词。

她：这间书房建起来有好多年了吧。

他：有好多年了。

她：是一九六七年建的吗？

他：是吗？……噢，我也不知道。

她：肯定是一九六七年。这座房子是你和我妈在一起的那时候建的。

他：那时候是六七年？

她：是的，我是六六年出生的，而这座房子是在六七年夏天建成的。

他：嗯，是啊……

长时间的停顿。

他：你是六七年出生的？

她：不是，我是六六年出生的。

他：六六年？

她：是的。

他：天哪！

她：反正……

他：(打断我的话）见到你真高兴！

她：见到你我也很高兴！

他：(迟疑地问）你今年多大了？

她：四十岁。

他：四十岁？天哪！你都这么大了？

我试着在脑海中描绘父亲的样子，却不太能做到。或许，还是能做到的。每当我站在狭窄的林间小路上，站在那遍地防畜栏的小路上，就会看到一个老男人骑着一辆大大的红色女式自行车。这辆自行车要比这个男人更加醒目。灰绿色的风光映衬下，自行车的那一抹红色显得格外亮眼，除此之外，一切都显得那样平凡。如此而已。自行车上的男人面无表情，严肃而又质朴。

我的手里有一张父亲趴在桌上的照片，他拿着放大镜费劲地看着相片，穿着法兰绒格子衬衫，外面套着一件薄薄的棕色羊毛衫，看上去很瘦。

父亲坐在自行车座上，座椅调得很高，慢慢悠悠地骑着车，他的一旁是森林，另一旁则是大海，自行车的车轮很大，车架纤细，车上还有个行李架，他自己又高又瘦，穿着棕色的灯芯绒裤子和绿色的羊毛衫，戴着一顶同样是绿色的羊毛帽，还穿着双耐穿的鞋子和棕色的羊毛袜，袜子产自慕尼黑，款式精致。

父亲的袜子都是由英格丽德缝补的。她会把纱线一卷一卷整齐地堆在一块儿，放进自己书房的针线盒里。

爸爸和英格丽德都有自己的书房，两人的书房之间隔着一条狭窄的过道和一间小档案室。英格丽德会在自己的书房里用打字机打出父亲的手稿，还会在房间里算账、回信、写日记。

纱线的颜色和袜子一样，色调也许要淡一些，太阳仿佛在她缝补过的地方都洒下了微光。父亲坐在书桌前的时候，英格丽德会在家里来回走动，偶尔才会安安静静地坐下来，低头忙着手里的针线活儿，缝补袜子、衬衫，或是床单、枕套。我睡的床单上就有很多微小的补丁，手感粗糙，都是英格丽德缝上去的。在我二十六岁那年，英格丽德得了胃癌。她去世的时候，我一度担心父亲会为此伤透了心。

自行车上的父亲就像是一株大蓟，又高又瘦，一身绿色，和周围的风景完全融为了一体，几乎看不出来自行车上有个人，只能看到一辆红色的自行车。在通往哈马尔斯的路旁、防畜栏周围和沼泽上，都长满了大蓟。

小时候，父亲常常会在床上念书给我听。我们会事先约定熄灯睡觉前要读到哪一章，他读到那一章末尾的时候，就会抬起头看着我，说："再读一章？我们要不要再读一章？"父亲读过阿斯特里德·林德格伦的作品[1]，也

---

1 阿斯特里德·林德格伦（Astrid Lindgren, 1907—2002），瑞典作家，著有《长袜子皮皮》等。

读过玛丽亚·格里珀的作品[1]，还读过托夫·杨森的作品[2]。有时候，他会读诗给我听，要么读一整首，要么只读一部分。父亲说他并不喜欢诗歌，可他的裤兜里，偶尔还是会塞着一页折起来的黄色便笺纸，上面记下了他从书上看来的几行文字或诗篇。

我窝在床上，父亲则坐在床边，一起看着那页记事纸，把它摊开。把纸摊开要花点儿时间。父亲这么做的时候，我们俩都没有出声。床头柜上点着一盏灯。我留着一头长长的秀发。多么希望自己的头发能再长点儿啊，希望它闪闪发光。外婆说，我要是每天早上和晚上都把头发梳上一百遍，头发就会闪闪发光。椅子上挂着一条褪了色的蓝色背心裙，一个夏天过去，我就穿不下这条裙子了。

"准备好了吗？"父亲已经摊开了那页记事纸。

"准备好了。"我回答道。

"你确定你准备好了？"

"确定。"

"百分之百确定？"

"爸爸！我确定！"

　　"我倾听自己的心扉

　　　我的内心是

1　玛丽亚·格里珀（Maria Gripe, 1923—2007），瑞典作家。

2　托夫·杨森（Tove Janesson, 1914—2004），芬兰作家。

我倾听自己的心扉

知道自己的内心

知道星辰会化作碎片

我倾听自己的心扉

我的内心是。"

"好啦。"

"嗯……"

"要我再读一遍吗？"

"不用啦，这样就好。"

"你觉得这首诗写得好吗？"

"我也不知道。"

哈马尔斯地势平坦，长满了奇形怪状的古树，道路蜿蜒而平缓。海面上一片灰白，浮萍苍翠，风平浪静。水中的氧气越来越少，大海正逐渐失去生机。有时候，海面上铺满了一层有毒的海藻，这些海藻如海绵般松软，就像是一张旧毛毯。父亲骑的那辆自行车是红色的，车轮碾过砂砾，嘎吱嘎吱地响。那抹红色实在是太鲜艳了，找不到任何事物能与之相比，即便是同样长在哈马尔斯路边的罂粟花，也不及这辆自行车鲜艳，比我能想到的所有红色都鲜艳。我列出了所有的红色，却没有一种能像它那样鲜艳。即便父亲死后，深埋在地底，化作了尘土——再也描述不了他的长相了——我依然对自行车的那抹红色记忆犹新。

我们之间，更擅长离别而非相见。我出生时，爸爸就已经四十八岁了，如今，我也四十八岁了，父亲总是比我大四十八岁。每次和父亲告别的时候，我都想着，从此以后或许就再也见不到父亲了。

　　忘了从几岁起，我会在见父亲之前精心打扮一番，头发往两边梳，紧紧地扎成一条马尾辫，再戴上一只小手镯，那时候，我的手腕比现在还细，手镯一戴上就会滑落，不知道掉哪儿去了（手镯时而滑落，时而松动，时而弄丢了，我经常要花很多时间来寻找）。"你别遮着脸。"那是我七岁的时候。父亲说，我们不说再见，听到"再见"后，他好几个晚上都会失眠，还会焦虑和胃痛。他的起飞跑道和着陆跑道都很漫长，无论是相见还是离别都要花上些时间，每每道别之时，我们都会和平时一样聊聊寻常事儿，相见和离别仿佛没什么大不了的。我们肩并肩地坐在屋外的棕色长凳上。车子正等着我，是时候出发了。父亲亲了亲我的额头，抱了抱我说："我们不说再见。"

　　父亲想一直在哈马尔斯住下去，但最终还是要和英格丽德坐车离开。到了下雪天，房子就腾空了。搬离之前，英格丽德会用吸尘器把房子里的每一个角落和每一处缝隙都清扫一遍，不过几周后，由于没有人居住，各个角落里和床底下自然又会积满灰尘，窗台上到处都是苍蝇的尸体，即便夏天的时候，所有的门窗都紧闭着，还是有苍蝇飞进了屋里。房子还是房子，沉浸在一片灰暗中，任凭人来人往，声音嘈杂，都丝毫不受影响。这座房子终于等来了冬天，在寂静的微光下张开了怀抱迎接。这正是父亲住在斯德哥尔摩卡拉普兰的公寓时梦寐以求的房子；法罗岛的冬天较为收敛，就是冬天该有的样子，夏天则能满足一切幻想，苛刻而又延绵，明亮而又娇媚，仿佛在说："看我多美啊！看看我的红罂粟，看看高远的蓝天，看看西非大草原般的荒野。"

于是，我们再次坐在了长凳上，互说再见。确切来说：我们没有说"再见"这两个字。长凳位于树荫下，周围没有一点儿风吹过。房子另一边的风光要更加秀丽，能够看到大海。可我们几乎从来没有在那儿坐过。

我时常会想起家里的女性，想起她们的手提包，想起她们随身携带的东西。比如外婆到哪儿都会把外公的骨灰放在她的手提包里，随身携带着。我外婆面色红润，体形丰满，偶尔穿着双高跟鞋，很是时髦。战争时期，她和外公还有两个年幼的女儿住在多伦多。外公曾是挪威皇家空军基地的指导员，基地坐落于多伦多港南部的中央岛，旨在培养年轻的空军以备投身于挪威北部的战役。一天，外公在机场上被螺旋桨砸中了头。几年后，他在纽约的一家医院里去世了，死于脑瘤。我至今都不知道外公是不是因为被螺旋桨砸到才得了脑瘤，又或者两者之间毫无关联。外公的两个女儿都是一头金发，肤色白皙，身材瘦长。我记得自己读到过这样的话：世界上所有的小女孩都长得很像——满头金发的小女孩看上去都很像，满头黑发的小女孩看上去也都一样——几乎不可能分辨出谁是谁来。这番话是我从一本美国警察侦探小说里看来的，小说讲述的是一宗失踪案。二〇〇七年秋天，在我父亲死后不久，得克萨斯州加尔维斯顿湾的水域里发现了一具小女孩的尸体。尸体是在蓝色塑料箱里发现的，死亡时间至少有两周。当时，没有人知道死者的身份，也没有人知道她是怎么死在箱子里的。诗人贡纳·毕约林曾这样写道，"生活在于命名。"记得当时，负责调查这起案件的侦探给这个小女孩起名叫

"格蕾丝宝贝"，他还说，由于世界上所有的小女孩都长得很像，为案件的侦破增添了不少难度。

然而，一个小女孩看着另一个小女孩的时候，可不会觉得别人长得像自己。在她们的眼里，没有人长得像自己，只有自己才像自己。

战争最终落下了帷幕，外婆和她的两个女儿登上了最早一班开往挪威的船，启程回家，当时，外婆还带着很多东西。她怀着悲伤的心情，带着一箱橘子，领着两个女儿，拖着手提箱，还挎着手提包——手提包的漆皮是黑色的，提手呈拱形，包上有个扣子，外婆每次打开包或是合上的时候，都会发出咔嗒声——除此之外，外婆还带着外公的骨灰瓮。船停靠在了卑尔根市的码头，许多人都来迎接这艘从美国开来的船，两个小女孩（其中一位正是我的母亲）便分起了橘子，抛给了在场的每一个人。

他：我只有一只眼睛能看得见，可就连这只眼睛也看不太清东西。再过几个月，我就要去维斯比医院做手术了。他们告诉我，手术过后我就能恢复视力了。在此期间，我也没什么事儿做，只能坐在这儿听听音乐。要知道，这些年来我收集到了这么多东西……这么多书……这么多音乐……书架上放着所有的这些唱片，真是太好了！

父亲坐在轮椅上，好不容易才伸出了手——书架只有一臂之远，上面放着唱盘和他收藏的唱片——他颤颤巍巍地提起了唱针，放到唱片上。我忘了父亲做这件事的时候是什么模样，只能想象着当时的画面。我当时没有记笔记，手里只有那时候的录音。录音里劈啪作响，夹杂着嘶嘶声和叹息声，还有父亲的轻声嘟哝，之后，录音机里响起了我的提问声："我来帮你拿吧，"父亲则说："不用！……不用！……我说了不用！"

　　他：一切要从我小时候说起，那时候，我可以去看歌剧。

　　她：谁带你去看歌剧啊？

　　他：什么？

　　她：谁带你去看歌剧啊？

　　他：是我阿姨安娜·冯·赛多，她有一顶大帽子，还很有钱。

　　沉默。

　　他：我记得……当时是十岁或者十二岁，看的第一部歌剧叫《唐怀瑟》……作者是瓦格纳……看的时候还发着烧……那天晚上，我发烧了……要知道，那部歌剧很好看……我不知道那是哪一年的事儿。

　　她：好吧，要是你当时是十岁的话，当年肯定是一九二八年，是在斯德哥尔摩吧?

　　他：也许是吧。

　　她：和我说说那天晚上你看完歌剧回家以后发生的事儿吧。

　　他：我病得很严重，发烧了。

　　她：你当时害怕吗?

　　他：不害怕。

　　她：现在回想起来，你还会像当时那样震撼吗?

　　他：会。

　　她：和当时一样震撼?

　　他：噢，是的……不过，当然还有比瓦格纳的歌剧更好的作品……我想给你听听……看看这个怎么样。

　　他费了好大的劲，笨手笨脚地放起一张唱片，收音机的音量开到了最大，传出了一个女人的声音，内容和维瓦尔第有关。

　　他：我想给你听的不是这个。

　　她：那是收音机，你打开的是收音机。

　　父亲把所有东西都关掉了，又摸索了一阵，女儿想要帮忙，父亲却不让，他放起了唱片，贝多芬的《G大调第四钢琴协奏曲》。

　　他：或许，除了巴赫的作品外，没有比这更动听的了。

　　接下来很长的一段时间里，录音里都只有音乐。

　　女儿说了些什么，但听不清楚。父亲打断了她的话。

　　他:(大声说道) 我不想说话。我不想让自己的说话声盖过贝多芬的音乐声。听贝多芬的时候，我是不会说话的。

她：对不起。我一句话也不说了。我们可以静下来听音乐。

音乐戛然而止。

他：我们改天再听吧，（父亲不耐烦地说）到时候我们可以听完整首曲子……整首曲子的时长大约有三十五分钟。

她：好的，改天是该这样做……把整首曲子都听完……一句话也不说。

他：嗯，或者你也可以自己去外面买这张唱片。

女儿没有回答。

他：好啦，我们刚刚说到哪了？

我想起了父亲弥留之际，他的手和脚，还有脸上的一些部位到处发青。在挪威，人们往往把这种症状叫作"大理石纹青斑"，是一种皮肤斑。即便不在人世，父亲也依然存在。所谓大理石纹，需要两种以上的色彩相互混合，才能形成像大理石一样的图案，要把石头、纸张、树木、外皮等的表面转化成另一种形式。公元十世纪，苏易简写下了《文房四谱》[1]，或许就是在这部文集中，第一次出现了大理石纹纸这样的概念：大理石纹纸是一类装饰纸，被称作"流沙纸"。调整父亲身上的毛毯位置时，我看到他的双脚发青，并出现了大理石纹，不过当时，我根本就没有想到过这些，没有想到过青色，没有想到过纸，更没有想到过法罗岛上遍地的流沙。我当时想到的是母亲曾对父亲说过的话："你要是怀疑女儿不是亲生的，就去看看她的两只脚。和你的一模一样。两条腿也和你的一模一样，又瘦又长。"

---

1 苏易简（958—997），北宋官员，字太简。

他: 我在屋外散步,身边还有一个人也在散步,这个人我并不认识,不知道他叫什么名字。过了一会儿,我对这个人说:这终究是一座大豪宅。这人回答说:是啊,你一定对此感到无比骄傲吧。

父亲身体前倾,像是要对女儿吐露什么秘密。

他:(小声说道) 可这座房子不是我造的。(说完便坐了回去,提高了嗓门。) 我对这个人说:可这座房子不是我造的!你知道之后发生了什么吗?

她: 不知道。

他: 这个陌生人惊讶地看着我,说:可这座房子当然是你造的啊!

沉默。

他: 在许多情况下……在很多梦里……都会出现这样的场景,这个陌生人会转身对我说:毫无疑问,这一切都是你做的。这是你的房子。

长时间的停顿。

他: 这让我害怕。

父亲得了口腔溃疡,有些字词都说不清楚,如"性欲""承包商"

和"斯德哥尔摩歌剧",说这些词的时候,口腔溃疡会碍到舌头和嘴唇的移动,话就说不出来了。

　　她：你为什么害怕啊?

　　他：其实根本就没什么大不了的。只是胡闹。这个人说,这一切都是你做的。而我就说:这一切都是建筑师和……和……承……承包商做的。

　　她：可你为什么说这是"胡闹"呢?

　　他：他们尽说些……会让人误解的东西,简直是胡闹!我在建造这座房子的过程中并没有起到一点儿作用。

　　她：可这座房子显然可以反映出你是什么样的人吧?你在这儿住了四十多年了,房子要建成什么样不是由你来决定的吗?

　　他：嗯,确实由我来决定。是我决定了房子要建成什么样。是我给所有的房间配备了家具,把画挂在了墙上……我还……可确切来说,这些都不算是建筑。就这座房子而言,我完全处于一种被动的状态,怎么说也说不清楚。这是你想象不到的。这让我感到害怕、惊讶。

* * *

　　他：我的病情是去年八月十二日的时候开始发作的。有天早上,我开始流鼻血。鼻孔仿佛有河马的那么大,血流不止。我站在水槽边,鼻血倾泻而下。

　　长时间的沉默。

他：我给医生打了电话，他说："没什么大碍，对于你这把年纪的人来说，这是常有的事儿，反正你现在没事就好。"可过了几天，经过这次大……大出血以后……应该是在八月十二日那天，我跳到了泳池里，却惊讶地发现自己沉到了池底。

她：你沉到了池底？

他：我沉到了池底，怎么浮也浮不上水面呼吸，无论我怎么扑腾，怎么蹬腿，就是浮不上来。

沉默。

他：最后，我好不容易才碰到了池壁……紧挨着边缘……并且……并且……并且最终爬上了岸。那是我人生中第一次体会到了死亡的痛苦，在此之前，我从来没有体会过死亡的滋味。

她：你当时是不是怕自己就这么死了？

他：是的。幸好最后化险为夷了。

她：啊。

他：不过后来，又过了一两天，我再次落入了泳池里，像块石头一样沉了下去。

父亲用他那只看得清东西的眼睛看着女儿。

他：我好不容易……噢，是的！……好不容易才把身子挪到了台阶上，可我觉得这真是件怪事儿……我觉得很奇怪，自己竟然会再次沉到池底，而且怎么也浮不来，所以，我给医生打了电话，和上回一样的医生……这一次，医生的语气就完全不一样了："你赶紧到医院来，我们给你做个检查！你现在的情况搞不好会有生命危险！请马上过来! ……好，就这样……"所以我就去了斯德哥尔摩，医生给我做了检查，把所有能想到的检查通通做了一遍，结果发现，我得的病很特殊，不过也很常见。

沉默。

她：所以是什么？

他：什么？

她：你得的是什么病？

他：什么？

她：医生的诊断结果是什么？

沉默。

他：我做过许多无聊的梦，这些梦境就像是放影仪放映出来的照片。

父亲说的"放影仪"，是指投射幻灯片的"投影仪"。

他：……就像是放影仪放映出来的老照片，我必须得看。

她：这些都发生在晚上睡觉的时候吗？

他：即便是在白天，我的脑海中也会浮现出这些画面。我醒着的时候也是这样，无论是白天还是黑夜。

沉默。

他：后来我就得了肺炎，康复后就开始失去了平衡。我走着走着就会跌倒，这种情况随时都有可能发生，无论我走在哪儿，走着走着都会摔跤。我全身上下到处都是瘀青……我觉得这非常好笑……我有想过……想过自己为什么会觉得好笑……小时候，我喜欢去看马戏团表演，都是和阿姨一起去看的，就是那个有顶大帽子的安娜阿姨……然后……然后……小丑们进场，背朝下摔在地上，翻了好几个跟头，来回打滚，两两相撞，这些在我看来都非常滑稽。我摔倒的时候，就感觉有点儿像……嗯……会让我想到马戏团里的场景。我摔倒的时候——你必须要明白——身高一米七八的人摔倒伤到自己的时候，或是翻了个跟头，撞在了家具上的时候……管它怎么摔的……总有些好笑。人们一直都觉得这很滑稽……我摔倒了……摔倒了……现在回想起来，比当时摔的时候还要疼。

她：可怜的爸爸。

他：后来，就有了所有的这些梦。

她：什么梦？

他：我梦到这个陌生人转身对我说：你造的这座房子真好啊！我便回答说：可这座房子并不是我造的，我不知道住在这座房子里的人是谁，于是，他就会说：可这座房子就是你造的啊。住在这座房子里的人就是你。

她：这让你觉得害怕？

他：是的，我觉得害怕。

她：可你为什么觉得害怕啊？

他：我感觉这完全就是一场不可思议的骗局……一项沉默的约定，很多人都参与其中。

沉默。

我觉得父亲就在这时候抬起了头看着女儿。

他：好啦！我把这些都告诉你啦！这就是我这一年来发生的趣事
儿……你冷不冷？

她：不冷。

沉默。

他：那时候，我还会在记事本上写东西。现在都没写了……

女儿打断了父亲的话。

她：我们俩每天都会在你的记事本上写下：明天上午十一点就在
这间书房里见面。

他：对，这我知道。不过我想说的不是这个。

她：对不起，我打断你了。你继续说吧。

他：我刚刚想说的是，我把流鼻血的事儿写到了自己的日记里，
当时是这样写的：从这时候起，我开始感到困惑，也是从这时候起，
我的梦境和幻觉开始以可怕的方式扰乱现实。

其实，父亲此处的原话是：从这时候起，我"不再"感到困惑，不
过我想他本意是想说：从这时候起，我"开始"感到困惑。那年春天，父
亲很容易把词汇混用，说出来的话常常和他的本意恰恰相反。父亲想说的
大概是"开始"而不是"不再"，不过，也有可能是我搞错了。

六十年代的时候，妈妈和爸爸还是一对，那时候，母亲的脸上光秃秃的，几乎不像是一张脸，一直皲裂又愈合。我听到过，也看到过许多有关母亲的脸、眼睛、嘴唇还有头发的描述，讲她如何脆弱，让人担忧，又如何和其他伟大的女演员一样，通过嘴边细微的变化来传达情感，可却从来没有人提到过她的耳朵。小时候，我喜欢躺在母亲的身旁，轻轻摸她的头发，那时候，我还不知道怎么表达"美"和"爱"；和大多数孩子一样，我更关心事物的大小，而妈妈就有一双大脚和一对大耳朵。我们会躺在她的双人床上，床柱是金色的，床上铺着粉红色的印花床单，母亲允许我轻抚她的头发，她要么看书，要么打电话。母亲挂电话前常常会说"喂——我挂了"。她每次说这话的时候，都会把脸扭向一边，像是在对着墙说话。"喂——我挂了"。外婆也说"喂——我挂了"。有一次，我听到过比利阿姨说"喂——我挂了"，我总是留意比利阿姨说的话。比利阿姨有着一头红色的鬈发，她有一件及地的毛皮大衣，就挂在特隆赫姆的房子客厅的衣柜后面，几乎没怎么穿过，阿姨是有夫之妇，生下了五个孩子，是一名全职店铺经理，每天抽两包烟，每周都读一本新书。母亲有许多追求者，可我觉得这些追求者里，她一个也不喜欢。她就像珀涅罗珀[1]，等着自

----

　　1 出自荷马史诗《奥德赛》。奥德修斯的妻子，丈夫远征特洛伊失踪后，一直等待，拒绝了所有的求婚者。

己的真命天子回到家里。母亲的床头柜上放着一部白色的眼镜蛇造型座机。一直以来，她都用这部座机来打电话。她喜欢在卧室里待着，很少穿丝绸晨衣，常常无所事事。当我躺在母亲身旁，轻轻拨开她的头发时，两只耳朵就露了出来。她的耳朵有海螺壳那么大，假如把我的耳朵凑到她的耳边，仿佛就能听到大海的声音。客厅里还有一部红色的眼镜蛇造型座机，响个不停。母亲受不了铃声响个不停的时候，就会把红白两部座机的插头都拔掉，通通塞进冰柜里。

她：能和我说说我妈吗？

他：我一直想着贝多芬，想着他是怎么打动人心，引发情共鸣的。

她：哦？

他：之前在马尔默有一场管弦乐队的排演，由凯比独奏……演奏的曲目是《G大调协奏曲》。在那之前，我从来没见过凯比。

她：可我问的是我……

父亲打断了女儿的话。

他：你可能不知道，许多情况下，独奏家和管弦乐队往往是在带妆彩排的时候才第一次和指挥配合……共有一百四十名音乐家参与了那次排演……那是一支大型管弦乐队……马尔默城市剧院很大……当时，我一个人坐在偌大的观众席中央，凯比走到了台上，穿着一件红色的裙子，我当时想着，这么漂亮……我这辈子从来没见过像她这么漂亮的女人。我不知道自己当时坐的是第十排，还是第十五排，之后，排演开始了。凯比一身红裙坐在了钢琴前，全神贯注，激情饱满，整支大型管弦乐队都显得容光焕发，偌大的音乐厅也像在闪闪发亮。

沉默。

他：嗯，接着就到了午饭时间，他们暂停了排演，指挥过来对我说：你想不想见见那个姑娘……**那姑娘**只有二十岁出头……我已经爱上了她，虽然那时候，她本人还不知道，我自己也不知道。我忽然羞涩得像个乡巴佬，嘴上说着不用，不用，我不能去见她，之后，指挥又说：好吧，随你便吧，不过我们会在自助餐厅里用餐，只是简简单单的一顿午饭，接着，我就说：噢，那个，我想我可以和你们一起……于是，我们就一起聊天……一起喝咖啡……自助餐厅里的三明治很好吃……再后来，我们就在众目睽睽之下坠入了爱河。相识没过多久就相爱了。没错，就是这样，我和凯比的舞曲。

她：那我妈呢？

他：什么？

她：我是想让你和我说说我妈。凯比是丹尼尔的妈妈。

他：什么？

她：凯比是丹尼尔的妈妈。我在想你能不能跟我说说我妈。

长时间的沉默。

他：她到处旅行，而我追随着她的事业，确切来说，是追随着她的脚步。过了一段时间，我们开始给彼此写信。我们写了很多信……一定还有一大叠信件在哪儿放着。后来，有一天……你可能不知道，我当时在斯德哥尔摩的格雷维特勒加坦有一间一室户的公寓。

她：嗯，这我知道。

他：啊，你怎么知道？

她：妈妈和我说过她就是在那间公寓里怀上了我。

他：什么？

她：我说我妈妈。

他：嗯……？

她：她说，自己就是在格雷维特勒加坦的那间公寓里怀上了我。

他：是吗？……是这样吗？额……也许吧，我们就是在那间公寓里一次又一次相见的……后来就上了床……那间公寓小得恰到好处，有厨房、浴室、橱柜、床……嗯，当时就是这么回事儿。一切都源于贝多芬的《G大调协奏曲》。

父亲看着女儿。

他：问题，问题，问题——怎么有这么多关于音乐的问题啊？

她：额，要知道，我也有些关于我妈的问题要问……我想问些关于你和我妈之间的问题，关于爱情的问题。

父亲看了女儿好长一段时间。

他：爱情完全是另一回事儿。我不想混为一谈。爱情显然在很多时候，比如我刚刚说到的事情里，都起到了一定的作用，听听这个吧。

父亲从唱盘上取下了贝多芬的唱片，利落地塞进套子里。他每次坐在轮椅上，伸手挑唱片或是换唱片时，我都会联想到司机把手伸向车窗外，向收费站的筐里投进硬币的画面。

父亲放起了舒伯特的《冬之旅》。我们听的是二十四首曲子里的

110

最后一首。之后，他再次伸手提起了唱针，房间里陷入了一片寂静。

    他：这张唱片的音质非常清晰——我想说的就是**这个**。从第一组和弦开始……

    父亲停顿片刻，看了看唱机。

    她：(试探性地问道) 能再详细点说吗?

    他：音乐是有生命的。听听这段音乐，仿佛给人注入了活力。我一个人待在书房里时，有时候就会哭起来。我不爱掉眼泪。这你是知道的。我不是那种人。可每当我一个人坐着听唱片的时候，就会潸然泪下，会强烈地感觉到自己还活着。你明白我说的意思吗?

他们相遇时，妈妈要比爸爸年轻许多。当时，她只有二十七岁，长得很漂亮。

母亲告诉我，我出生的时候，父亲坐飞机从斯德哥尔摩赶了过来，身上带着一枚绿色的戒指——是翡翠戒指——他在床边把戒指交给了母亲，匆匆看了一眼刚出生的女儿后——女儿皮肤泛黄，骨瘦如柴——就赶下一班飞机回斯德哥尔摩了。

产科病房里，其他产妇没有给母亲好脸色看，因此，母亲待了一个晚上后，就只好转移到了单人病房。病房里，母亲每次和生下来的小宝宝在一起的时候，都不敢看书，不敢睡觉，不敢盯着天花板，也不敢望向窗外，只会盯着宝宝看。躺在床上光盯着宝宝看一点儿意思也没有，可她宁死也不愿让进进出出的护士觉得，她的心里想着别的事儿，一点儿也不爱自己的孩子，她不许任何人这样想："这儿躺着一个荡妇，她不该背叛自己的丈夫，还搞大了自己的肚子。"

我不知道有没有人和母亲说过，她哺乳的时候流过泪。我想她当时也许会为此而感到羞愧吧。那时候，她本该收获幸福，却坐立不安，情非得已，隐约觉得世事难料，一切都和自己想的不同，并为此感到羞愧。

母亲和父亲不知道要给女儿起什么名字。过了一段时间，他们作出了其他决定。女儿生下来几周之后，父亲决定让母亲停止哺乳，把乳房塞回衬衫里，还给他，这样一来，两个人就可以一起去罗马了。

　　母亲想给女儿取名叫贝亚特，和她小时候最喜欢的洋娃娃同名。我对那个洋娃娃一无所知。不知道它的头发是金色还是黑色的呢？母亲小时候，会认真地和洋娃娃们玩耍，不知疲倦，给它们穿上衣服，脱掉衣服，晚上会唱歌哄它们睡觉，到了早上又会叫醒它们，还会一个接一个地宣告洋娃娃的死亡，到了晚上，就会悄悄地溜出去把它们埋到墓地里，伤心落泪。

　　父亲想给女儿取奶奶的名字，奶奶叫卡琳，有一头黑发，眼睛也是黑色的，是一名受过全职训练的护士。奶奶年纪轻轻就（最终）有了三个孩子，全身心地守好牧师之妻的本分。三十年来，奶奶每天都有写日记的习惯，日记的内容关乎自己的孩子、家庭、熟人、丈夫、会众、季节变化、假期、平常日子和生老病死。
　　奶奶去世后，父亲发现，奶奶在她每天都写的日记旁边还放着一本私密日记。她在私密日记里写道：

"我自己的故事似乎越来越像是全家人的故事。"

女儿将近两岁时才在洗礼仪式上有了名字，自己走上了过道。父亲给女儿写过一封信，收信地址是挪威斯特罗芒斯温根3号，信中写道：

我女儿受洗取名的那一天

1968年6月5日　星期三

"这是一封信。

我亲爱的小女儿呀，今天，我比以往时候要更加想你，老是会想到你受洗取名的那一天，担心你到时候会害怕，会不耐烦，所以写下了这封信。我想这时候，你应该正和你妈黏在一起吧，再有意思的事儿也和你没关系。但我可以告诉你的是，几个月前，你还是个小不点儿，抽着鼻子坐在我两条腿的中间，认了我这个爸爸……照片里，你看上去很结实，充满了活力，有时候就像个刚发完号施完令的小将军。我喜欢你的样子，因为在我的眼里，你已经像个小大人了，而不只是个小屁孩。我有一种预感，我们俩有朝一日会相互理解。我们之间会有说不清的共同点。我相信，你在面对这个世界的时候，内心会有些许抵触，这必然是件好事儿。"

女儿对母亲所讲的故事并不感兴趣，不想听她说当时找个愿意主持仪式的牧师有多难，更不想听她说当时找来的那个牧师有多善良——其他牧师都拒绝了，只有他答应了。

女儿心不在焉的，不过，我想整个洗礼的经过大概是这样的：当时，母亲在场，面色红润，穿着高跟鞋很时髦的外婆也在场。那个善良的牧师也在场——其他人都拒绝的时候，只有他答应了。女儿自己走上了过道，穿着挪威的传统服饰巴纳德。

他们给女儿起的名字叫卡琳·贝亚特，把两个女孩的名字合到了一块儿。其中一个是父亲选的，另一个是母亲选的。不过，这个名字并不是每天都使用的，没有人叫她卡琳，没有人叫她贝亚特，也没有人叫她卡琳·贝亚特。成年后，女儿的这个名字只有在结婚、离婚等特殊场合下才会使用，好比一套精美的餐具。其他时候，别人对她的称呼完全不同。

他：录音机有在录音吗？

她：录着呢。

他：（一脸怀疑）你确定吗？

她：我确定。

他：好，既然你都这么说了……

她：额，店里那小伙子卖给我录音机的时候，说它是市面上最好的，我们买来用再合适不过。

他：再合适不过……真的吗？

她：嗯，还说这台录音机的音质非常好。

他：啊。

她：是一台非常高端的设备。

他：确实是。

她：不过，到目前为止，我们的采访都还录在磁带上，我已经检查过了（我说的不是实话），很快就会把所有的录音都转录成文字。在那之后，我们或许就该讨论下一步该怎么做了。

他：讨论什么？

她：下一步该怎么做。

他：一点儿不错。

她：你今天过得好吗？

他：我美美地睡上了一觉，才刚醒过来……我刚刚在书房里听着音乐，开始觉得累了，就问了姑娘们……问了在这儿工作的姑娘们……她们在家里进进出出的，这你是知道的……我问她们知不知道哪儿可以躺下来，她们说，我可以躺在自己的床上。她们脱掉了我的鞋子，给我盖上了一条毛毯，拉上了窗帘。我马上就睡着了。醒来就在这儿了。

她：你看起来很精神。

他：你说什么？

她：你看起来很精神。

他：嗯，我觉得自己很精神……

她：这么精神，准备好狂欢了吧？

父女俩都大笑了起来。

他：没呢，不过到目前为止，我觉得我们之间的这些对话都非常好……你要不要吃一粒止咳糖片？

父亲哐当哐当地摇着一盒止咳糖片。

他：(迟疑地问道) 我们俩坐在这儿合适吗？还……你知道的。

她：坐在这儿还怎么样？

他：坐在这儿还含着止咳糖片合适吗？

她：我们难道不能想干什么就干什么吗？

他：不能。

她：你觉得不行吗？

他：额……你可以想干什么就干什么，我却不可以。

她：你不可以？

他：对，我应该……必须要**规规矩矩的**。我是主角……是这一系列采访的对象。

她：嗯，的确是这样。那你最好表现得规规矩矩的吧。

他：(拉着女儿的手说) 你的手是冰的。

她：是啊，我的手是冰的。

他：没得什么病吧？

她：当然没有！我刚刚洗过手，水龙头的水是冰的。

沉默。

她：而且一个人要是得了什么东西，我是说生了病，手应该是**热乎的**。

他：可生病的时候，手也可以是冰的。

她：嗯，我想是的。

他：嗯……

她：可我**没生病**！

父亲身体前倾，把自己的额头贴到了女儿的额头上。

他：你的鼻子是热乎的。

她：昨天，你的鼻子是冰的。

他：我们刚刚说到哪儿了？

她：说到衰老了。我刚刚想问你，这个过程中有没有什么好处……

他：……你是说变老？

她：对，变老。

父亲大笑了起来。

她：变老的过程中有没有任何期待？

他：没有，不能说有。我不知道年龄增长的过程中能有什么期待。

她：你冷吗……要不要穿上羊毛衫？

他：一点儿也不冷，这儿的温度刚好。不用，我觉得人生的某些阶段是难以忍受的，当你老了的时候，有些你觉得难以忍受的东西就会离你远去，就像水槽里湿透了的抹布，下沉，下沉，然后消失，从某种程度上来说，你也就摆脱了此前备受折磨的生活，不过此后，你自然会错过许多东西，这一点毋庸置疑。我曾经觉得自己错过的这些东西都很重要，以为自己或许会为错过这些东西而深感惋惜，可实际上却并没有这么做。比如说，我错过了性……性……性欲（父亲发出了类似小号的声音）。我的性欲消失了，我是说完全消失了。对此……我甚至一点儿也不难过。性欲只是消失了而已。有时候，姑娘，尤其是漂亮姑娘会对一个人表现出兴趣，这个人就忍不住会想，噢，她太漂亮啦……而之后，正要和姑娘发生关系时，这个人就会想，"噢，天哪，我这是在干吗……不，不，不行，不行……"尽管性是多么美妙的想法啊……所以，是的，性行为其实完全是另一回事儿。这些姑娘，这些女人一直都很有魅力。怎么说呢？你老了以后，性欲就会悄悄地消失，甚至都不会因为失去它而感到惋惜。你不会，或者至少我不会……一直以来，我都非常喜欢女人。我不想吹牛，可……噢，我没把羊毛衫穿在身上。我的羊毛衫哪儿去了？

　　她：你要不要把羊毛衫穿上？

　　他：不用，我只想披在这儿，披在肩膀上。

　　她：像这样？

　　他：对，像这样。继续吧。我们刚刚说到哪儿了？

　　她：说到了姑娘。

　　他：什么？

　　她：我们刚刚在说姑娘，你说自己非常喜欢女人。

　　他：我想，我的职业生涯大多数时候都是围绕着对女人的极度喜爱而展开的。

　　她：女人在哪些方面影响到了你啊……

　　父亲打断了女儿的话，身体前倾。

　　他：宝贝，她们在各方面都影响到了我。

卡琳奶奶曾一度担心父亲和第四任妻子凯比的婚姻，担心会出现危机。父亲不断上演着婚外恋，一天晚上，奶奶证实了她的怀疑，最担心的事情还是发生了。父亲**又有了**别的女人，又有一个孩子要出生了，那将是他的第九个孩子。

翻看奶奶的日记时，我偶然发现了一段文字，第一次表明了我的存在。

"1966年3月8日

到了晚上，英格玛打来了电话，他当时还在剧院加班，叫我过去一趟，之后，我们足足谈了两个小时，而我所有，所有的直觉都是真的。上帝保佑！愿他们能够挺过难关！"

父亲的这位新欢已经有了将近四个月的身孕。这可不是什么好事儿。奶奶的心脏不太好，经常会突然刺痛。五天后，她就心脏病发作去世了。她的丈夫埃里克则躺在医院里，虽经检查，埃里克得的是良性肿瘤，可人人都以为他会先走一步。因此，奶奶在她人生最后的日子里心事重重。她知道自己心脏不好，但以为自己会比丈夫多活一段时间。她早已疲惫不堪，可还有许多事情尚未解决。尤其是后来，她最小的儿子还来告诉她，自己又搞大了一个女人的肚子。

我读着奶奶一九六六年三月八日写的这则日记，有理由相信，她在父亲叫她去剧院的那天晚上就得知了我的存在，知道我即将出生。当时，我还只是个四个月大的胎儿，那时候就已经能清楚地听到胎心了。父亲和奶奶谈了好几个小时，奶奶在她的日记里写道"我所有，所有的直觉都是真的"。

我从这句话中得到了某种慰藉。"所有，所有"。"直觉"。"真的"。我即将要诞生在这个世界上，是个真实存在的人或东西。"是真的"。

然而，我即将出生的消息并不能安抚奶奶的心灵。她无法从儿子那天晚上和她说的话里得到任何慰藉。想到父亲已经有了八个孩子和四任妻子，又何来慰藉之说呢，更别提离婚赡养费和子女抚养费了。光是这方面要花的钱就已经是一大难题了，而且不容忽视。

我愿相信，奶奶在写到"愿他们能够挺过难关！"这句话的时候，其中的代词"他们"指代的人里包括了我和母亲。

第二天，也就是三月九日的日记里（奶奶在四天之后就去世了），她写道：

> "今天晚上，我收到了一束大大的杜鹃花，很漂亮，是英格玛托莱恩带给我的。之后，英格玛自己打来了电话，感谢我昨天和他谈了这么久。我当时那样做对吗？真的该安静地坐在那儿，听他

把要说的都说了吗？不过，我自然知道，自己只要一开始布道，我们之间就会产生隔阂。而他知道，在他苦苦挣扎之时，我会牵挂着他，为他祈祷，希望他做出正确的事情。"

杜鹃花是多年生常绿灌木，最高可以长到一米半，花叶是深绿的，花朵可大可小，有单层和多层之分。花色分红色、粉红色、橙红色、紫色和白色，有时候，一朵花上就有两种颜色。杜鹃喜阴，有毒，和松树一样，在中国诗人杜甫的笔下名垂千古。

奶奶写道："他知道，在他苦苦挣扎之时，我会牵挂着他，为他祈祷，希望他做出正确的事情。"写完这番话后，她就只剩下四天的寿命了。我奶奶信奉上帝，因此，我选择相信，即便在她去世后，她的祈祷依然会持续下去。

到底什么才算是正确的事情呢：奶奶的话是什么意思？做正确的事情是什么意思？她是想说，父亲应该继续跟凯比还有丹尼尔在一起吗？也许吧。但与此同时，她一定觉得，做正确的事情也意味着要为新欢和尚未出生的孩子负责。父亲发现（或者奶奶是这么想的）自己陷入了进退两难的境地。一边是凯比和丹尼尔，而另一边是我母亲和尚未出生的孩子。且不必说父亲之前所有的妻儿和财政义务。奶奶敢去考虑一切变数吗？母亲与父亲相遇并怀上女儿的时候，丹尼尔还只有三岁。奶奶来看望她儿子和儿媳妇时，凯比会弹起钢琴，动情地说起自己弹奏的乐曲。

奶奶很喜欢父亲和凯比的家，觉得那儿很漂亮，喜欢那儿的大花园和一个个明亮的房间。

一九六二年十二月二十六日，母亲那时候还没有怀上女儿，奶奶写道：

"今天，我们去了英格玛那儿，为他的小儿子丹尼尔·塞巴斯蒂施洗礼并取名字。音乐室打扮得非常漂亮，里面摆着一棵高大的圣诞树，树上点着蜡烛，旁边就放着洗礼用桌。我们举起香槟杯的时候，埃里克对小丹尼尔说了几句话，当时，丹尼尔就躺在那儿，一双大眼睛目不转睛地看着埃里克。一切都安排得十分妥当，我们非常喜欢凯比的父母、姐姐还有姐夫，一切都太完美了。如今，凯比看起来要比以前健康许多，他们在漂亮的家里都很幸福。白雪覆盖了一切。"

她：你老了之后，还有别的什么东西不见了吗？

他：我老了之后？

她：嗯，你说过，你老了以后，言语和记忆都消失了。我想知道还有没有别的什么东西也消失了，想知道你有没有什么后悔失去了的东西，或是不后悔失去了的东西。

他：我后悔或是不后悔失去了的东西？我也不知道。曾几何时，许多日常生活中再平常不过的东西对于我来说都很重要，可现在却不重要了。

长时间的沉默。磁带的嘶嘶声。

他：(不安地说道)可我觉得，自己既然坐在这儿接受即兴采访，就必须要对你提出的问题作出即兴回答。这样做好像不太妥当。

她：你想不想跳过这个问题？

他：想。

她：那我们继续下一个问题吧。你曾经说过，衰老是一项工作。还记得自己说过这话吗？

他：不记得了。

她：额，好吧，反正你说过这话，你说过：衰老是一项工作。

他：是什么？

她：是一项工作。

他：我有这么说过吗？

她：嗯，你有这么说过。你现在的年纪要比当初更大了，还觉得衰老是一项工作吗？

他：在我看来，衰老是一项艰巨的工作，单调乏味，同时又折磨人，还很花时间。

她：是啊。

他：但却至关重要……至关重要！……有些东西很重要，有些东西则不重要。比如说，音乐对我来说就至关重要。我曾经对音乐一点儿也不感兴趣，可现在，音乐对我来说却至关重要……我不想披着这件羊毛衫了！烦死了！

她：你觉得热吗？

他：嗯，我热。

她：你生气了吗？

他：没有，我没生气，可我总觉得自己的回答都很糟糕。

她：我可不这么觉得……我觉得我们的采访进行得很顺利。

他：嗯，那太好了。你能这么想我很高兴。我正努力做到不卖弄，不装模作样。

相比于父亲，母亲要更容易相信上帝。她从小就信奉上帝，每天晚上都会做祷告。"我们在天上的父，愿人都尊你的名为圣。"上帝悄无声息，母亲的身边却喧嚣不已，或许，悄无声息意味着上帝正在聆听，不止用半只耳朵在聆听，而是全心全意，用一只和宇宙一样大的耳朵在聆听，在这样安静的环境里，母亲能够成为自己想要成为的人，追求爱情，不觉羞愧。

　　母亲从小在特隆赫姆长大，和外婆、比利阿姨一起住在一间小公寓里。公寓里，毕德迈耶风格蓝色沙发上方的墙上挂着一幅蓝色的肖像画，画里的人物英俊潇洒，戴着一顶军官帽，凝视着下方的母亲，似乎面带微笑。

　　母亲说话的时候，比如说到外公的时候，女儿本该更认真地倾听。外公是不是真的被螺旋桨砸到了头呢？

　　可是，女儿很小的时候就不爱听母亲讲故事了。

　　女儿没有母亲那么漂亮，脸上的表情一直在变化。每张照片里的她看上去都不像她本人，每一张照片都不一样。这样一来，和她名字有关的故事就和有关她长相的故事对上了号。照片里的她嘴角总会露出古怪的表情，从小到大都是这样——噘起了嘴，眯上了双眼。

有一天，我无意中发现了一本浅棕色的仿皮相册，里面装满了照片，都是在我小时候拍的。许多照片是我自己拍的，比如那两张几乎一模一样的照片，照片里，一张蓝色的折叠椅上坐着一对布娃娃，相互挨着。这些照片是在哈马尔斯的时候拍的。照相机也许是爸爸给我的。我也不知道。还有一张照片是在埃尔林斯凯杰尔加森街的公寓里拍的。我和妈妈坐在家里的大床上，床柱是金色的，她穿着一件红色的睡衣，头发披散下来，垂到了我们俩的身上。我想，在我们拍照之前，母亲肯定只是匆匆梳了梳头发——我们当时是用自拍装置拍的照。照片里，我的牙套上还戴着固定器。到了晚上，我都戴着固定器睡觉。每天晚上，我都会在嘴里不停地拨弄，摆正固定器的位置。迷你橡皮筋、牵引钩和指状物自始至终都要在后面。我们坐在家里的大床上，床柱是金色的，母亲用胳膊搂着我。

我穿着一件白色的上衣和一条红色的灯芯绒裙子。能看出来母亲才刚刚睡醒，因为她虽然刚梳过头发，却依旧睡眼惺忪。

爸爸小时候，一到夏天就会骑着自行车穿过达拉纳绵延起伏的郊外。家里在杜瓦纳斯有一座房子。那地方叫瓦罗姆斯。父亲写过有关爷爷的事儿。爷爷是一名牧师，名叫埃里克。那时候，父亲叫普。他们骑着自行车翻越了一座座山坡，爷爷在前，父亲在后，离得不远。他们是在去教堂的路上，爷爷要去布道。

"我和我爸就是这样漫游世界的。"父亲说道。

我的手里有五本爸爸的蓝色笔记本。这些笔记本里都是父亲的笔记和家里的老照片。父亲常常会弯腰坐在那儿，拿着放大镜仔细翻看这些照片，然后把照片都从相册里剪出来，贴到自己的笔记本里，再在纸上空白的地方写点儿东西，父亲共有好几百本笔记本，他本人管这些笔记本叫工作簿。有时候，他也会在照片上潦草地写下些什么。

其中一本笔记本里存放着太奶奶的照片，她穿着朴素的衬衫，系着扣子，脸庞宽大，格外突出，乳房丰满，肩上披着一条白色的羊毛衫，头上戴着一顶宽边春帽，帽檐上装饰着水果和鲜花的图案，优雅而繁丽。

我试着想象太奶奶在拍照前几个小时里的画面，那是在近乎一百年前的一天清晨。她正要出门，穿着刚刚熨好的衣服，系上了纽扣，打扮得既整洁又得体。我想象着她是怎么在无意中看到了这顶装饰着水果和鲜花图案的奢华帽子。这顶帽子就放在帽子架上，在所有帽子里脱颖而出。帽子太大了点儿，女人味太重了点儿，上面的水果图案也太多了点儿，总之所有的设计都太过了点儿，不像别的帽子那样朴素。太奶奶转眼间就改变了自己原来的计划，改变了关于帽子的计划。一个人戴着帽子的时候，很可能会有一个关于帽子的计划。太奶奶改变了主意。她像个小姑娘一样踮起了脚尖（帽子架要比其他架子更高一些），取下了自己想要的那顶帽子，高兴地"啊"了几声，把这顶装饰着水果和鲜花图案的帽子戴在了头上，又动了动手腕，把原先看上的简约小帽放回到了架子上。

照片里，太奶奶的一旁是父亲，另一旁是父亲的哥哥达格。兄弟俩都深情款款地靠在了太奶奶的身上，父亲直直地看着镜头，眼神中流露出了疑惑。他当时大概有四岁。

父亲在这张照片下面写下了：**奶奶的帽子**。

笔记本里还有这样两张照片，拍的是暮光之下的城市，有一排排屋顶，一条条昏暗的街道，一处教堂尖顶，还有几棵摇摇欲坠的枯树——看上去幽静而凄清。看着父亲笔记本里的城市风光，就像是在读塞巴尔德的一部小说[1]。在我眼里，父亲拥有许多东西。他有哈马尔斯，有剧

---

1 W.G. 塞巴尔德（W.G. Sebald, 1944—2001），德国作家，学者。

院，还有电影制片厂。我才是那个坐立难安的人。可他笔记本里的城市风光却传递出浓浓的孤独感和疏离感。父亲在空白处写下了这样的粗体字·**要在安全的最深处居住**。我不知道父亲的这句话是什么意思。"安全的最深处"听上去并不像是最安全的地方，反倒像是一处禁区，一旦踏入，或许马上会被赶出来。那儿到处都是边境巡警和高高的围墙，给人以一种似曾相识的感觉：我不属于这儿，和这儿的其他人都格格不入。

笔记本里还有一张父亲年轻时候的照片。如今，他已经一把年纪了，没有人再叫他"普"了。照片里，父亲梳着大背头，穿着盛装，白衬衫的领子、领带上的黑结还有不太合身的西服外套引人注目。这张照片是哪一年拍的呢？也许是一九三五年吧，又或者是一九三六年，我也不确定。我想父亲并不喜欢拍照。照片里的他闭着嘴巴，没有露出微笑，嘴唇敏感，唇形匀称，像是拍照前刚从奶奶那儿借来的，一双大耳朵格外醒目，眼神里闪烁着一丝诡异，他看着镜头，故作冷漠，眼神流露着疑惑（这一点我是从父亲四岁时候的照片里看出来的），投入得有些过度——要是有人对他不理不睬，谁也不知道他会做出什么事儿来。他会不会在你的食物里吐口水呢？会不会索吻呢？会不会起身逃避，一去不回呢？

如今，我弯着腰坐在那儿，看着父亲曾以同样的姿势看过的照片。我的脑海中浮现出了父亲的画面，这个八十多岁的老男人仔细地看着十七岁的自己，看着当时眼神里闪烁着诡异的自己，没有人再叫他"普"了。他在空白处写下了些什么。只写下了三个字。不过，为了让每一笔每一划都落在纸上合适的位置——不落在照片里自己的脸上——他的字迹不是从左到右写的，而是从上到下，一如既往用的是黑色记号笔，字迹依旧粗大而又稚气：

性

玩

具

很长一段时间里，我对父亲所有的印象就只有他去世后躺在床上的画面。他躺在床上，身上裹着被单，断了气。这样的画面没有出现在任何一张照片里，可一段时间里却模糊了其他所有的形象。

父亲躺在自己哈马尔斯家里的床上，枕着白色的枕头。外面阴云密布，我不知道父亲咽下最后一口气的时候，天亮了没有，也不知道他有没有看到透过窗帘照进来的一缕阳光——他去世以后，窗帘就拉上了——父亲是在七月底去世的，当时大概是凌晨四点，他还在世的时候，虽然对狼和狼的习性一无所知，但管凌晨四点钟叫"狼的时刻"。有人已经用格子图案的方巾包住了父亲的脸，在他的头顶上打了一个蝴蝶结，这一切很有可能是那六个女人中的一位做的，父亲弥留之际，都由她们负责照顾，包方巾的这个人知道要对死者做些什么：死者的脸要用围巾包起来，以防嘴巴张开，避免尸体僵硬后死者的嘴巴会一直张着。还有人帮父亲合上了眼睛。人死后，要是张着嘴巴，或是睁着眼睛，是上不了天堂的。我觉得父亲躺在枕头上的样子有些古怪。

　　我想象着把围巾解开来的画面，之前每次给孩子们解开帽子、围巾和鞋带的时候，我都会坐在床边，伸出手来，想着要不要解开这讨厌的结。父亲不该在去世后脸上还包成一个结，可我还是没有解开方巾的勇气，今天，我们当中会有许多人前来和遗体告别。以前，我们每年夏天都会聚在一起为父亲庆生，子女们会吃上一顿丰盛的大餐，由父亲来买单，他没有和我们一起吃，但会在之后来看看我们；在父亲到来之前，我们便会开始疯狂地清理卫生，桌子上不留任何的瓶瓶罐罐，水槽里不留任何的盘子，所有的东西看上去都要干干净净。父亲去世后，我们说好了一个一个地进去和遗体告别，这是众多流程中的第一个环节，轮到我的时候，我走进了房间里，坐在了父亲的床边，双手放在了腿上，没有解开围巾，围巾上的结保持着原样，就像是一个笑话，一次嘲笑，我不知道父亲的身体什么时候会僵硬，也不知道自己要是解开了围巾，他的嘴巴会不会张开来。

他：我完全信奉上帝，但不指望能理解上帝的旨意。所有的音乐里都有上帝的身影。我相信，但凡是伟大的作曲家，都会向我们诉说自己与上帝有关的亲身经历。这不是胡说八道。在我看来，巴赫就一直在做这样的事情。

她：可你曾经也有过怀疑吧？

他：我没怀疑过巴赫。

她：嗯，可你怀疑过上帝的存在。

他：那都是胡说八道，过去的事儿就让它过去吧，我已经没有精力再去谈不信神之类的话题了。

她：你是不是经历过什么事儿才打消了疑虑啊？

他：我的疑虑是一点一点慢慢消失的，这么说吧，自从英格丽德去世以后，我就强烈地感觉到了上帝的旨意……就在哈马尔斯这儿，当我在外面的时候，被大海和天空包围着的时候，便会感觉到上帝的存在。

有时候，父亲会同意借给女儿一件棕色或绿色的羊毛衫，这些羊毛衫肘部都打着皮革补丁，还有几处针脚和缝补的痕迹。衣服都太大了，几乎拖到了地上。父亲每天都会骑着他那辆大大的女式红色自行车来回于海岸边。女儿则站在门前，裹着父亲的羊毛衫，看着他消失在窄道的尽头。法罗岛上到处都是石头，无论是海滩上，还是碎石路旁，遍地都是石子，房屋周围也都围着石墙。这儿体积最大，年代最为久远的岩石是由石灰岩堆积而成的，名字叫做"劳克石"。有一年夏天，女儿骑着她的自行车来到了小岛的另一头，和哥哥丹尼尔一起去探索岩石堆，在丹尼尔的眼中，妹妹是那样瘦弱，宛如一件摇摇欲坠的物品，唯恐她会掉进防畜栏间。

　　这些岩石早在四亿年前就形成了，从海里一路冲向了天际，形状就像是怪老头的脑袋，硕大无比，到了夏天，岩石上会长出花草来，孩子们会爬到上面。

　　女儿和丹尼尔都有自己的小房间，位于房子的一头，两人的房间只隔着一堵墙。父亲任由他们在门上画画、写字。两人共用一个淋浴器和卫生间。因为缺水，每个星期最多也只能洗一次澡，只尿尿的话，就不可以冲马桶，不过，女儿还是冲了马桶，这样一来，丹尼尔就不知道她来过卫生间了。丹尼尔要比女儿大四岁，在自己的房门上写下了"妈的！"。英格丽德明确表示丹尼尔做得太过分了。允许孩子们在门上画画、写字是一回事儿，可在门上写"妈的"就完全是另一回事儿了，不过，爸爸对此并不介意，所以这事儿也就不了了之了。与此同时，只要两个孩子喜欢，把各自的房间弄得有多乱都没关系，但不能弄乱家里其他的地方。家里其他的地方一直都是井井有条的，由英格丽德负责打理，每一样东西都有自己使用的时间和摆放的位置。没有人会叫孩子们去打扫自己的房间，这是其中一条家规。孩子们来看望父亲的时候，没有哪个大人会说："打扫你的房间去。"女儿的房间很小，墙纸是印花的。她有自己的收音机，就放在床头柜上，衣橱顶端还放着满满一箱的旧杂志，都是女儿每年夏天看过的杂志。房间里的地板上还放着两个空的手提箱，露出了一半，还有一半在床底下。

父亲关上书房的门后，就不允许任何人敲门，因为他往往正在书桌上写着东西，或是在教丹尼尔德语。女儿想知道，要是能不上父亲的德语课，丹尼尔会不会不惜一切代价。"我是永在否定的精灵！凡事诞生之后，就注定要毁灭。"（出自《浮士德》）父亲嘴里说着德语，大声笑了起来。这会儿差不多要开始上课了。丹尼尔正坐在书房的椅子上，女儿每次来父亲的书房，就是坐在这张椅子上。女儿不知不觉地就逛到了书房，她这会儿就不该出现在这里，而是应该待在别的地方：应该待在停车房兼芭蕾舞室里，待在自己的房间里，或者在外面捡些野草莓作甜点，可她却偏偏逛到了这儿，透过门缝就能看到哥哥——哥哥正双手捧着脑袋，乌黑的长发遮住了他的眉毛和眼睛。"我是永在否定的精灵。"对于任何孩子来说，德语语法都难以理解。边过暑假边学德语语法大概是最糟糕的事儿了。女儿坚信，丹尼尔之所以要学德语都是因为他母亲，是他母亲坚持着要让父亲教儿子德语。有时候，两人各自的母亲确实都会产生这样的想法——"这个当爸爸的就该承担些责任。"如今，女儿正透过门缝偷偷地看着哥哥，哥哥正坐在椅子上，双手捧着头，但她一定是发出了什么声音，或许是挠了挠蚊子叮咬后留下的一个包，因为，父亲把头转了过来，直直地看着她。哥哥也抬头看向了妹妹。只见女儿骨瘦如柴，穿着蓝色的衣服，就站在门缝边，偷看着哥哥，挠着身体，发出了声音，她想说些什么，但还是决定不说了——她穿着短裙，紧紧地扎着马尾辫，两条腿细得像烟斗通条。谁也没有说话，还没有轮到女儿到书房这儿来，要学德语的人也不是她。父亲起身走到了门前，关上了房门，甚至都没有看女儿一眼。

爸爸和女儿有一项约定，这项约定就写在他的日记本，或者叫记事本里。记事本就放在他的书桌上。每一样东西都有自己摆放的位置和使用的时间。父女俩事先约好了交谈的时间。

女儿拽了拽她的蓝色裙子，一个夏天过去了，裙子太小穿不下了。她坐在了一张椅子上，父亲则坐在了另一张椅子上。

过了很长一段时间后，父亲脸上的表情近乎绝望："问题是我们之间的年龄差距太大了。就是没有多少东西可聊。"

对此，女儿不知道要说什么，她在椅子上扭了扭身子，注意到了父亲在谈话过程中开始显得有些绝望，可又不知道自己该为此做点儿什么，父女俩相差了四十八岁，四十八年是很长的一段时间，不是女儿迈开步子就能赶上的。坦白来说，父亲说这话有些欠妥，两人之间的年龄差距固然很大，可这也不是他们能左右得了的。女儿和父亲说过，自己想要世界上最好看的椅子。

"你说的椅子是隐喻吗？"父亲问道。

"啊？"

"有时候，人说的一样东西其实指的不是那样东西，而是另外一样东西。这就叫隐喻。我的意思是说：你所说的椅子是不是代表着你内心深处的什么东西？是不是你正想着的什么东西？是不是你梦到的什么东西？"

"不是，我可没这么想。"

"或许你想要的是一张神奇的椅子？"

"不是！"女儿叹了口气，"我想要的只是一张普通的椅子。"

女儿九岁那年，有了自己的唱机。森林边的旧停车房里，会给这台唱机留下一席之地。这间停车房已经成了芭蕾舞室。女儿已经上了好几年的芭蕾舞课了，对此，父亲和母亲都很满意。父亲说，女儿要想成为一名芭蕾舞演员，就得每天都在停车房里练上两个小时。父亲给停车房铺上了新的松木地板供女儿跳舞，还在墙上安了扶手杠。除此之外，他还订了一盒松香，以便涂在女儿的芭蕾舞鞋上，所有正规的芭蕾舞室里都有一盒松香，以防舞者滑倒摔在地上。外面刮着风的时候，松果就会掉到停车房的屋顶上，一开始会先听到松果砰的一声砸到了屋顶上，接着会听到滚落的隆隆声，最后掉进了排水沟里。

父亲说:"或许可以由你来写?"

"由我来写书?"

"对。"

"写那本关于衰老的书?"

"对。"

"你是不是觉得要把它写成一种……访谈录?"

"你要非得叫它什么的话,我想你说的没错。"

"我们没必要叫它什么。"

"可我们或许该给它起个书名。"

"好吧,到时候再说吧。"

"我想到了一个很好的书名。"

"什么?"

"《在埃尔多拉多谷遇害》"

"嗯?"

"一直以来,我都想给自己的一部电影起名叫'在埃尔多拉多谷遇害',可是却从来没有拍过一部刚好用的上这标题的电影。"

一切事物都有自己的名字。每天五点钟的时候，父亲都会开着沃尔沃，又叫"红色威胁"，到法罗岛另一头的报刊亭去买晚报。

丹尼尔总是和父亲一起去报刊亭。有时候，女儿也会跟着去。不过大多数时候，她还是会和英格丽德还有玛丽亚待在家里，帮忙摆放餐桌，或是被派去采花装饰餐桌，又或者捡些野草莓作甜点。可有时候，女儿会和父亲还有丹尼尔一起去买晚报。她会坐在后座，丹尼尔则坐在前座。女儿当时大概是九岁，丹尼尔则是十二岁。父亲把车开得很快，远远超过了这几条窄道的最高限速，但一有美女骑着车往他们这儿来，或是走过来的时候，他就会放慢车速，以便能和丹尼尔一睹芳容。

女儿在后座上坐着，座位宽敞极了，她可以伸出双臂，上下摆动，就像只振翅的鸟儿，可没有人会注意到她，或许，他们都忘了女儿的存在吧。女孩和男孩是不一样的。

"她真漂亮啊！"父亲说道，把车挂到了最低挡，冲着路过的女人微微一笑。那个女人也朝他笑了笑。

"是啊！"丹尼尔挥着手，表示同意。

之后，父亲又加快了车速，把车开得很快，很快，快到周围的尘土和沙砾都盘旋飞扬，女儿发出了哇哇的尖叫声，因为他们开得这么快，感觉就要飞起来了，一侧的森林和另一侧的大海都呼啸而过，车子一路疾驰，经过了前方广阔的荒野，直到眼前又出现了一个女孩或女人骑着车，或是走着路往他们这儿来，父亲才放慢了车速。

"她也很漂亮！"丹尼尔说道。

"是啊！"父亲回答道。

每逢星期四，英格丽德都会烧新鲜的鳕鱼吃。要说女儿讨厌什么东西的话，那就是鱼了。如今，波罗的海里几乎没有鳕鱼了，不过还是有很多女孩和女人走在马路边，沿着马路骑行。

她：你要不要坐上来点儿？需不需要我拉你一把坐起来？

他：什么？

她：你是想坐起来还是就这样躺着？

他：你想让我怎么样，我就怎么样。

　　几段录音中，有一段是在父亲的卧室里录的。当时，他觉得有些不舒服，下不了床，但又不想取消事先约定好的工作。

　　女儿起身走向了窗边，拉开了窗帘。父亲用一只手遮住了双眼。女儿转身看向了父亲。

她：太亮了吗？

他：或许亮了点儿。

　　于是，女儿又拉上了窗帘，回到床边。

她：你是想躺着还是坐起来？

他：我想躺着……

她：没事吧？

他：我也不知道……我度过了可怕的三天。

她：是吗？

他：我度过了三个可怕的白天和三个可怕的夜晚。

她：说说看。

他：能帮我把窗帘拉开吗？

女儿再次起身来到了窗边，拉开窗帘，转身面向父亲。

她：想不想看看大海？

他：不想。

她：是不是还是觉得暗点儿好？

他：是的。

她：一点儿光线都不留吗？

女儿又拉上了窗帘，回到了床边坐下。

他：(有气无力地说道) 就算房间里一片漆黑，我们相互之间还是能看得到的，是吧？

第三章　前往慕尼黑

……寻找的是情感，而非风景。

——居斯塔夫·福楼拜《包法利夫人》

外婆奥斯陆的家里有两个房间和一个厨房，经过一番布置，家里看上去要比实际面积大得多，墙上挂满了大大小小的画作和复制品。其中，外公身穿军装的蓝色肖像画惹人注目，就挂在毕德迈耶风格蓝色沙发上方的墙上，不过，在我眼里，最有意思的要属藏在洋红色中式橱柜后面的小件复制品，这件复制品并不显眼。画里的女子站在蓝色的海岸上，望着蓝色的海洋。你看不清她的脸，只能看到她那长长的白裙，还有一头金色长发，她的头发太长了，她用裙子上的腰带固定住了发梢。这幅金发女子的画像每年都挂在外婆家的墙上，画里的她始终凝望着大海，就连一次头也没有回过，始终不曾露脸，就那样注视着，盼望着，等待着。我知道，画里的女子就是我的母亲。

"不，不是她，"外婆说，"蒙克去世的时候，你妈还只是个小姑娘。"

我耸了耸肩，知道自己知道什么。

茶几上摆满了书，大多是些小说，窗边放着两张小小的扶手椅，一本正经地俯视着窗外的小路和斯卡普思诺电车站，扶手椅的坐垫是鲜红色的，上面绣着黑色的玫瑰图案。我喜欢坐在这儿，这儿是家里光线最好的地方。窗台上摆放着许多盆栽，其中一些植物伸出了绿色的藤蔓，藤蔓缠绕在了画框上，翻过了玻璃窗，盆栽之间放着的是外婆最好看，也是最贵的八音盒。摇动八音盒的时候，要慢慢地摇，往正确的方向摇，向右摇动，仿佛是在摇一台时钟；你要是不耐烦了，摇得太快了，或者摇错了方向，就会摇坏里面的零件，八音盒就响不起来了。有几个八音盒还充当着首饰盒，最贵的八音盒都是用红木做的，盒盖上都刻着东西。外婆最喜欢的八音盒个头很小，是用浅色的木头做的，里面有一层红色的天鹅绒。八音盒里一片深红，立着一男一女两个小小的陶瓷雕塑，女的穿着一条粉色裙子，男的则穿着一套淡蓝色的王子服饰，每次打开八音盒，两个雕塑就会伴随着《雪绒花》的旋律起舞，总是跳同一支舞。外婆知道《雪绒花》的每一句歌词，不断地跟着唱，颤音悲切，歌声盖过了八音盒微弱清脆的乐声。

窗边，其中一张扶手椅的左侧放着外婆的针线盒，针线盒的浅褐色支架是木制的，又细又长，摇摇欲坠，外婆在针线盒里一共放了二十三个顶针，盒子的顶层有许多小隔间，分别用来装线轴、针和纽扣，取出来后，底下还有个大隔间，用来放纱线球、编织针和钩针。餐厅用品都搁在光亮的木制橱柜内，里面一片漆黑，每到吃饭时间，外婆就会叫我摆好餐桌，铺上餐垫，餐垫和扶手椅坐垫有着一样的玫瑰图案。我便会点上白色的蜡烛，从厨房的橱柜里拿出绿色的盘子、浅绿色亚麻布餐巾和沉甸甸的餐具。厨房实在是太小了，一次只能容得下一个人。卧室里，狭窄的双人床上铺着一条手工缝制的拼布被子。外婆向我保证，会给我一条类似的手工缝制拼布被子。她说，最好的拼布被子要花上好几年的时间才能缝制出来。每天晚上睡觉前，外婆都会叠好自己的被子，放进书架下的一个抽屉里。她希望我和小时候一样睡在她的身旁，可我宁愿睡在折叠床上，折叠床一般都折起来放在外婆的床下。外婆想让我躺在她的臂弯里，可我却不想。她的胳膊又细又结实，躺在上面很疼，有时候，床单上还有污渍。外婆在床边的墙上钉了一幅画，这幅画是我几年前画的。画里，一个女孩站在一棵树下，上面写着灰黑色的粗体字：**外婆与树**。卧室一侧的墙边堆满了书，书架上正好只够放下一台小唱机。

外婆家里来客人的时候，我便会躺在床上看书，或是听听唱片——调低音量，这样一来，他们在隔壁的房间里就不会听到任何声音。有时候，外婆的一位女性朋友会打开房门偷偷看上一眼。卧室是客人们去洗手间的必经之路。外婆的这位女性朋友戴着一副大眼镜，一张大嘴巴上涂着红色的口红。她会偷偷地经过床边，仿佛在说：不用管我，我一声也不吭，瞧，我谁也没打扰，几乎隐身了，挥手，挥手，而我也挥了挥手。还有一位女性朋友身材高挑，瘦骨嶙峋，头发灰白有如冬日的桦树，她说话的声音很人，嗓音沙哑。我听过她从墙外传来的声音，认得出来。外婆和我说过，这位女士烟抽得太多了，生活过得十分艰苦。她经过卧室时，总会停下来看看我。我便会放下手中的书，在床上使劲缩成一团。她交叉着纤瘦的双臂，问我上几年级了，在学校过得怎么样。我回答道，自己在上四年级，在学校过得还算不错。除此之外，外婆还有位女性朋友，个头很小，长得像洋娃娃，盘着头发，穿着刚熨好的漂亮裙子，身上的香水闻着一股肥皂味，令人反胃，她会坐在床边，抚摸我的头发，什么话也不说，我也什么话都不说。她就这样久久地坐在那儿，安安静静的，我不禁会想，她是不是忘了自己要去上洗手间。

我无法独自生活，因此，母亲不在家的时候，我就和外婆住在一起，或者说，是外婆和我住在一起。外婆也没空的时候，我就和一个保姆住在母亲的大公寓里。（外婆要是没时间，妈妈就会哭着甩头发，外婆会没时间，哈哈哈，外婆知道时间是什么吗？外婆知道怎么样才叫没时间吗！）虽然我不再是个婴儿了，妈妈还是管这些负责临时照顾我的人叫"婴儿保姆"。我都十岁了，马上要上五年级。每当家里搬来一个保姆的时候，其他的保姆就要搬出去了。

伯格太太会弹钢琴，厨艺了得，穿着轻飘飘的衣服吧嗒吧嗒地到处走动，常常因为觉得自己不是个好保姆而哭泣。

"我唯一的心愿就是你能开开心心的。"她坐在厨房的椅子上，抽噎着说道，面前有一杯没喝过的茶。我站在她身旁，拍了拍她的胳膊，说自己很开心。

"只是，我知道……"她抽噎着，"我知道你想你妈妈，希望此刻站在你面前的是她而不是我。"

我说，我并没有想念母亲。

她擦了擦鼻子，看着我，脸上还挂着泪水。

"你是不是也爱我，哪怕只是一点点的爱？"

她把我搂在了怀里，我闻到了她的口臭和身上卷心菜的气味。当时，我多么希望自己知道不用双手也能捂住鼻子的办法。我唯一能做的就是屏住呼吸。

"我也爱你。"

她会从语气里听出来我在撒谎的。不过，即便知道是假话，她也想听到我说爱她这样的字眼。

我常常绘制地图，制作表格，编写清单。我虽然骨瘦如柴，脸色苍白，要上芭蕾舞课，待人以礼貌微笑，但不想再要保姆，我希望这些保姆都生病去世，或是去澳大利亚之类的别的国家物色其他的保姆工作，再远的国家想必也去不了。我希望母亲能回家，紧紧抱着我，再也不和我分开。

伯格太太辞职后，又来了一位保姆，也叫伯格。新来的伯格太太比原来的伯格太太的年龄要大，体型也更大，宛如表面更为粗糙的纸张。她的下巴上长着胡须，想用镊子把胡须拔掉，可双手却不停地颤抖。镊子就放在洗手间里她放牙刷的玻璃杯里。她知道，是我偷了镊子，不过，每次旧的镊子不见了，她都还是会买一个新的镊子。我不明白，为什么她总是把镊子放在放牙刷的玻璃杯里，明明知道我会找着镊子，然后偷走。她不想让我看到她双手颤抖，因此，总把一只手放在桌上，再把另一只手压在上面。到了晚上，我们会一起玩纸牌。她会让我赢。

要想折磨保姆，就得找到她的弱点。而伯格太太的弱点就是霍斯特·塔帕特，霍斯特是一名德国演员，因饰演探长德里克一角而出名，《探长德里克》每周五晚在电视上播出。伯格太太结束了一周的工作后，便会坐在绿色的沙发上，面前放着一杯雪利酒，还有一小碗花生，好像全身都放松了下来。她把酒杯举到了嘴边，双手丝毫没有颤抖。我连着三周的星期五都溜进客厅，拔掉了酒瓶的塞子。我会一直等着探长德里克出现在荧屏上。之后，我还会再等一会儿，等到探长德里克转身面向伯格太太，用忧郁的大眼睛望着她，那双眼睛里似乎能够容下世间所有的悲伤。正当伯格太太把酒杯举到了嘴边，愉悦之情开始蔓延至全身时，电视忽然黑屏，而伯格太太则独自在黑暗中坐着。她不知道怎么才能让电视恢复播放，只知道断电肯定和我有关，但不知道我到底做了什么手脚。一个月后，她给母亲递交了辞职信，不想再干了，即刻搬出去。她写道，你女儿脑子有问题，除此之外，还写道，身为人母，母亲应该少关心自己，多关心孩子，不要再为了追随事业而四处奔波，而是在女儿亲手酿成大祸前，开始照看好她。

母亲回家后，我们就住在埃尔林斯凯杰尔加森街的公寓里。母亲每天早上都起得很晚，煎蛋以备晚餐之需。煎蛋并不是晚餐，因此，每次和母亲共进晚餐，我都会觉得像是在参加一场派对——母亲和我在爱情和晚餐方面都是特立独行者。到了晚上，我们睡在同一张床上。两个人想什么时候吃东西就什么时候吃东西。一般人都在四五点的时候吃晚餐，可我们却不是，到了想吃的时候才吃。母亲能很快地用一种叫"卡布里岛意大利面"的罐头制品做出一锅丰盛的炖菜，炖菜里放了番茄酱、香肠、肉丸子、少许辣椒粉、草本盐还有糖。要是橱柜里没有鸡蛋和卡布里岛意大利面剩下，我们就会坐出租车去比斯莱特的中餐馆。我喜欢吃那儿的竹笋，咬一口嘎吱作响，还喜欢吃荸荠。母亲允许我点一份橙汁汽水和冰淇淋作为饭后甜点。长方形的盘子上盛着三勺冰淇淋，分别是香草味、草莓味和巧克力味的，冰淇淋上插着小伞，还夹着一片威化饼干。威化饼干要留到最后吃，这样才可以细细品味夹心的甘甜。

　　有时候，外婆会出来和我们一起吃。她每次下馆子都会穿上自己最好的衣服，穿上一条漂亮的裙子和高跟鞋。母亲穿着一条宽松的长袍，有些不耐烦了。她饿了。她想喝上一杯葡萄酒。还想再来一杯。她感到心烦意乱，脑子里一团糟。我想知道母亲的脑子里是什么样的。餐馆里，给我们点菜的服务员总是同一个人，母亲的脸上露出了灿烂的笑容，问服务员她的丈夫最近过得怎么样。"现在好点儿了吗？""又回家啦？""太好啦！""一个人承担所有的责任，不容易啊。"母亲绞尽了脑汁，想着要如何让对话进行下去。服务员一走，外婆就和我们说，她前前后后共去过四十二次美洲，美洲人都认识她。

　　"美洲？"母亲问道。

　　"什么……？"外婆一脸疑惑。

　　"你刚刚说，美洲人都认识你，"母亲说道，"你想说的是不是美国人都认识你？我想你口中的'美洲'指的是'美国'吧？"

　　"是啊，很多人都认识我，"外婆说道，"你可别忘了，我前前后后共去过四十二次呢。"

　　"是很多人认识你还是所有人都认识你啊？"母亲问道。

　　"什么……？"

　　"在美国，**所有人**都认识你还是只是**很多**人认识你？"

　　"让我来告诉你吧。"外婆用她自称"淘气"的目光看了看我，没有理会母亲。

"让我来告诉你吧。几年前，我在肯尼迪机场着陆时，那儿的移民局官员认出了我。猜他说了什么？"

我摇了摇头，担心地看了看母亲。

"他说……"外婆身体前倾，说道，"他说：哟，这不是乌尔曼太太嘛，又来美国啦？欢迎您回到纽约！"

母亲注视着窗外。

"你为什么总是要吹牛。"母亲轻声说道。

"我从来都不吹牛。"外婆回答道。

"你老是在吹牛，"母亲说道，"你吹的这些牛我都听腻了。"

我有许多绰号。由于我的言行举止都很有礼貌，爸爸管我叫"中国妞儿"。我怀疑爸爸其实一点儿也不了解中国，只是在报纸上读到过。他从来也没有吃过中国菜，也没有吃过任何装着水果、蔬菜、大蒜、香料和酱汁的菜，事实上，只要不是英格丽德做的菜，爸爸吃了都会胃痛。一九七七年，那时候，我十一岁。爸爸对中国的所有认知都是在读中国古诗的时候积累下来的。"好雨知时节。"我想爸爸之所以叫我"中国妞儿"是因为他觉得，中国女孩总在微笑，很有礼貌，情感不外露吧，而只要我愿意，这几样我都能做到。外婆教会了我许多东西，其中就包括我要知道的所有礼仪：

电车上要给老人让座。

要行屈膝礼，打招呼、说再见的时候举止要得体。

要把"谢谢"常挂嘴边，要吃完自己盘子里的食物。

要注意自己说话时语法是否正确，每天都要洗脸、洗耳朵、洗脖子、洗手。要保持指甲清洁。用餐时，刀要放在右侧，叉子要放在左侧。和成年人说话时，要用姓氏来称呼（我想问的是，难道在什么情况下我们还能直呼其名不成？）。

乘坐自动扶梯时，右侧站立，左侧急行。

在剧院、电影院里寻找自己的座位时，他人若已就座，从人前经过时要紧贴前排（没有人会愿意把自己的脸贴到别人的屁股上！）。

自己的情感不要外露，在任何情况下都要礼貌待人。

爸爸不喜欢旅游，可如今却去了德国，在慕尼黑安了家，他带着英格丽德一起离开了瑞典，再也不回去了。对此，母亲解释说，他并不想去德国的，只是别无选择罢了。她补充道，他没有做错任何事。

"你爸和大家一样都缴纳了税款。不必担心报纸上说的事儿。"

"报纸上说什么了？"

"报纸上说，你爸纳税时作了假，可他并没有这么做。"

"你确定吗？"

母亲叹了口气，抬头望着天花板。三条神经，两条神经，只剩下一条神经来回答这个问题。

"我当然确定。"

妈妈要是知道爸爸管我叫"中国妞儿"，或许会提出反对。她并不觉得我始终都保持着微笑，不觉得我一直都很有礼貌，也不觉得我善于把自己的情感藏在心里。妈妈管我叫"胆小鬼"。她和爸爸都不知道对方给我起了什么样的绰号。事实上，我一点儿也不介意爸爸搬去德国。我对爸爸并没有那么在意，不会想着他要是不在哈马尔斯会去了哪里。而妈妈不在我身边的时候，我就会每时每刻都想念她。从妈妈踏出家门的那一刻起，我就开始了对她的思念，直到她回来为止。我实在是太想念她了，需要一个额外的肉体来承载思念之情。

我快两岁的时候，就要受洗取名了，父亲在一封信里写道："愿你始终心怀渴望与希冀，人要是没有了渴望，就无法生存"。

父亲这话是什么意思呢？"人要是没有了渴望，就无法生存"？他指的一定不是我对妈妈的这种疯狂思念之情，这种渴望她回来，担惊受怕的心情。我每时每刻都想念着妈妈。而如今，她又离开了我的身边，这次是要去美国。她说，下次走的时候会带上我，但这一次，希望我能待在奥斯陆上学，会把我交给外婆照顾。母亲这次要离家几个月。我害怕自己会失去她，害怕她不回来，害怕她会失踪。不过，父亲所说的"始终心怀渴望"并不是指恐惧。我和妈妈通话后，每次挂电话之前都会约定好她下一次打来电话的时间。下一次通话就在今天，就是现在，就在不久之后。距离约定的来电时间还剩下半个小时，这时候，我就已经守在电话旁边了，都已经等得不耐烦了。离约定的时间还有三分钟的时候，电话就响了——然而，电话的另一头并不是妈妈。打来电话的是位性格活泼的女士，要找的是外婆。为什么不是妈妈打来电话呢？为什么妈妈不在离约定的时间还有三分钟的时候就给我打电话呢？这样我就不用再担惊受怕了。"始终心怀渴望"。为什么要找外婆接电话的女士声音那么爽朗？难道她不知道我母亲去世了吗？外婆接过了电话，说了一会儿，但很快就挂断了电话。她和那位女士说，我们正等着一通美国打来的国际电话。我坐在直背椅上，扭来扭去。外婆挂断了电话，看着我。

"你要是干坐在那儿等她来电话，只会开始担惊受怕。"她说道。

"我在没等谁的电话。"

"是'没在'，不是'在没'。"

"我没在等谁的电话。"

外婆看了看自己的手表。她为什么要看手表呢？

"你为什么在看手表啊？"

"我不知道，只是看看而已。没什么理由。"

"你是不是有点儿担心？"

"当然没有，没什么好担心的。我干吗要担心啊？"

"因为妈妈还没打来电话。"

"她马上就会打过来的。"

世上的死法数不胜数。身而为人，也许会死于空难，死于谋杀，或是死于血栓。公寓里，所有的时钟都已经过了约定好的来电时间。人们从地球的表面上消失了。母亲在这世间转瞬即逝，并不完全属于这个世界，或许，她已经跌落了悬崖。我想象着母亲坠落的画面，坠落，坠落。距离我们约定好的时间已经过了十五分钟。母亲下葬时，外婆和我会手牵着手坐在教堂里吗？我哭了起来，因为"人要是没有了渴望，就无法生存"。母亲有多大的几率会在知道我有多担惊受怕的时候还让我等着电话呢？又有多大的几率是出了什么事儿？眼下，距离我们约定的时间已经过去了四十五分钟。我从椅子上起身，笔直地站着，我从椅子上笔直地站了起来，起身，起身，站得笔直，然后开始啜泣。

"她太……失常了。"外婆轻轻地说道。

我站在地板上放声大哭，在地板上边走边哭。外婆紧紧地握着电话，目光紧随着我，她已经请了医生。

现在，距离约定的时间已经过去了一个小时，我在母亲的大公寓里到处走动，转遍了各个房间。我不想停下脚步，也不想停止哭泣。我就像这样走了许久，还可以再走许久。悼念他人无需声母，只需要韵母，只需要一声"啊"。我的哀鸣会直入云霄。行走和哭泣有一种魔力，只要我不停地走动，不停地哭泣，这种魔力就会持续下去。公寓里放满了东西。母亲拥有的东西比任何人都要多。她留下了所有的东西，又给自己买了新的东西，然后又留下了新买的东西，世界各地，都有公寓、房子和酒店房间里堆满了母亲的东西，如花瓶、碗、洋娃娃、照片、大沙发、茶几、罩上了丝绸布套的椅子、更多的照片、朱红色的床帘、丝绢花、脚凳、裙子、床罩、画作、写字台、梳妆台、手提箱、小毛毯、盘子……没有了这些，人就无法生存。

距离约定的时间已经过去了两个小时，没有人能告诉我母亲还活着，没有人能向我保证。外婆求我停下来。她说道：

"你妈一定是因为什么事儿耽搁了。人生在世免不了会迟到。她一有机会就会打电话来的，一找到座机就会打来的。"

"你能发誓她没出什么事儿吗？"

外婆犹豫了一下。

"我不能为任何事物起誓，但我确定她没出事儿。"

外婆的安慰并没有起到多大的作用。我继续哭泣，继续到处走动，嘴里还骂着外婆，因为是她让我停下来的。

后来，门铃响了，是医生来了，但我确定，给我们带来噩耗的是牧师。我在电影里见过这样的场景。给人带来噩耗的不是牧师就是警察。上帝不会来搭救。我要是继续在大公寓里到处走动，转遍各个房间，不停哭泣，我要是不屈服，能够证明自己可以像这样不停地走动，那么，我或许能把母亲带回家来。我不愿停下。外婆请了医生，我认出了这名医生，她就是那位声音嘶哑，又高又瘦的女士，生活得很艰苦的就是她，也是她总交叉着手臂站在那儿，问我在学校过得怎么样。如今，她就在眼前，摇着头说道：

"这太不寻常了。"

她依旧交叉着手臂。我不知道外婆都和她说了些什么。这名医生拿出了自己的听诊器，想听听我的心脏，开始跟着我在各个房间里到处走动，但最终还是放弃了。

医生能告诉我妈妈什么时候会打来电话吗？能告诉我上帝想从我这儿得到什么吗？能告诉我妈妈还活着吗？只见这名医生把听诊器放回了自己的手提包里，对外婆说，她没什么别的法子，只能给我开些镇定药。

"可药片并不能解决问题。"医生叹了口气，把双手举到空中。

医生离开后，外婆站在厨房里。我依旧不停地在各个房间里到处走动，从过道出发，穿过了厨房，走进了餐厅，走到了书房，又去了电视机房，之后再重新走上一遍。外婆静静地站在厨房里，我每次经过时，她都轻声呼唤着我的名字。她觉得妈妈还活着，一定是出了什么事，身边才找不到能打的电话。这种事儿常常发生。外婆心里可能想着："见鬼！你明知道我女儿要是没打来肯定是出了什么乱子，还想着她会准时打来电话。"

"宝贝，来这边，"外婆说，"过来，我想和你说点事儿。把你的手给我。"

我把手伸向了外婆，继续啜泣着，不过哭声放轻了些。哭了这么久，走了这么久，我累了。

外婆倒了一杯水，把医生给她的药片掰成了两半，让我吞下一半，还有一半塞进了她的手提包里。

"是时候吃晚饭了，"她说道，"你妈很快就会打来电话的，我保证。"

她看着我，确保我吞下了药片。

"她今晚也许不会打过来，不过，要是今天没打，明天就一定会打的。"

外婆轻抚着我的头发，手指碰到了我头发上的缠结。

"我觉得我们马上得修剪一下你的头发。"她说道，话音刚落，我又开始了嚎叫。

外婆让我安静下来，抱着我，"嘘"，"嘘嘘"，"嘘嘘嘘"，像哄婴儿一样让我安静下来，嘘声轻柔反复。我们站在厨房里，外婆把我搂在了怀里，直到哭声平息下来。

"我想到了一个非常合理的解释，知道你妈为什么没打来电话了。"
外婆悄声说道，接着牵起了我的手，紧握了四次。

这意思是说"你爱我吗？"

而后，我也紧握了外婆的手三次，表示"我爱你"。

外婆接着又紧握了两次，表示"多爱？"

于是，我非常用力地握紧了外婆的手，意思是说**"这么多"**。

"哎哟。"外婆缩回了自己的手，但没有生气。她准备了几个迷你的
香蕉三明治，让我把《挪威民间故事》拿来。我坐在桌子的一头，她坐
在另一头。厨房的灯是蓝色的。上床睡觉的时间早就过了。

"啜泣声要比泪水持续得久。"外婆趴在桌上，擦去了我嘴角的面
包屑。

妈妈冲进了我的房间，穿着长长的丝绸睡衣，身上带着香气，散乱着头发，眼底的妆糊作了一片黑。她刚从电视上看到了一则少女患上厌食症的新闻报道，掀开了我身上的羽绒被，看到我瘦骨嶙峋的胸腔后发起了牢骚。在写给我的关乎洗礼的信中，爸爸这样说道："我想这时候，你应该正和你妈妈黏在一起吧，再有趣的事也吸引不了你的注意力。"如今再也不是那样了，我再也不会黏任何人，我从她的手里猛地拽回了羽绒被，重新盖在了身上。走开。出去。妈妈并非一直这样担惊受怕，她每隔一段时间才会担心我一次。她担心"我的孩子要是死了怎么办"，诸如此类。可如今，她回到了家里，就一直担惊受怕，日日夜夜都在担心。在我看来，她是想把自己不在家时没有考虑到的担忧都补上。将心中所有的忧虑平均分配成每天的量、每月的量以及每年的量并非易事。世上并不存在均分的事物。我一天天长大，却不曾有过任何计划和方向。我是否长得很难看？是否长得很漂亮？是个像样的女孩子吗？我的牙齿和脚都太大了，手腕太细了，眼睛还是孩子的眼睛，可我不想当个孩子。母亲要是死了，我可怎么办？她下次离开家的时候，我就想切开自己的肚子，将匕首从右滑到左，任血液飞溅，任内脏涌出身体，画面是黑白的，十分体面——直到最后，我献上了自己的头颅，以便他人砍去。我知道整个流程是什么样的，在丹巴，我和爸爸一起看过两次电影《切腹》）。我还不想死，我想活着，可妈妈要是死了，这世界上就没有我的容身之地了。

* * *

妈妈和外婆拍过许多照片，照片里，她们面带微笑，对着镜头摆好了姿势，而我一到拍照的时候，就会把头低下来。我长着一张圆脸，面色苍白，脸蛋圆嘟嘟的，厚重的刘海垂到了眼睛里，双腿骨瘦如柴。在妈妈的眼里，把我养大是一项艰巨的工作。十二岁的我不懂礼貌，很少微笑，疏远他人，不可理喻，而且对事物越来越挑剔。我有了第一双属于自己的芭蕾舞鞋，不停地旋转，旋转，旋转，脚踝上缠着粉色的丝带，双交叉打结，我很擅长给芭蕾舞鞋系鞋带，相比于扎头发要在行许多，跳芭蕾舞时要盘的圆发髻不太好弄，头发总扎得不够紧。我不停地跳舞，跳舞，跳舞，头上隆起了一团又一团，头发翘了起来，挂了下来。母亲告诉我，头发成了这样可不行，我必须要做点什么，必须要挺直后背，脚尖点地，抬头挺胸，展升双臂，眼神坚定，自律于心。

妈妈又掀开了我的羽绒被。"她不能这样走到我的房间里来掀开我的羽绒被。"我不想让全世界都看到我的身体。我的睡衣破了，母亲摆弄着裂开的衣缝，大叫了起来。有时候，母亲在家时，我多么希望她又出去旅游了。"你太瘦了，实在是太瘦了，你要多吃点儿东西，吃得还不够多。"

我生下来就很瘦，对此没有什么办法。我的朋友海蒂也说过自己生下来就很瘦。每个人都说我和海蒂长得很像，可我并不这么觉得。海蒂很漂亮，再过半年就十四岁了，比我要年长一些，她的身材很好，男孩都喜欢她。我们经常在一起，就像是一对姐妹形影不离。她从不担心自己的身体，不担心自己的母亲，也不担心自己没有方向感，只担心自己要是独自走过挤满了人的大房间会发生什么。

我的衣柜里有两条一模一样的牛仔裤，我要是同时把这两条牛仔裤都穿上会怎么样呢？穿上以后，会不会产生"我稍微胖了些"的错觉？我穿上了两条牛仔裤，又脱了下来，又穿了回去，感觉太紧了，黏糊糊的。我的身材会不会变好？穿上两条牛仔裤后，在一些奇怪的地方会有凸起。我迈着步子，双腿分得很开，就像一只涉水的鸟，又像一个尿裤子的孩子。学校里，其他女孩都用奇怪的眼神看着我，男孩连看都不看我。我要尿尿的时候，就把自己锁在女厕所里，试着把两条牛仔裤都脱下来，可怎么脱也脱不下来，两条裤子黏在了一起，卡住了脱不下来。与其说我是个女孩，倒不如说我现在是一条牛仔裤。这会儿我的尿意很急，要么真的要尿裤子里了，要么……要么就得发出尖叫，声浪会把时间本身都炸成碎片，会把这愚蠢的，较劲的，幼稚的小身躯炸成碎片。好啦！我终于可以尿尿了。

外面充斥着女孩的声音和跑步声，有人正敲着厕所隔间的门。

"发生了什么事儿？"

"你为什么在尖叫?"

"没事。走开。"

物理老师芷根朔走到了女厕所里，当天的课间休息监督工作由她负责。我已经锁上了隔间的门，看不到她，也决不出来，可是，当老师走到附近时，空气都变得不一样了，暗了下来，变得浓密，仿佛有一架巨型喷气式客机即将着陆，就在此刻站着的地方着陆。一时之间，看热闹的女孩都开始发了疯似的议论不停。

"她在里面。"

"她把门锁上了。"

有人用力敲了三下门。

"发生了什么事儿? 你没事吧?"

"我没事。"

"既然没事，希望你一分钟之内把门打开!"

我提上了其中一条牛仔裤，将另一条叠成一小块，尽可能地藏到马桶后面，然后打开了门。

老师的个头很大，长得很敦实，看上去就像一条鲅鳔鱼。她的丈夫名叫汤克，也是一名小学老师，长得又高又瘦。我不知道两人是否滚过床单。

"你刚刚为什么尖叫?"

她咆哮道。

"尖叫?"

"你刚刚不是把自己锁在隔间里尖叫了吗?"

"没有，"我回答道，"不是我。"

海蒂说过，人有胖瘦之分，世界就是这样。她还说，同时穿上两条牛仔裤的想法笨死了，就算穿上了身材看上去也不会很好，只会是穿了两条牛仔裤的样子，一条套在另一条上，如今，人人都知道在女厕所里尖叫的人是我，知道被叫到心理咨询教师那儿的人也是我。

所有女孩中，只有海蒂会修盒式磁带。她每次修起磁带来都很坚决，直到把缠在一起的线都拉直，并用铅笔把磁带都原原本本地卷回去才算完。正如人要是被马蜂蜇了就没救了，录音机里的磁带要是脱离了卷轴，比如哪里卡住了，也同样无法复原，这样的故障往往转眼之间便会发生，磁带搅作一团时，会嘶嘶作响，声音不大。我要是摆弄起录音机来，磁带就会啪啪作响，录音机最后会彻底坏掉。海蒂的手和我的手都算不上娇嫩，不过，我们没有比较过双手，那样会倒霉运，我们的脸色都很苍白，走在路上没有人会注意到我们，也区分不出来我俩谁是谁，我们都有着一头金发和一双小手；没有人知道，海蒂的双手可以解开各种结，无论是磁带或头发缠在了一起，还是鞋带打了结，她都能解开，而我却做不到。每当我的头发缠在了一起，海蒂都能解开，无须生拉硬拽，也不会拔出一撮头发来。

到了晚上，我们就会听听磁带。我们是邻居，只要喜欢，就可以去彼此家里过夜，要是家长不同意，我们就会等她的父母和我的保姆睡着后再悄悄溜出去。可要是外婆来照顾我的话，我就怎么着也溜不出去了，因为她整晚都醒着，在大公寓里来回踱步。不过一般来说，海蒂和我都会尽量多地到彼此家里过夜，虽然相比之下，我也许要比她更想去对方家里过夜。有时候，海蒂说，自己另有安排，不想让我去她家过夜。

海蒂卧室里的墙是黄色的，我卧室里的墙则是白色的。到了晚上，万物都笼罩在黑暗之下，若隐若现。有时候，我们会踮起脚尖，辗转于不同的房间，我的家是公寓，她的家是别墅，可我们对彼此房子里的墙壁、地板和角落都很熟悉，就像是自己家的一样。房子里，没有移动过，也没有重新摆放过任何东西，家具都还在原来的位置上，但大家都睡着后，一切还是显得完全不一样，仿佛所有的房间都发了烧。

我房间里的窗户藏在朱红色的床帘后面，床帘又厚又长，布料是妈妈挑的，也是她把布料带到女裁缝那儿缝制的。我的床罩和床帘是配套的。我有一台黑色的盒式磁带播放机，有鞋盒那么大，播放机的一端有一个把手，像个手提包似的，我到海蒂家过夜的时候都会带上它。

假如压根就不存在海蒂这样一个人，那我也会编造出这样的一个人物来。

海蒂的父亲和我的父亲同岁，一样年迈、阴郁。冬天，她的父亲会穿着一件绿色的羊毛大衣，我父亲很有可能也穿着一件这样的大衣。他们一个在挪威，一个在德国，都坐在紧闭的门后，陷入了沉思。海蒂的父亲常常会做噩梦。有时候，我们会听到他大喊大叫，叫声在房间里回荡。海蒂说，她父亲做的噩梦都和战争有关，他一睡着，梦境便会肆意滋生，谁也帮不上忙。我很同情她的父亲。

"你就不能做些什么吗？进去握住他的手什么的。"

海蒂摇了摇头。

她父亲的喊叫声犹如祷告，可又不像是我听过的任何祷告。我曾听过奶奶做睡前祷告，和这喊叫声完全不一样。

身为成年男子，她父亲的梦境肆意滋生。

我的父亲或母亲会不会也做过这样的梦呢？

噩梦之外，夜晚悄无声息。每当海蒂和我在彼此的家里过夜时，我们的目标便是熬夜到黎明。为此，我们会在床下放上一碗冷水，这样一来，我们一有睡意就可以把脸蘸到水里来保持清醒。

夏天即将来临，母亲也回到了家里，准备开一场派对。她说，"我准备开一场派对。"在我眼里，所有的派对都是那样愉快，清新，充满活力。海蒂想来我家过夜。我们决定好要熬夜窥探大人们的一举一动，准备时不时地到处跑动，假装自己就是来参加派对的客人，可最终，我们还是肩并着肩睡着了，伴随着笑声、说话声和音乐。我们直到第二天早上才醒过来，醒来的时候已经很晚了，家里都已经没人了。朝阳照亮了一切，告别了黑暗。家里到处都是酒瓶和脏兮兮的酒杯，窗户的玻璃上都是油油的污渍，仿佛所有客人都在寻找出路时，在窗户上按下了自己的手印。海蒂说，我们应该打开窗户通通风。只见母亲跳着在派对上跳过的舞，在客厅里不停地旋转着，我生怕她会摔倒，到处跟着，试着帮她扫清途中的一切障碍，可我总不能这辈子就这样跟着吧。到了一定的时候，就必须躺下来睡觉。

早上，海蒂和我会一同起床，到了晚上，会一起躺下，有时候，我会紧紧地搂住她，这时候，她就会说我简直快把她掐死了。

* * *

芭蕾舞课上，女孩很容易晕倒。先是心脏开始怦怦跳，然后撞到了什么东西，最后晕倒。这一切似乎都自然而然。紧接着便是一片大乱。要是有女孩晕倒，每个人都会端着水，拿着餐巾、毛巾，穿着芭蕾舞短裙，带着杂志和随风翻动的笔记本——任何可以拿来扇风的东西——冲过来。力气大的女生会把晕倒的女生扶起来，展开救援，轻抚额头，之后，晕倒的人便会清醒过来，又晕了过去，再次苏醒。这都是常有的事儿。正如城市会在灾后重建，女孩也会从昏厥中恢复知觉，颤抖着细长的双腿艰难地站起身来，生活还要继续。

有人请妈妈到百老汇唱歌、跳舞，可她其实并不会唱歌，也不会跳舞。

"你想不想搬到美国住?"她问道。

"又要搬去美国啦?"

"是啊。"

"不想! 我真的一点儿也不想!"

妈妈和我第一次到美国居住时，我还只有五岁。我们搬进了洛杉矶的大房子里，有人教我游泳，那人鼻子很长，戴着一顶橡胶泳帽，身材精瘦，从来都不笑，不过，每上完一次游泳课，她都会给我吃根冰棒。妈妈有一个不肯用肥皂的男朋友，她管这个男朋友叫"法国佬"，他不仅不用肥皂，还不想剪头发，也不想用牙膏刷牙，母亲解释说，这一切都是出于政治原因。我坐在这个男朋友的腿上时，就能用他的头发把自己的脸给包起来，他的头发乌黑，又粗又硬，闻上去一股海底的气味，母亲说过，他是世界上最聪明的人。母亲还有另一个男朋友，好像是叫迪克，或者叫约翰，我也不确定。和名字有关的都绝非易事。起名不容易，有自己的名字也不容易，记住一个人的名字很困难，带着一个名字生活也很困难，想要摆脱任何名字都绝非易事。母亲的另一个男朋友也许叫鲍勃吧。他带着妈妈和我去了他说是世界上最大的玩具店，还说我想要什么都可以给我。他穿着宽大的衬衫和喇叭裤，告诉我他爱我。我知道，这并不意味着他真的爱我，妈妈说过，在洛杉矶，人人都喜欢说"我爱你"，就算是不爱也会这么说。妈妈轻轻地拍了拍自己的大鼻子，说道："你必须要学会嗅出人们说的是不是真心话，而不是别人说什么，你就信什么。"

　　迪克（还是鲍勃）转身面向了母亲和我，满面笑容。他很喜欢这家玩具店。我能看到迪克的嘴巴和两只耳朵,但看不到他的眼睛,因为他的眼睛都藏在大墨镜下,而他从不把墨镜摘下。

玩具店之旅才刚刚开始。

"这个怎么样。"他指着一种铝箔锅给我们看。

"要是把这锅放在炉灶上,几分钟后就会砰砰作响,最后喷出一锅的爆米花来。"

妈妈和我都看着这口锅。

"我们需要两个这样的锅,对吧?"他有些不耐烦地问道。

他接着就往购物车里放进了六个爆米花锅。

妈妈这个喜欢玩具店的男朋友抽烟抽个不停,无论是卷烟、雪茄,还是烟斗、玻璃烟管,他都抽。玩具店里,他抽起了糖果香烟,糖果香烟长得就像真的香烟一样,不过尝起来是甜的,妈妈和我也一人一根。他的脚步很难跟上。妈妈牵着我的手。

"这个怎么样?"他大声问道。我们听到了他的声音,却看不到他在哪里。

他刚刚还在那儿,转眼间就不见了。这会儿他又出现了,手里拿着一个金发洋娃娃。洋娃娃的眼睛是蓝色的,睫毛很长,是黑色的,就像是猫的触须,手腕和大腿都胖乎乎的,一按肚子就会发出哭声。

玩具店里有许多又长又窄的过道,过道上摆满了架子,从地板堆到了天花板。天花板上的灯发出绿色的荧光。我们装了满满两购物车的玩具,大多都是洋娃娃和玩偶服饰,还有一条大鱼可以陪我在浴缸里玩耍。

母亲的男朋友也把我抱进了购物车里，推着车以最快的速度沿着过道跑了起来，犹如在水下航行，这条过道上摆着许多坦克和玩具枪。母亲也跑了起来，紧紧跟在我们身后，笑着。

特洛伊战争时期，漂亮的海伦有许多追求者，后世的人们为她列了几份追求者的名单，其中的一份是伪阿波罗多洛斯列的，上面共记录着三十一位追求者，一份是赫西奥德列的，共记录着十一位追求者，还有一份是希吉努斯列的，共记录着三十六位追求者。

妈妈用她那稚嫩的声音说道："任何我想得到的人，我只要看着他们就都能得到。"

妈妈常常管男人叫"他们"，管女人叫"我们"。

"他们不喜欢我们发出尖锐刺耳的声音。"

"我们不应该过于心急——不然会吓跑他们。"

我有许多硬皮的笔记本，封面都是红色的。我没有写日记的习惯，但常常会列清单，其中就包括：

列出自己前前后后共有过多少个保姆。

列出妈妈共有多少个男朋友。

列出我到现在为止共搬过几次家。

列出我一旦有了自己的钱就会买的东西。

列出班上那些最漂亮的女孩子。

列出我读过的书。

列出我看过的电影。

列出我还有多少天就十三岁了。

列出我还有多少天就十六岁了。

列出我还有多少天就十八岁了。

列出我一共在美国住过多少次（必须得是住上一段时间，而不只是到美国逗留几天）。

在我十岁那年，妈妈和我第二次飞越大西洋搬到美国住。我们一共待了六个月的时间，妈妈的追求者们带来了许多礼物。"俄国佬"给了我一大罐白鲟鱼子酱，妈妈说，这罐鱼子酱是他从苏联偷运出来的。鱼子酱放在了纽约一间酒店套房的厨房柜台上。那间酒店套房就像是一间公寓，有我自己的卧室，不过一开始，妈妈让我一起睡在她的床上。酒店的名字叫纳瓦罗，听上去就像是我编造出来的地方，就像是地图上没有的城市，但并不是我编造出来的。酒店里的芭蕾舞女演员名叫玛格芳登，会不知不觉地出现在昏暗的过道上，过道很长，铺着厚厚的地毯。玛格芳登长得甚至比母亲还要漂亮，她拍了拍我的脑袋，说"好极了，亲爱的，好极了"。装鱼子酱的罐子上有蓝色和金色两种颜色，整罐都是我的。

妈妈说话的时候，常常会语无伦次，我要是把她的这些话语串在一起，听上去就更加语无伦次了。母亲就铁幕这一话题谈过许多，我已经知道了不少关于铁幕的事儿。

"我从爸爸哈马尔斯的房子那儿看过去，就能看到铁幕。"我说道。

"不，你不能。"母亲说道。

"我能！"我说道。

"你看到的是地平线，"她说，"而不是铁幕。"

母亲重复了好几遍"地平线"这个词。

"地平线。地平线。地平线。"

要跟上一连串的思路是一门艺术。母亲马上便断了思路。我始终都不知道俄国佬是怎样出现在了母亲的生活中，后来又是怎样消失的。母亲不停地说着，说着，她那件蓝色的丝绸睡衣和鱼子酱的罐子颜色相同。有时候，厨房柜台上也会放着一瓶伏特加。俄国人都是这样做的——冲过边境，为自己的女朋友带来伏特加，为女朋友的女儿带来鱼子酱。母亲说过，俄国佬怕黑，所以他总会留在家里过夜，我也因此不能睡在她的床上。不过，俄国佬毕竟是成年人了，生性骄傲，不想让任何人知道自己怕黑。我没有回答，走到了酒店的过道上，这样一来，就不需要听母亲的话，过了一会儿，我又回到了房间里，之后又离开了。有时候，我会乘电梯去别的楼层，就像是去另一个国家旅游一样。酒店的走廊十分宽敞，看上去都一模一样，除此之外，所有的走廊上都铺着地毯，天花板上都挂着沉重的枝形吊灯，可以一直走下去，路过一道又一道门。不过，每条走廊上的空气都各不相同。倘若空气可以称重，那么，每条走廊上的空气重量肯定都不一样。

我把鱼子酱都吃光了，一粒都没剩下，在酒店房间里的厨房柜台上将大片的面包一字排开，每一片都涂上一层厚厚的鱼子酱，咀嚼之后咽了下去。黑乎乎的鱼子酱尝起来咸咸的，黏黏的，还带着点儿霉味，我喜欢这样的味道。

妈妈睡觉的时候，不许任何人把她叫醒。她要是在睡着后被叫醒，就再也睡不着了，整个晚上就毁了，毁的还不只是一个晚上，第二天也毁了，第二天的晚上也毁了，于是就陷入了恶性循环。

　　过去，我常常会梦到母亲，做的都是同样的梦，只是梦境会有些许不同，梦里，每次到了最后，我们都会冲着对方大喊大叫，母亲就在这样的叫喊声中渐渐消失。梦中的我便会开始寻找，发了疯似的寻找母亲，找遍了所有的书架和橱柜，沙发下也找了，浴缸里也找了，或许，她躲在了朱红色的窗帘后面吧，或者躲在了外婆的针线盒里，又或者躲在了厨房抽屉里的刀叉之间？

　　母亲正坐在自己的床上看着《包法利夫人》。她抬起头，看了看我说，这是一本小说，作者是法国人。
　　"这本书讲的是什么？"
　　"一个叫爱玛的女人。"
　　我站在敞开的门前点了点头。
　　"你可以到外面去玩，"母亲说道，"或者找本自己想看的书，到床上来和我一起看书。"

我点了点头。

"不过，我们必须要保持安静，"她补充道，"不保持安静就没法看书。"

她的头发披散了下来，眼睛周围全是黑乎乎的一片，她的眼部卸妆水从来都没有把眼妆完全卸下来过。无论是白天还是夜晚，她的眼睛周围都是黑乎乎，脏兮兮的。有一次，我在手指上吐了点唾沫，想擦掉母亲眼睛周围的脏东西。母亲从不喊疼，即便擦的时候是有点儿疼，她也只会说，我不该擦得那么用力。

多年以后，我也看起了这本小说，试着想象爱玛的长相，我相信，她也和母亲一样眼睛周围都是黑乎乎的。在我看来，福楼拜完全没有提到这一点，但他确实这样写道，"她的眼睛很美，瞳孔虽然是棕色的，却因为睫毛的缘故看上去像是黑色，"不过，书里一点儿也没有说到她的眼睛周围是黑乎乎的，怎么擦都擦不干净。

亨利穿着一套白色的衣服，比妈妈要年长很多。妈妈当时才刚满十七岁。他是妈妈的表哥，女人缘很好，出了名的爱吹牛，妈妈和我说过外婆是如何在敞开的窗边徘徊，等着她回家的。亨利表哥长相俊朗，举止端庄，但不值得信任。她的女儿到底是着了什么魔才会和他一起出去呢？为什么不是和别人一起出去？偏偏是和他出去？

那是一个寒冷的夜晚，马上就要到圣诞节了。两人去看了电影，或许还随便吃了点儿东西。他们喝酒了吗？母亲是到什么时候才第一次体会到喝酒的感觉有多好？什么时候才第一次体会到自由的感觉？不知羞耻。"终于，终于，终于。我不会告诉任何人，但我从来没有想过要停止这样做。"

回家的路上，他们经过了公园，亨利建议两人坐在长凳上说说话，尽管此时，天空飘起了雪花，天气太冷了，似乎不适合做这样的事儿。他悄悄地把手伸到了她的裙子下面，拨弄着吊袜带，抚摸着她的大腿，他的小手冰凉，动作不太灵活。他抓着她的内裤想往下脱，她拒绝了，可他还是脱掉了她的内裤，两人就在长凳上发生了关系。那是有史以来的第一次。她记得当时冰凉的感觉，长凳是冰凉的，他的手也是冰凉的。

他坚持要送她回家，路上，他问她想要什么圣诞礼物。那是一九五五年，当时，他们或许还伴随着《蓝色绒面革皮鞋》的旋律跳了舞，或许她的脑海中曾浮现出蓝色绒面革皮鞋的画面，不过她想要的是红色的鞋子，母亲的鼻子里、喉咙里、嘴里、眼睛里、两腿之间都能感受到寒意，她害怕自己会生病，害怕自己还在窗边徘徊的外婆会生气，会打她。我想象不出外婆打人的样子，不过，她确实打过人，没打过我，但打过妈妈，外婆每次生气的时候都控制不住自己。

妈妈和亨利说，自己想要一双红色的高跟鞋，亨利便问她穿多大的鞋子，她撒了谎，说自己穿三十八码半的鞋子。一说起自己的脚，妈妈总是很难为情，因为她有一双四十二码半的大脚，右脚的大拇指上有紫色的小肿块，不过，她并不想让亨利知道这些。

一九五五年圣诞节前夕，妈妈收到了一双三十八码半的红色高跟鞋。她好不容易才把脚挤进了高跟鞋里，虽然很疼，但还是整晚都穿着鞋子到处走动。亨利正对着她微笑呢，她可不想看起来一点儿也不领情。

那双红色的高跟鞋是圣诞节前夕第一批打开来的礼物，她度过了一个漫长的夜晚。后来，房间里终于只剩下了她一个人，她终于可以把鞋子脱下来了，只见双脚红肿，其中一只长袜上还有个破洞。于是，她拿出了自己的针线包，开始缝补——她现在做的事儿爱玛是不是也在小说里做过？她是不是也会不断地扎到自己的手指，然后把手指伸到嘴里吮吸？

我和妈妈说，她要是真的考虑再搬到美国住，就必须要满足我的条件。我已经十二岁了，有资格谈条件。

　　我的条件是：我想上一所好的芭蕾舞学校，还想养只猫。

　　"你可以养你那该死的猫，"母亲说道，"要什么我都答应，我已经累坏了，厌倦了一切。"

从美国打给海蒂的话费太贵了，不过，妈妈说，我们可以写信给海蒂。这只是其中的一件事。另一件事就是孩子一定要住在树木附近。

在母亲看来，养育好孩子要遵循以下原则：

1. 孩子必须要喝牛奶。

2. 孩子必须要住在树木附近。

妈妈决定让我住在小镇上的一幢黄色大房子里，距离纽约将近两个小时的车程。这座小镇里种着许多树。我不知道都是什么树。小镇上都是大房子，还有参天大树和深绿色的草地。我才意识到，妈妈不会和我在这幢房子里住，她说自己要上班，上班的地方离这儿很远，有时候在纽约，有时候又在小镇上。陪伴我的将是这些树木。

这幢房子的房东是一位戴眼镜的女士，身材肥胖，年龄大概有六十岁，一双小脚挤进了甚至比脚还要小的高跟鞋里。她会带着我们看看房子，提供给我们一些实用的建议，之后再把钥匙交到母亲的手里。她带着我们先后参观了厨房、主客厅和二楼的卧室，无聊极了，接着又把我们带下了楼，再次来到了她称之为"休息室"的客厅。她打开了通往阳台和花园的门，正要说些什么。但母亲打断了她的话。

"花园，"妈妈兴奋地呼喊道，"种着**许多树的花园**！"

妈妈牵起了我的手，想往外面跑，看得出她想让我们手拉着手，跑到花园里去，在花园里翩翩起舞，让房东和新邻居们都瞧瞧，一切都多么美好。我缩回了手，身体变得僵硬而沉重，宛如千斤重的大胖子。我低声怒喝道：

"别碰我！"

我只有一侧乳房。你也许以为，两边的乳房都是同时发育的。事实却并非如此。我只有右侧的乳房能看得出来，左侧平平的，什么都没有！一侧的乳头还泛着紫色，一碰就疼，里面仿佛住进了一只大黄蜂。另一侧的乳头则十分柔软，呈粉色，和猫的鼻子一样小。我的身材比一片草叶还要单薄。我讨厌美国，也讨厌妈妈。

妈妈跑到了外面，在花园里跳起了舞，头发在阳光下闪闪发光。她不知道怎么跳舞，舞姿没有她想象中那样迷人。房东就站在我的身旁，噘起了嘴。我穿着蓝色的运动鞋，房东则穿着黄色的高跟鞋。我突然想到，房东或许喜欢黄色，因为这幢房子的颜色就是黄色的，客厅的窗帘是黄色的，她的鞋子也是黄色的。她想说些什么，犹豫了一下，还是定了定神冲妈妈大喊道：

"我不建议……请别……我不希望任何人践踏草坪！"

妈妈停下了舞步，上气不接下气。房东说了什么？妈妈甩了甩自己的秀发，踮着脚回到了房东和我站着的地方，动作有些夸张，似乎想告诉我们，她掌握了不践踏草坪的同时又能在上面走路跳舞的办法。妈妈没敢说自己租这幢房子的首要原因就是这个花园，没敢说自己找了很久才找到了**这样的**房子和**这样的**花园，没敢说这一次，一切都应当是完美的，也没敢说自己还在奥斯陆的时候，就向人索要过二十本或者更多的房地产小册子，小册子里都是房子、花园、树木和房间的照片，是的，她曾在床上仔细看过所有这些册子，看过各式各样的房产，当她看到这幢四周都是绿化的黄色大房子时，就对自己说：这就是我们将要生活的地方。爱玩是孩子的天性，树木正好可以供女儿攀爬。

所有这些妈妈都没敢告诉房东，房东硕大的身躯把她吓着了，她不想再生事端。除此之外，合同也已经签了，没必要再告诉房东这些。"那树木是不是也不能攀爬？"她没敢问出这个问题。这一次，应当一切顺利。孩子需要安静的环境，需要秩序，需要可以预测的未来。这儿的房子很好，花园很好，街坊邻居也很好，还种着树，女儿也可以喝到牛奶。她感觉自己正在失去女儿。有什么东西从身边溜走了。母女俩曾经是那么亲密。"可如今，她却躲开了我的手，不让我牵，还学会了顶嘴。她是那样珍贵，散发着那样的光辉。她的头发在阳光下闪闪发光。如今，她看我的眼神里流露出了无尽的怨念。她就不能继续做我的宝贝女儿吗？"

客厅的墙纸上印着锦缎图案，沙发上也有，房东说，孩子不可以把吃的带到客厅里。

买猫花了一千美元，是只长毛波斯猫，有着一身银色卷毛，毛发很杂，性格也让人捉摸不透。

"最重要的是，你每天都要记得给猫刷毛。"猫咪饲养员说。

这位饲养员自己长得就像一只波斯猫，家里养了不止一只，而是二十多只猫。她的脸蛋很小，五官都挤到了一块儿，鼻子粉嫩，耳朵小巧好看，眼眸是绿色的，目光有些呆滞，流露出了几分困惑、沮丧或是不悦。她身材瘦削，齐腰卷发扎成了高高的马尾辫。有那么一刻，妈妈看上去一副想把猫扔了，把这饲养员带回家的样子。

我决定好了要给新买的猫起名叫苏茜·朱莉，在飞往美国的飞机上就想好了这个名字，如今，我们到了美国，依旧有些时差反应，母女俩就坐在猫咪饲养员家的客厅里，椅子嘎吱作响，上面铺着粉红色的花形坐垫。只见桌子上和窗台上都摆放着许多白色和绿色的猫咪瓷雕，饲养员给我们端来了两个黑色的小茶杯，里面盛着温热的立顿茶，茶包还浮在表面。正当饲养员在厨房里给薄脆饼干摆盘时，妈妈发现，自己还缺一把茶匙。于是，她便用小拇指钩出了茶包，茶包上的茶水滴到了桌布上，她连忙环顾四周，想找个茶碟放茶包，却没有找到，最后，又用小拇指把茶包扑通一声放回了杯子里。妈妈喜欢喝淡茶，茶水一定要是滚烫的，不能是直接拿茶包泡出来的，而要是茶叶放进锅里煮出来的，这些我都知道。小时候，我常常会在妈妈累了、头痛的时候给她泡茶喝。她会躺在沙发上，呷着茶，而我则会按摩她的额头。这时候，母亲就会说，"你有一双好手，能够抚慰焦躁的情绪。"

妈妈把租来的车停在了猫咪饲养员的屋外，一股尿骚味扑鼻而来。妈妈动了动鼻翼——要是没有这个大鼻子，母亲会更美，不过，也正是因为这样的鼻子才反衬出了她的美丽——闻了闻气味，说道：

"没有比猫尿味更难闻的气味啦！你确定要养只猫吗？"

喝茶和聊天会消磨许多时光。在一次美国与挪威之间的国际电话里，猫咪饲养员坚持要和母亲面对面交谈，她的猫不是所有人都能买的。买主是电影明星也好，是平常人家也罢，她都不在乎，只关心卖出去的猫咪在买主家里会不会幸福，为了确保买主会善待猫咪，她设计出了自己的一套买主认证流程。因此，买主在通过第一次面试之后，还不能把猫咪带回家。我们刚围着桌子坐下，喝着茶，吃着饼干，她就反复在说，自己饲养猫咪并不是为了赚钱。

"赚钱只是其中的一小部分目的。"我用挪威语轻声嘟囔着。嗯，我可知道买猫花了一千美元。

妈妈不想女儿变得那么喜欢冷嘲热讽，越来越爱挖苦人，还越来越粗鲁。妈妈和猫咪饲养员说了许多好话，聊到了饲养员家里的客厅和所有的那些猫咪雕塑，聊到饲养员长长的卷发，妈妈管"卷发"叫"鬈发"，还聊到刚刚跳到自己腿上的那只肥猫，肥猫跳上来以后，把身体缩成了一团，然后睡着了。妈妈没有提到尿骚味，没有提到温茶，也没有提到沾上了茶渍的桌布。和妈妈眼神交流时，总能透过她的眼神感到自己受到了关注和喜爱，连铁棒都能看弯，再强硬的态度也会和缓。我在一旁什么话也没说。我可没有妈妈那样的本事。我的牙齿实在太大了，还戴着一口牙套，什么话都不值得从我的嘴里说出来，我完全无法让人觉得受到了关注和喜爱。波斯猫在成长的各个阶段中，都喜欢四脚朝天躺在杂乱的房间里——喜欢躺在坐垫散乱的沙发上，坐垫布料的颜色和客厅里椅子的颜色一样，都是和猫鼻子一样的粉色，喜欢躺在沙发下的毛毯上，躺在窗台上，在最大的瓷雕旁缩成一团，还喜欢躺在巨大的散热器下，不断地散发出热气，劈啪作响。饲养员对母亲说，她一般都不会把猫卖给家里有孩子的家庭。我把肥猫从妈妈的腿上推了下去，自己坐到了她的腿上。严格来说，我早已过了可以坐在妈妈腿上的年纪了，这我知道，但我并不在乎。

"我想走了，"我的嘴里嘟囔着挪威语，"我们还是走吧。这人真奇怪。"

妈妈突然生气了，毫无征兆。她依旧对着饲养员微笑，但我能感觉到妈妈的愤怒，因为她的皮肤上起了鸡皮疙瘩。这孩子都长这么大了，这么胖了，还爬到我的腿上，嘀咕个不停，摆着个架子，让我干什么都很困难。

"做个女人不容易。"母亲说道，既是说给自己听，又是说给饲养员听。饲养员点了点头。

　　妈妈每次说到"女人"这个词的时候，都意味深长。大家都很清楚，包括我也很清楚，妈妈每每谈及做"女人"，谈到的东西都远比做女人这件事儿要复杂许多。比如说，我还远远算不上是一个"女人"。我是"女人"的反义词，纯粹是个女孩。我还记得自己上学的时候学过蒸馏，当时还想着，要是在一千摄氏度下蒸馏妈妈，最后提炼出的就是"女人"的精华。我从她的腿上站了起来，走进了厨房里。或许，我会找到自己想带回家的那只猫吧？找到我的猫。养猫是我和妈妈之间的约定，妈妈会让我养猫的。她一般都会信守诺言，除非承诺的是在约好的某个时间打来电话。

　　父亲和我说过，"你妈是世界上最真诚的骗子。"言语间流露着一丝钦佩。

　　母亲和父亲都像是回头的浪子，两人都以各自的方式，在各自的世界里幡然悔悟，有如《圣经》里父亲心爱的小儿子，想把肥牛犊牵来宰了，大饱口福，尽情欢乐，死而复生，失而复得，希望永远都欢喜快乐。

　　我和妈妈之间的约定是：要是你让我养猫，我就离开海蒂的身边，和你一同搬到美国住。我要的不是肥牛犊，而是一只猫。我也不想再做个孩子，可我别无选择，还要过上好几年才能成年。

我的脚踏在了厨房的地板上，嘎吱嘎吱地响，厨房里到处都是猫砂，有只大白猫正在房门边的猫砂盆里排泄，把猫砂踢到了边缘，柜台上落下了一盘没吃完的火腿三明治。妈妈正和奇怪的饲养员在客厅里交谈。我从一个房间转到了另一个房间，或许是因为时差反应，或许是因为热气，又或许是猫尿味在作祟，我总感觉自己仿佛正徘徊在清晨的噩梦里——眼前是耀眼的灯光和龟裂的表面。

　　几年前，妈妈费了好大的劲儿才写完了她的书。印象中，她在斯特罗芒的时候，每天都待在家中的地窖里，不停地撰写，眼看着面前的纸张越堆越厚。她一度紧绷着神经。后来，在我七岁的时候，我们有了一台彩色电视机。八岁那年，她到处跳舞的时候不慎摔倒了，要人帮忙扶着才能上床。她哭着说，自己再也受不了了。"喂，我挂了。"电话一直响着。每个人都碍着她，最终，她写完了书。这本书在美国出版的时候，她带着我去了纽约一家优雅的书店，在那家书店里，我只能安静地坐在一张大桌后面，一坐就是好几个小时，看着人们排队来买她的书，在扉页要到她的亲笔签名，其中的一些人，大多是女性，会拍拍我的脸颊，有的会流泪，还有的在拍照。妈妈在这本书的第一章里写道："我想写的东西关乎爱情，关乎如何做人——关乎孤独——关乎如何做一个女人。"所有这些看上去都像是非常好的写作话题。她还写道："或许，我一直在追寻的，是消失的孩提王国。"我没看懂这句话的意思。消失的是什么？什么王国？将来有一天，我也会成年，可惜还要过上好几年。我十二岁了，不喜欢做个孩子，也不喜欢别的孩子，我讨厌别的孩子看我的那种眼神，讨厌他们的窃窃私语，讨厌他们好看的头发，也讨厌他们的秘密。我好想念海蒂。她虽然也是个孩子，却是我能够理解的孩子。我已经在美国待了三天了，已然无法忍受自己对她的思念。要是能有让时间过得更快的办法该多好啊。

我打开了一扇门，通往的想必正是饲养员的卧室。房间里，有六只小猫四脚朝天地躺在凌乱的窄床上，我伸手想去摸摸的时候，它们才意识到了我的存在。最小的那只就只有旅鼠那么大，缩成一团探出了头，发出嘶嘶声，紧紧咬住了我的手。我大叫了起来，但没有人能听到我的声音。我试着把手缩回来，可这只猫反而咬得更紧了，这一次真的咬得太紧了，疼死我了，就像当初海蒂拿可口可乐破瓶子上的一片玻璃戳到了我的手一样疼。但那一次，我想要流血，我们俩都想要流血，这样一来，我们就可以让血液相混、成为亲姐妹。我抬起了手，这只猫也跟着提了上来，在半空中晃悠。其他几只猫微微地动了动，几乎都没有注意到群体里少了一只猫。海蒂曾说过，疼痛会让人失去痛觉。也许这是真的。猫咪全身上下几乎都是毛，有几颗牙齿和几只爪子，剩下的就是心脏和骨骼。我不停地甩着手，直到猫咪松口。

我再次穿过了一个又一个弥漫着尿骚味的房间，在客厅的门前停下了脚步。妈妈和饲养员正紧挨着坐在沙发上，沉浸在亲密的交谈中，两人就像是做了一辈子的朋友。妈妈抬头看到了我。

"我被一只猫咬到了，还被挠到了。"我张开了手指说道。只见自己的拇指和食指之间柔软的皮肤上渗出了一点儿血斑。

"那就去洗个手。"母亲说道。

"我可能会得狂犬病,"我说道,"或是破伤风。猫真的咬得很用力。"

我往前走了几步。

"看!手上到处都是血!"

我翻了翻白眼。

猫咪饲养员先是看了看我,又看了看妈妈。妈妈和我说的是挪威语,所以饲养员不知道我们在说什么。在美国的时候,妈妈总让我说英语。"亲爱的,记得说英语,不说英语就会显得很没礼貌。"我看着饲养员难看的绿色眼眸。尽管妈妈出价一千美元,我还是觉得她不会把猫卖给我们。

买家认证的过程都让我给毁了。笨死啦!

"我女儿的手被门夹了。"妈妈笑着对饲养员轻声说道。

或许,凭妈妈的本事,会让饲养员把猫卖给我们吧?妈妈能让云改变形状,也能让人心跳加快。

妈妈向我招了招手,让我去坐到她的腿上。她亲了亲我的手指,虽然没有亲到伤口,还是让我感觉很好。

黄色的大房子里，时而有保姆搬进来，又有保姆搬出去。所有的保姆都是来负责照顾女儿的，早上喊她起床，给她吃的，辅导她做作业，带她去纽约上芭蕾舞课，再把她带回到小镇上，带回到这个**鸟不拉屎的地方**，晚上哄她上床睡觉。

在母亲看来，这次最好请两位保姆。这样就算其中一位保姆不干了，另一位也可以接班。女儿太难伺候了，不好管教，不再是个**胆小鬼**了，母亲必须要找出最好的办法来管住这身骨头，管住这张嘴，这双膝盖，管住这个戴着牙箍、需要许多开支的女儿，要抚养这个黏过、排斥过她的女儿，现在是，也永远是她一个人的责任。母亲有着一头长发，长得很漂亮，心事满满，还有太多的事情要做。一九七八年的一天，母亲马上就要四十岁了。女儿站在地板中央，穿着一件透视长裙，每个人都来和她拉拉扯扯，亲亲她，轻轻拍她，戳戳她，撞撞她，和她握握手，轻抚她的头发，揉揉她的肚子，巴结巴结她，扭扭她的鼻子，举她起来，再把她放下，人潮涌动，父亲对此**帮不上忙**，一点儿也帮不上。有没有人写信告诉父亲他亲手酿出了大祸？有没有人问父亲他的孩子在哪儿或是他在哪儿？有没有人和他拉拉扯扯？有没有人冒昧地评判他身为人父有没有尽职尽责？都没有。父亲自己都有太多的事情要做，忙着做个天才，对付所有的恶魔。

母亲翻了个白眼。

"胆小鬼，我们俩只能靠自己了，"她紧紧地抱着女儿，这样说道，"我们只能相依为命了。"

母亲请的两个保姆都来自瑞典，一位二十二岁，另一位二十四岁，长得都漂亮极了。母亲出高价请她们来照顾女儿。一个人要能避开灾祸，多少钱都舍得花。两个保姆的工资是每月一千美元。母亲后来才向女儿透露，自己本来的意思是一千克朗，可却说成了一千美元，又没敢收回说过的话，毕竟这两个瑞典保姆在那之前还搂着母亲的脖子亲吻了许久。母亲不想让任何人失望。"要知道，这太难了。我无法忍受让任何人失望。"有时候，只有女儿会听母亲说话，也只有女儿知道怎么去安慰人。母亲的许多女性朋友都和母亲说，她不该再向女儿吐露任何秘密，身为人母不该试着和孩子交朋友，而是要有母亲该有的样子。母亲至少从理论上同意了这样的观点，在自己如何才能养育好孩子的原则里加上了这样一条：

1. 孩子必须要喝牛奶。

2. 孩子必须要住在树木附近。

3. 身为人母，不该试着和女儿交朋友，也不该向女儿吐露任何秘密，切记，母亲就是母亲，是大人，女儿就是女儿，是小孩。

在父亲讲的所有故事里，女性总是漂亮**极了**，他每次还会强调"极了"这两个字，使得故事听上去更加有趣。电话响了（黄色大房子里的电话也是黄色的，接着黑色的长线，电话上有按钮，铃声很响，常常会吓到人），是远在慕尼黑的父亲打来的，女儿告诉父亲，自己已经搬到了纽约附近的一座小镇上，和两个漂亮**极了**的瑞典保姆生活在一起，一切安好。

久而久之，妈妈回到黄色大房子里的次数越来越少。每天早上，我都会走到街道的尽头，等待校车开来。我上的是一所女子学校，学校大得就像一座公园。校服包括绿色的学生裙、白色的女式衬衫、棕色的鞋子还有绿色的及膝袜，穿上校服以后，裙摆下方瘦骨嶙峋的膝盖就会格外凸显。我被分到的班里，同学的午纪都比我要小——我被降级分到了一个全是十一岁小屁孩儿的班里。校长是一位贪得无厌的女士，脸色憔悴，乳房尖尖的，对此，她的解释是，我的英语还不够好。

"我要是把你分到同龄人的班上，你会完全不知所措的。"校长说道。

"不知所措?"妈妈看了我一眼，语气十分温顺。我们正坐在校长办公室里巨大的皮椅上。

"是的。"校长回答道。

我瞪着校长看。

"这话说得是不是有点过了?"妈妈悄声说道，"我的意思是说，她不会不知所措的。"

"对于我们来说，最重要的就是保证学生能有安全感。"校长说道。

教室既宽敞又明亮，窗户都很高大，呈拱形。所有的孩子都礼貌地和新同学打了招呼。老师姓弗伦希，教的是英语。她美若天仙，使我体会到了父亲口中的漂亮"极了"是什么样，"极了"二字并不只是为了给故事增添趣味，还是真实的表述，是显而易见的，是上帝选中的女人身上所体现的。弗伦希老师就这样突然出现在了黑板前，美得让人惊艳，打扮得那样干净利落，楚楚动人，在教室里走动的时候都会发出声响。老师的说话声十分轻柔，几乎听不到声音，孩子们必须要倾身向前才能听到她说的每一个字。我坐在班里的后排，闭上了自己的眼睛，这样一来，就不用看着老师了。

我只和弗伦希老师独处过一次，就一次。那天是我第一天来新的学校上学。我差点捱不下来。倒也不能这么说，反正我那天发烧了。

老师把我带到了一个没有窗户的房间，校服就存放在那里。

"这些服饰不见得是世界上最好看的。"她轻柔地说道，像是女性朋友之间在交谈。

我站在地板中央，穿着内衣、连裤袜和白色的衬衫，衬衫穿在身上有点儿痒，我挣扎着要把绿色的学生裙从头上套进去。

"不过，你很快就会适应这套衣服的，"她说道，"不管怎么说，你每天早上都不用担心要穿什么啦。"

她笑了笑，笑声有些瘆人。

她递给我一双及膝袜。我坐在地板上，把及膝袜套在了连裤袜上。

"不行，不行，"她悄声说道，"不可以把及膝袜套在连裤袜上，必须把连裤袜先脱了。"

"可我不想脱连裤袜，天气太冷了。"

"噢，可学校不让学生把及膝袜套在连裤袜上。"老师的皮肤细腻光滑，声音也如丝般轻柔。她身上穿着闪闪发光的丝袜，人要是穿上这样的丝袜，往往都喜欢再配上束腰带。她的耳环和翻领上的银胸针都闪闪发光。我不知道弗伦希老师讨不讨厌女孩子。她长得那么美，我们却长得那么丑。尤其是我。校服室的墙上挂着一面落地镜。我站在了镜子前。弗伦希老师悄悄跟在我后面，仿佛一片乳白色的寒雾。及膝袜穿在脚上有点儿痒。老师把手搭在了我的肩膀上，我们在镜子前站了一会儿，看着镜子里的自己。裙摆下，我的膝盖格外凸显，又大又青，就像是两个地球仪。

老师每天都穿着条新裙子，一条比一条精致，都是量身定做的。或许她是故意的？或许她需要我，需要我的丑陋和瘦削来衬托自己的美丽，而我却还蒙在鼓里？

我养的猫住在一间宽敞的步入式衣柜里，还带一扇窗户。我把床垫搬进了衣柜，躺了下来，感觉又热又晕。我想，这都是因为自己在隆冬时节必须要穿及膝袜吧。我忘了帮猫咪刷毛，柔滑的猫毛上打了些结，怎么都梳不开。两个瑞典保姆也试着梳开猫毛上的结，一个人负责把猫死死地摁在腿上，另一个人则负责打湿毛刷，尽可能轻地刷毛。可她刷得还是太用力了，大把大把的毛发从猫咪的身上刷了下来。刷完后，猫咪浑身上下都是疮，好几处皮肤都是光秃秃的，面积很大。

其中一个保姆爱上了一个留着刘海的男孩。其实也算不上是男孩，他至少得有二十五岁了，不过刘海让他看上去像个小孩。每次他到黄色的大房子来，各个房间就会弥漫着一股烟味，家里俨然变成了烟雾缭绕的小天地，热闹了起来，充斥着说话声和音乐。烟雾和甜味将我们包围，邻居们却不喜欢眼前的这一切。在他们看来，左邻右舍不该出现母亲这样的人，不该出现两个瑞典保姆，不该出现这个瘦弱的小女孩，也不该出现疏于照看的猫。

穿着低胸上衣的单身母亲来来去去。

两个靠不住的瑞典保姆来来去去。

瘦弱的小女孩也来来去去，和人说话时，总会闭上眼睛。

每天下午晚饭之前，两个瑞典保姆都会煮好辣味炖菜，炖菜的味道很奇怪，没有人愿意吃。至少我知道我不会吃。含着颗粒的酱汁中，白色的小骨头十分醒目。炖菜就放在灶台上炖煮。一天，我们受邀到一位邻居家做客喝茶，林登太太。她就住在隔壁的小镇上，家里接待过许多贵客，诸如歌手艾利斯·库柏和舞台剧演员贝蒂·戴维斯，因此，相比之下，两个邋遢的瑞典保姆和一个百老汇明星的瘦弱女儿又算得了什么呢？林登太太有许多孩子，大女儿和我同龄，上的正是我梦寐以求的公立学校。

"你要去参加派对啦。"妈妈在电话的那头说道。

"不是派对，"我回答道，"是去喝茶。"

"额，不管怎么说……这是你交新朋友的机会。"她说道。

我点了点头。妈妈看不到我点头，每当我在电话的另一头默不作声时，她都很生气。她说，我一定要记得梳头发，表现出自己最有礼貌的一面。

我再次点了点头。

"让保姆接一下吧，"妈妈说道，"我想叫她们记得要提醒你梳头发。"

"我自己会记得的。"

"好。"

"你还想和她们说几句吗？"

"不需要了，你自己记得就好。"

"拜拜，"我说道，"就这样吧。"

我能听到妈妈在电话另一头的呼吸声。

"我还要做作业呢，挂啦？"

"胆小鬼……"她的声音有些颤抖。

"嗯，怎么啦？"

"千万要记得待人友善。"

"我待人向来友善。"

妈妈犹豫了片刻，想反驳我。在她看来，**我并不是一直都待人友善**，事实上，她觉得我们应该说说这事儿，不然的话，以后的事情……会更糟糕……会乱了套……还会出别的乱子……可她这会儿没空，有人正等着她。

"只要你**愿意**，就能够待人友善。"妈妈说道，如今，她打消了自己所有的疑虑，接着，我们便互说了再见，挂了电话。

林登太太摆出了干酪、薄脆饼干、果汁、茶和咖啡来招待大人。大大的茶几周围放着四张软沙发。沙发是粉红色的。我伸手拿了一片薄脆饼干，希望没被人看到，因为林登太太还没请我们自便。只见沙发上都铺着许多小垫子，收拾得很干净。要想拿到茶几上浅盘里的东西，就得从靠垫间挤过去，扑向前面。饼干很好吃，轻薄松脆，带着咸味，口感就像是薯片，与其说像薯片这样的零食，倒不如说更像是主食，或许是在原料里加了香草或某种粗面粉，才能这么好吃。我又拿了一片饼干，加了一点儿干酪。林登太太看着我，笑着说道："请自便。"

"谁要喝茶，"她问道，"谁要咖啡？"

两个瑞典保姆说自己想喝茶，而我则要了一杯水。林登太太托大女儿问了我有关祖国的事儿。

"挪威有人行道吗？"大女儿问道，凶巴巴地看着我和两个瑞典保姆。我的嘴里塞满了饼干，没有办法回答。

两个瑞典保姆大笑了起来，告诉她挪威不仅有人行道，还有街道、楼房、汽车、夏天、冬天、城市、田野、鸟类、电影院，和美国这儿一样。

"我们是瑞典人，"她们异口同声地说道，"这孩子是挪威人。"随后又挤了挤我补充道。

"啊哈。"大女儿说，注意力转向了天花板上看不到的地方。

"太有意思啦，"林登太太说，似乎真是这么觉得的。"可挪威语和瑞典语是两门不一样的语言吧？你们相互之间说话能听得懂吗？"

"噢，是的，"两个瑞典保姆回答道，又挤了挤我，"这孩子既会说挪威语又会说瑞典语，两种语言说得都很流利，所以沟通不会有任何问题。"

"真有意思，"林登太太又说道，冲我微微一笑，"挪威和瑞典都是那么美丽。我一直想去斯堪的纳维亚看看。"

我又拿了一片饼干。林登太太的大女儿名叫艾希莉，此刻，她对着自己的母亲做了个鬼脸，以示自己想要离开。她约好了要和人练习（是练体操吗？还是篮球？还是领跳啦啦操？又或者是排练戏剧？），有人（是莉萨？还是金柏莉？还是玛丽？又或者是米歇尔？）正等着她，她在这儿已经耽搁够久的了。这对母女俩以为我没看到她们的一举一动，可我却都看在眼里。我又拿了一片饼干和超大块的干酪，暗暗下定了决心，吃完这片饼干以后，自己要默数一千下才能再拿一片。

"你在这儿……在美国待得还算习惯吗？"林登太太笑着问我。

她每次笑起来的时候，嘴巴都会咧开一条缝，露出洁白的牙齿。我嘴里正吃着饼干，咽下去之前还不想说话，所以，我也对着她笑了笑，点了点头，用手指了指，示意她稍等片刻，待我把东西咽下去再回答你的问题。我连忙喝了些水，赶紧把东西都咽了下去，擦去了嘴边的饼干屑。我的手里拿着一块亚麻布餐巾。每个人的手里都有一块亚麻布餐巾。我不知道自己的餐巾用完之后该放在哪儿。有时候，我说出来的英语听上去要比实际水平更差。陌生人问我问题的时候，我经常会忘了对应的英语单词该怎么说，于是就会开始结巴。我低头望着地板，喃喃自语，或是闭上了眼睛，想要跳过这个问题。

"还算习惯……谢谢关心……对不起，我的英语不太好……我非常喜欢美国。"

"那就好，"林登太太说，"你或许可以哪天和艾希莉一起去。艾希莉现在在练体操，你愿意的话，就和她一起去吧？"

艾希莉盯着林登太太看，十分震惊，两只眼睛眯成了一条缝。我的眼睛也可以像她那样眯成一条缝。

"我没有时间去练体操，"这会儿，我用一口流利的英语回答道，"我还要上芭蕾舞课呢。"

"她现在在纽约上芭蕾舞课，"其中的一个瑞典保姆说道，"一周上三次课，我们来来回回坐的都是火车。"

"好吧，那算啦，"林登太太拍着手说道，"看来和艾希莉一起练体操不太可能啦？"

之后，就连林登太太一时之间也不知道该说什么了，茶几周围陷入了一片寂静。

我还想吃一片饼干。到目前为止，我已经数到二百三十四了。我知道，在数到五百之前，我可以克制住自己。薄脆饼干是咸的，还有香草的味道，咬下去的时候力道要是刚好，就会听到清脆的嘎吱声。

来这儿之前，我们确实吃过东西了，两个保姆做了三人份的三明治吃，三个人还稍微打扮了一番，她们说，见邻居真让人激动，也许我会和林登太太的大女儿交上朋友。饼干的咸味让人难以忘怀。四百七十五，四百七十六，四百七十七。我根本就熬不到五百这个数，这一次，我毅然起身，跪在了茶几前。我又拿了一片饼干，涂上了干酪，准备坐回到沙发上再吃进嘴里。

"亲爱的，你是不是饿了。"林登太太问道。她笑着指了指浅盘。"我可以再拿点儿饼干来。"

有时候，到了晚上，刘海男会到家里来，偶尔还会带上个朋友，不过大多数时候还是一个人来的，他不想吃灶台上的辣味炖菜，因此，两个保姆会做点儿别的给他吃，要么是蔬菜沙拉，要么是烤芝士三明治。他总是不停地抽着烟。一天晚上，他想让我也抽一口。我知道那是大麻。

"不行，不行，"其中的一个保姆说道，"约翰，把烟拿开，别这么做。"

"放心吧，"他说，"让她试一口。"他坐在沙发的边上，问了我些与戈达尔《我略知她一二》相关的问题。我和他说，自己还没看过这部电影，只看过《精疲力尽》，于是，我们索性聊起了《切腹》，因为这部电影我一共看过两次，据他说，他也是第一次遇到看过《切腹》的小孩。

妈妈住在曼哈顿中区的一间公寓里，窗外能够看到中央公园，她即将在一部百老汇音乐剧里出演主角，扮演一位**妈妈**，不过不是我的妈妈。音乐剧里的妈妈也来自挪威，是家里的主心骨，全家姓汉森，生活在上世纪初旧金山的施泰纳街上。剧中的爸爸丢掉了工作，手头很紧，不过，多亏了这位妈妈机智过人，没有什么能够击垮她们一家。妈妈不会唱歌，也不会跳舞，但却十分多变，有人找她演主角时，她立马就答应了。她为什么就不能在百老汇上唱歌跳舞呢？她的一大特点便是手脚一点儿也不灵活，除此之外，亲切友善，其三是勇敢之余有些自恃，其四是脆弱，其五是极具魅力，其六是有着无始无终的强烈欲望。她出演过许多单人音乐剧，一首歌里哪怕是一个音也唱不准。

女儿的头发遮住了眼睛，没有向后梳起，也没有紧紧地盘成跳芭蕾舞时的圆发髻，不像是要上芭蕾舞课的人，她不像其他跳芭蕾的女孩那样有天赋，但和她们一样骨瘦如柴，这并不是因为她不吃东西，也不是因为她会把吃的东西都吐出来，而是因为她生来如此，女儿的嘴就没有停下来过，除了那道炖菜外，她什么都吃，怎么也吃不饱，却还是很瘦，瘦得像条毛毛虫——瘦得像条书本里的毛毛虫，还是在它一路吃掉一颗苹果，两个梨，三个李子，四颗草莓，五个橘子，一个巧克力蛋糕，一个冰淇淋，一根腌黄瓜，一块瑞士干酪，一片意大利香肠，一根棒棒糖，一块樱桃饼，一根热狗，一个纸杯蛋糕，一块西瓜，和一片绿叶以前。"可有一天，她变成了一只该死的蝴蝶。"刘海男这样说的时候正坐在黄色大房子里的丝绸沙发上，抽着大麻烟卷，继续聊着安东尼奥尼的《放大》。两个瑞典保姆都笑了起来。刘海男对女儿点了点头。

　　"你看过这部电影吗？"

　　她摇了摇头。

　　"要知道，安东尼奥尼可比你的父亲要强。"

　　"好吧。"

　　"更在乎这个世界。"

"好吧。"

"更有意思。"

"好吧。"

"改天我们一起去市里看《放大》吧?"

"好啊。"

然而,除了他以外,没有人说过任何女孩和蝴蝶之类的事儿,也没有人邀请过她去看电影。

父亲先后两次把贡布罗维奇[1]创作的剧本《伊沃娜，柏甘达的公主》搬上了舞台，这部剧的主人公是一位无聊的王子，正是因为他太无聊了，才一时情急娶了柏甘达公主，而这位公主缄默无言，长相丑陋。王子的双亲和满朝文武都为此感到震惊。我不知道最令人震惊的是公主长相丑陋，还是她缄默无言。最后，他们杀死了公主。在我看来，父亲对慕尼黑的那场剧并不满意，口碑并不好，评论家们写道，父亲的这部剧算不上成功，他宝刀已老。

在《日记》一书中，贡布罗维奇写到了美的本质，谈及不一样的美是如何在女性和男性身上得以体现的。女性，他写道：

"……一直以来都背叛着自己，渴望取悦他人，因此，成不了女王，只能沦为奴隶，表现出来的不是女神的样子，不值得渴望，而是笨手笨脚的，妄想得到遥不可及的美丽。"

母亲表现出来的样子绝对不是笨手笨脚的，我宁可说，她试着藏起

---

1 维托尔德·贡布罗维奇（Witold Gombrowicz, 1904—1969），波兰小说家，剧作家，散文家。

了自己的笨拙，表现出女神的样子，值得渴望。

母亲十分看重事物的样貌，注重自己的外表，也注重周围的世界所呈现出来的样子。她靠不同的面貌生活。

母亲并非女神，可她的美丽既属于任何人，又不属于任何人——宛如一座国家公园。女儿想象着母亲的样子，脑海中浮现出了许多张不同的面孔，一张接着一张，又或者是一张覆盖在另一张上。她想知道，母亲是否只在女儿面前才会呈现出不一样的美丽——不一样的面孔。女儿心想，要是没有人看着母亲，那么，母亲看着自己的时候又是一副什么模样呢？

诺贝尔奖得主说，他开始对一切都产生怀疑了。

母亲和她的新男友正在纽约的一家意大利小餐馆里吃意大利肉酱面。母亲穿着一条深红色的长裙，裙子紧紧裹住了胸部。或许，新男友会这么想：不久前，她还是世界上最漂亮的女人之一。

诺贝尔奖得主对女孩的父亲总有一种说不出的亲切感。有许多人都追求过母亲，其中就包括父亲。其他的追求者往往都对父亲很是好奇，会问许多问题，和她在一起的时候就会觉得和他很亲近。诺贝尔奖得主觉得，自己本可以和女孩的父亲谈论音乐，他开始向女孩的母亲讲述自己的童年记忆，谈到指挥家弗里茨·莱纳和莫扎特的《g小调第四十交响曲》，之后，又想和她说说自己妹妹弹钢琴的事儿，不过，还没等他说到那儿，母亲便惊呼道：

"噢，我爱莫扎特！"

诺贝尔奖得主不说话了，目光看向了别处，换了个话题。

母亲常常被称作是父亲的"缪斯"，是父亲创作灵感的源泉。而父亲则从来都没被称作是母亲的"缪斯"。父亲是男人，母亲则是女孩，父亲的年纪要大些，母亲还很年轻，母亲是父亲寻找的成果，父亲的目光落在母亲的身上。长话短说。父亲负责创作，母亲启发灵感。父亲有九个孩子，可不管是儿子还是女儿，都从来没被称作缪斯，至少在父母的眼中，儿女只会妨碍创作，尽管父亲不在家的时候，母亲会承担起对儿女的所有责任——话也就说到这儿吧。家里共有六位母亲，除了奶奶以外，还有五位母亲，一共生下了九个孩子，几乎所有的这些母亲都被说成是缪斯。父亲的最后一任妻子英格丽德为人务实，因此，父亲也最爱她，英格丽德去世后，父亲还悼念过她，悲痛万分，甚至都想随她而去。在父亲看来，爱情若要长久，就得满足一大条件，即处理好实际问题。身而为人，万万不可低估实事求是的重要性。爱情中是如此，工作中也是如此。父亲这辈子都没有管他任何的女人叫"缪斯"。我想，他压根就没用过"缪斯"这样的词。他管自己的女人叫"斯特拉迪瓦里小提琴"，是一种乐器，从来都不叫"缪斯"。

挪威语里，"缪斯"（muse）是挺好玩的一个词，不禁会让人联想到类似的"musa"，是胆小鬼或者脓包的意思。十八世纪初，诗人兼牧师彼得·达斯给赞美诗女作者多萝西·恩格尔布雷茨特写过许多封信，信中包括这样的内容：

您好！最近过得都还好吧？

……

尽管和密涅瓦太太有染

乃是命中注定？

她抛下了所有的快乐

整天泪满衣襟？

如今的帕纳塞斯山上

是否寸草不生，一片荒芜啊？

缪斯的身体有些不适吗？

所有的精灵都死了吗？

每一位诗人的知己

都放下笔墨了吗？

纸张、墨水和羽毛笔

都被丢弃了吗？

彼得·达斯始终都没有收到回信。他对多萝西仰慕不已，从未想过要将她称之为自己灵感的源泉，诚然，信中的韵脚表明了他把多萝西视作自己的同僚，视作真正的诗人，与自己地位平等。多萝西并没有回信，彼得想知道，她的缪斯是不是"身体不适"，这才毫无音讯。因此，是彼得最先提到了生病的缪斯，要先于波德莱尔一百五十年的时间。直到一八五七年，波德莱尔才写下了一首著名的诗篇，内容就关于生病的缪斯。

当时，我要是多萝西，或许就会给彼得回信。就算仅仅只是为了从中获得快乐，我也会毫不犹豫地回信的，或许，更可能是因为在发给我的邮件开头，发件人没有在我的名字前面写下傻乎乎的"嗨"，而且谢天谢地，也没有带上一个笑脸符号，而是写下了"您好！最近过得都还好吧？"这样可爱的开场白。

父亲说，母亲是他的斯特拉迪瓦里小提琴。我从未听母亲对"缪斯"或是"斯特拉迪瓦里小提琴"这样的称谓表达过不满。

可她真的愿意做把小提琴吗？

国王皮厄鲁斯有九个女儿，在他的眼里，自己的女儿甚至比九个缪斯女神还要漂亮，可他错了；傲慢自大终要付出代价，后来，他的九个女儿就被变成了九只喜鹊。

还有比这更糟的命运：缪斯女神存在的价值，在于充当伟大艺术家的一面明镜。没有艺术家，就没有缪斯女神。喜鹊不是任何人的镜子，自身便引人注目，除此之外，喜鹊其实还能认出镜子里的自己。能在镜子里认出自己的动物并不多，倭黑猩猩等多数的猿类自然可以做到，一些海豚和某种蚂蚁也可以。上述蚂蚁要是照着镜子，发现自己的头上有点儿污渍，便会开始清洗，没有污渍的话便不会有这样的举动。人们在大象的身上也开展了相关的研究。部分大象也能认出镜子里的自己。事实上，给大象照的镜子还不够大，因此也使得相关研究变得更为复杂。

诺贝尔奖得主看着女孩的母亲，心想，或许她除了做女孩父亲的缪斯外，也可以做他的缪斯。几年之后，这位诺贝尔奖得主在航班延误等待之时，以免疫学领域的大量研究为基础，构思出了一种意识理论的框架。那时候，他早已和母亲断绝了关系，因此，他或许根本就不需要缪斯，也不需要喜鹊，或是镜子，只需要一趟延误的航班吧？

　　一方面，他想让全世界都看到，自己可以得到母亲这样的女人，另一方面来说，他又暗中怀疑过母亲并不是自己想要的类型。母亲已经四十岁了，常常会在舞台上闹出笑话，他也不觉得母亲的歌舞惹人喜欢，反倒令人尴尬。要是生活中有这样一条弧线，一端是骄傲，另一端则是羞耻，那么，诺贝尔奖得主始终都不确定自己正位于弧线的何处，也不确定自己是在哪一端。他就像这样一直都不确定，这便是他最大的弱点所在。

　　他想象着妹妹的指尖在琴键上徘徊的画面，想象着她的那双小手。他张开了嘴，正要和母亲谈到妹妹，又把话咽回去了——"噢，我爱莫扎特"的感叹依然在房间里回荡，如一股恶臭般挥之不去。

　　母亲告诉女儿，诺贝尔奖得主正在尝试创造一个大脑。一天，母亲到他的实验室里去看他，当天留意到了两样东西。其一，实验室里到处爬窜着老鼠，其二，这段恋情明显没有未来。她对那些老鼠深表同情，但同时又觉得恶心。

　　两人交往的头几个星期里，母亲将这段关系称之为爱情，不过几年之后，她就会说，在自己看来，他这人压根就不怎么样。

　　诺贝尔奖得主年轻的时候也弹过钢琴。他的父母为了能有些自己的时间，曾把他和他的妹妹安顿在卡内基音乐厅的包厢里。弗里茨·莱纳指挥着莫扎特的曲子时，兄妹俩一声也不吭。他本可以和女孩的母亲说说妹妹的白色裙子，说说妹妹扎成辫子、打上了蝴蝶结的乌黑长发，说说牵在手里的妹妹的小手，但这些他都没有聊到。他反而抬起了自己的手，向母亲摇了摇食指。

"我们甚至都还不知道是大脑的哪个部位在控制着我向你摇手指。"他说道。

母亲注意到了他那修剪整齐的指甲，还有那只柔滑的手。他的指甲要比母亲的保养得更好。

母亲抬起了自己的食指，也向他摇了摇。

两人就这样坐着，互相摇了一会儿食指。

"我确切地知道，自己和你不一样。"他的这番话或许有些突然，母亲也有些惊讶。母亲所幻想的爱情是两个人缠绵在一起，合而为一。可是，诺贝尔奖得主在谈论的并不是爱情，而是要知道人体运动机能究竟受大脑哪个部位的控制有多困难，还说到人类是人体活动的总和。

"世界上不存在静态的物质，一切皆无定论。一切皆运动。"

"嗯……"母亲回应道，心想，两人还要像这样互相摇着手指坐上多久。

诺贝尔奖得主缩回了手。

他喝了点儿酒。母亲默不作声。接着，他说道：

"想象一下大脑皮层……"

母亲的脑海中浮现出了外公穿着军装的蓝色肖像，满脑子都是深浅不一的蓝色。她不想打断诺贝尔奖得主，也不想说出任何傻话，有时候，她会感觉自己有些傻，不过，她和男人对视时有自己特殊的方式，会让他们自以为像是个天才。和母亲对视时，就算是真正的天才也会觉得自己像个天才。

"微不足道的事物也可以很复杂。"他说道。

"微不足道的事物也可以很复杂。"母亲重复了一遍他的话，感到有些头疼，并不是偏头痛，母亲没有得过这种病。母亲头疼的时候就觉得痒痒，更多感觉到的是不舒服，而非疼痛，像是有什么东西要在头皮上钻过。活体大脑不是灰色的，而是粉红色的，就像是棉花糖的颜色。她突然想这样说：活体大脑不是灰色的，而是粉红色的，就像是棉花糖的颜色，他纵然看过许多大脑，但看到的大概都只是灰色的，因为大脑死后都会变成灰色，他对活体大脑下不了手。不过，她又突然想到，自己不该说这些话，这些话或许和他正在谈论的东西毫不相干。母亲这样想着，头皮一直有些发痒。真伤脑筋。她又喝了点儿酒，酒往往有助于镇静。

母亲想说，自己最喜欢万籁俱寂的时候。

她的红裙紧贴着身体，有些扎人。母亲害怕他会注意到自己腋下的汗渍。

诺贝尔奖得主到黄色大房子里来的时候，大多数时间都会坐在客厅的丝绸沙发上扭来扭去，悄悄地和母亲说自己想要离开。

有一次，他叫女孩去厨房里找个玻璃杯和一些糖，让她把糖都倒到杯子里，然后数出杯子里有多少粒糖。女孩数出来以后才能回到客厅里，并告诉他答案。微不足道的事物也可以很复杂。或许，数完以后还能得到什么奖励，我也忘了。女孩奔进了厨房，却没有找到糖，于是就开始呼唤母亲，"妈妈，妈妈，糖放哪儿了？"母亲叹了口气，来到了厨房里——她当然也不知道糖放哪儿了——于是就开始打开又关上一个个橱柜的门，挨个寻找。那天正好碰上两个瑞典保姆休假，她们大概会知道糖放在了哪里，可是，每次需要她们的时候，都不在身边，最重要的是，她们俩的工资也太高了。诺贝尔奖得主开始呼唤母亲，想叫母亲在客厅里陪他。这个数颗粒游戏的目的就在于给杂种找点事儿做（诺贝尔奖得主都管女孩叫"杂种"，以为女孩没听到），这样一来，他就可以和女孩的母亲独处。他也有自己的妻子和孩子，有一座大房子，得了诺贝尔奖，拥有自己的事业，还能和情妇在一起，尽管时间有限。但他不想同时和杂种在一起。如今，他真是枉费了心机，女孩虽然找到了杯子，却找不到糖，害她母亲奔走在不同的黄色房间里，嘴里抱怨着两个保姆。诺贝尔奖得主看了看自己的手表。

妈妈打电话的时候，我常常在另一边偷听，有时候，她也知道我在偷听，打完电话以后就会和我说说偷听的事儿，有些人啊，总是那么蠢，比如说这个诺贝尔奖得主。妈妈和我一同反对他的时候越来越多。要想在另一台座机上偷听电话，就一定要小心翼翼地拿起听筒，动作要缓慢，不能发出咔嗒的响声，一响就暴露了。

"你是我的女人！"诺贝尔奖得主在电话里说道。

214

他的话语很有说服力，声音嘶哑而沉重。妈妈被他看上了，是他的最爱，是他发现的，为他而生，就算他有时候举止像个白痴，也改变不了这个事实。

我没法去数玻璃杯里到底有多少粒糖，妈妈和我甚至连糖都找不到，不过，我能算出来的，或者弄明白的，是这样的事实：我还是个小女孩，无论如何都还不能成为别人的女人。

我赖在床上，不想起床，和所有人都说自己病了。我第一次窝在床上的时候待了三天，第二次是七天，第三次是十天。第三次的时候，我在床上抱了十天结痂的猫咪。

　　"她怎么一直发着烧。"母亲在电话里问道。

　　"我们也不知道。"其中一个保姆悄声说道，"她说自己只穿着校服觉得好冷。外面只有十四摄氏度，难怪会发烧吧？"

　　两个保姆带着茶水和毛毯来到了我的身边，拍了拍我的脸蛋。

　　我再也不想上弗伦希老师的课了，无法承受她的美貌。"许愿要谨慎。"我前前后后共发了三次烧，最后终于转到了当地的公立学校，学生在那儿可以穿自己的衣服。也是在那儿，我认识了一个同岁的男孩，名叫亚当。他穿着一件蓝色的羊毛衫，羊毛衫上有白色的图案，和我的一件衣服很像。在挪威，这类衣服被叫做"马吕斯毛衣"，人人都穿，可在美国，除了我和亚当外却没有人穿。放学后，亚当就会到黄色大房子里来，玩大富翁的游戏，听乡下人组合和超级流浪汉合唱团的歌。他的脸上长着少许黑色的胡子，毛茸茸的，挡住了点儿稚气的人中。我喜欢这胡子，觉得很有意思，看上去甚至有种男子气概。我们接吻的时候，胡子就会扎到我的上嘴唇，痒痒的。他轻抚着我的毛衣，正好摸到了我的胸，尽管我的乳房并没有发育完全，一侧的乳头一碰就疼。

一段时间里，亚当成了我唯一的朋友，不过后来，我又认识了维奥莱特，她家就住在隔壁，留着一头乌黑的长发。维奥莱特说，世界上最丑的东西就是男孩留着胡子，让人恶心。亚当其实是个小笨蛋，而胡子则暴露了这一点——他的胡子还太短，远远没有长到可以剃的长度，也还长不成像维奥莱特的哥哥杰夫那样像样的胡子。

亚当是个小个子，身体上的各个部位都很小，显得娇弱。他的肩膀很窄，手也不大，和我说自己喜欢看书的时候，双手不停地抖动。他说，全班现在都在看《杀死一只知更鸟》，我可以帮你，我们可以一起看，互相讨论，他和我说，不要因为自己来自别的国家，母语不是英语，就担心阅读作业会跟不上。我花了几天，几个星期，几个月的时间才看完了《杀死一只知更鸟》。

后来，我和维奥莱特在一起的时间越来越多。有一天，我和亚当说，不想再让他来家里了，我不想再玩大富翁了，不想再看书了，也不想再听乡下人组合和超级流浪汉合唱团的歌了。

维奥莱特最喜欢听的歌是齐柏林飞艇乐队的《天国的阶梯》，如今也成了我最喜欢听的歌。

亚当坐在黄色客厅里的黄色沙发上，诺贝尔奖得主每次来家里往往也坐在那儿。我和他说，自己心意已决，分手吧，他哭了起来，这时候，我觉得他让人恶心，我们一起做过的事儿都让人恶心。亚当的手脚还算灵活，并不像贡布罗维奇写的那样，他坐在黄色的沙发上，啜泣着，哭哭啼啼得像个婴儿，看上去只是有点儿笨拙，让人觉得有点儿恶心罢了。

"凯瑟琳伤透了心，"妈妈说，"记住！是伤透了心！从现在开始，一切都由凯瑟琳说了算。"她补充道："她要是不当保姆了，就真的全完了。我就不知道该怎么办了。"

　　妈妈的安排没有按计划进行。她的安排几乎从来都没有依计而行。按照她原来的安排，就算其中的一个保姆不干了，另一个保姆也可以接替工作。就是因为这样才聘请了两位保姆。可如今，两个保姆都不想干了，她们都说，青春一去不复返，趁着自己还年轻，想游遍美国——而刘海男也要和她们一起走。三个人合买了一辆车，如今，她们想要"实实在在地生活"——她们把这些都告诉了妈妈——"你要认真生活才能为照片带来生命，"两人同时鼓吹道，"你要认真生活才能为照片带来生命。"这样的话是她们从刘海男那儿听过来的，刘海男又是从亨利·卡蒂埃-布列松那儿学来的[1]。

　　妈妈和我说，凯瑟琳曾经的梦想是当一个修女，她甚至还在女修道

1　亨利·卡蒂埃-布列松（Henri Gertier-Bresson, 1908—2004），法国摄影家。

院住过几年，可后来，她爱上了一个男人，这样一来，嗯，就不能真做个修女了。妈妈说，凯瑟琳选择了**世俗的爱情**。确实如此，她之后便离开了修道院，抛弃了誓言，放弃了自己原本信仰的一切，只为和那个男人在一起。

妈妈全然忘了女性朋友的建议，又向女儿吐露了秘密。

凯瑟琳离开修道院后不久，那个男人就抛弃了她。

"她伤透了心"，妈妈再次重复道，"所以你真的，真的，真的要对她很好，照她说的去做。"

妈妈又要离开家很长一段时间，旅途的最后一站会是在慕尼黑，正是爸爸的城市。爸爸就生活在慕尼黑。妈妈和我说，自己不是专程要去慕尼黑看父亲的，而是一旦到了慕尼黑，就必然会碰到他。之后，妈妈叹了口气。每个人都和她拉拉扯扯，都想要些什么。她要是能找到个与世隔绝的地方睡上一觉该多好啊。

我很快就要十三岁了，给自己列了一份生日愿望的清单，上面写着：润唇膏、睫毛膏、胭脂、眼线笔。

"凯瑟琳搬来之前，我邀请了她到家里来，"妈妈说，"就在你生日的那天来。"

"为什么啊？"

"我说过，我觉得你应该找个机会和她打声招呼。"

"我不明白。"

"你不明白什么？我邀请了她到家里来，这样，在她搬进来之前，你们俩就可以相互认识了。"

"话虽如此，可她为什么要在我生日的那天来？"

"因为一年当中，"妈妈说道，"你只有在生日那天才一定不会没有礼貌。"

＊ ＊ ＊

爸爸和妈妈要见面了，妈妈以为我没有在仔细听她说话，她说话的时候，我注意力往往确实不太集中，可每当她说起自己要去的地方，说起要离开多久的时候，我都听得特别仔细。

她说，"我们必然会相遇"，这一幕即将在慕尼黑上演。我对慕尼黑一无所知，只知道爸爸就住在那里。

如今，最大的问题是：我要怎么去慕尼黑呢？

妈妈不让我一个人擅自坐飞机。在她的眼里，我瘦得只剩下一堆骨头和关节，只是个依赖大人的傻孩子，从一个地方到另一个地方去全靠大人的钱，至少要去大西洋的另一头，就只能靠大人。我瘦得只剩下一堆骨头，有如一片废墟。废墟尚且美丽，可我并不美丽。断了臂的维纳斯要比四肢健全时更加美丽，人人都想知道她的手臂怎么了。她是一个谜。我骨瘦如柴，有着一张大嘴，马上就要十三岁了，并不是一个谜。

我要是能自己去慕尼黑，自己到父母都在场的房间里，就会找人给我们拍张照。

我想拥有一张一家三口的照片。

我想要见证自己的白天和黑夜相遇时候的画面。

我抬起了头，看了看凯瑟琳。她一句话也没说。我也一句话都没有。凯瑟琳向母亲保证，自己会承担起照顾女儿的所有重任，可她不知道是，她要带的这个孩子晚上睡不着，白天醒不了，总是要折腾到三更半夜，或是睡到中午才醒。妈妈马上就要离开家了。凯瑟琳还不知道什么叫惊慌。

"你要是遇上了什么麻烦，"妈妈笑着说道，神情中流露出一丝不安，"可以给P先生打电话。厨房的抽屉里有他的号码。"

我无论走到哪儿都把她的行程单带在身上。行程单上的字是用打字机打出来的，上面还残留着污渍，日期、地名、城市名、酒店名也因此有些模糊。不过，我记下了上面大多数的信息，甚至还背下了一些电话号码。可我无论如何都不能拨打其中的任何一个电话，因为国际电话实在是太贵了。白天，我会把行程单夹在数学书里，然后把数学书放在书包里，随身携带，到了晚上，我会把行程单放在床头柜上，压在自己倒热巧克力的杯子下面。

凯瑟琳当初来到黄色大房子的时候，带着一个小行李箱和双簧管。每天晚上，她都会用蜂蜜泡热巧克力让我在床上喝。她说，蜂蜜热巧克力可以让我镇静下来。睡觉前，我都要确认一遍自己的收放机、笔记本、妈妈的行程单和热巧克力杯是不是都按顺序放在了床头柜上。这些东西摆放的位置是对称的。强迫症既是严于律己的表现，又是精心安排的体现。

其实，在黄色大房子里，是严禁将杯子放到桌子上的。房东非常明确地说过这事儿。妈妈和我一起住在家里的时候，我们一直得相互提醒，不要把杯子放到桌子上。要是妈妈忘了在自己的酒杯下面放上杯垫，就得给我一美元，要是我忘了在自己的杯子下面放上杯垫，也得给她一美元。妈妈要是在城里过夜，或是因为各种原因最后搬去了纽约的公寓，她就会和我说，我随时都可以坐火车到中央车站去看她。这并不完全是真的。我并不是随时都可以坐火车去看她，只有第二天不用上课的时候，或是其他空闲的时候，我才能去看她。妈妈在纽约住的公寓里，桌子上要是留下了什么痕迹并不要紧。我们在她的特大号床上吃过中餐外卖，我喝完可乐或姜汁饮料后留下的瓶瓶罐罐放哪儿都行。妈妈说，我在纽约公寓里留下的痕迹越多越好，说完还亲了亲我，用鼻子蹭了蹭我的颈背，"胆小鬼，我真的很爱你，你不在我身边的时候，我真的很想你，"虽然我们都知道，我早已过了被叫作"胆小鬼"的年纪。有时候，我们会在电视上连续看上三四部电影，往往都是我先睡着。

可如今，妈妈出国去了，又要过很久才能回来，我拿出了她的行程单，放到了床头柜上，再把热巧克力杯压在了上面。

最终，行程单上满是热巧克力留下的一圈又一圈的杯痕。妈妈离开的时间越久，行程单上留下的杯痕就越多，有如树木的年轮。热巧克力的杯痕很小，只在一页纸上留下了多处污迹，而树木的年轮则很大，两者都是时光缓缓流逝的印证。每一圈新的杯痕都代表着新的一天，新的一周，新的一个月，树木每长一圈年轮，则代表着新的一年。

我确切地知道她什么时候在列宁格勒，什么时候在莫斯科，什么时候在贝尔格莱德，什么时候在伦敦——她所处的位置离慕尼黑还有一段距离。此刻，她在莫斯科，就在莫霍瓦亚大街上的国家酒店里，她这会儿很难打出电话，她事先就和我说过，身处那里，真的很难打出电话，让我不要担心。她还告诉我，要是她没有给我打电话，就是"全球总体形势"所迫，而不是因为她不爱我。

妈妈嘱咐过凯瑟琳，无论如何都别让我等她来电。我要是等起母亲的电话来，事情就很可能会出现差错。我没法等待母亲的来电，反应会过于强烈，会害怕，会变得歇斯底里，事情会一发不可收拾。凯瑟琳必须想办法分散我的注意力，以防出现这些插曲。因此，要是出现了什么危机，又没有办法联系上妈妈时，凯瑟琳就可以给P先生打电话，P先生的号码就在厨房的抽屉里。

一天晚上，母亲打来了电话，大喊道"宝贝，我爱你"，可电话里充斥着噼里啪啦的响声，我没有办法回答，只能站在厨房里，紧紧握着听筒点头，我也爱她，很爱，她知道的，我对她爱得深沉，突然哭了起来。

"再说点儿什么吧，"凯瑟琳悄声说道，"说点儿什么吧！"

她站在我跟前，焦急地换着脚晃悠。妈妈终于打来了电话，我不知道更感安心的那个人是我还是凯瑟琳。

"她看不到你点头，"凯瑟琳悄声说道，还打着手势，"她只能听到你的哭声。别哭啦。你哭什么呀？你得说点儿什么，这样她才能听到你的声音，才不会觉得你整天都哭丧着脸。"

我记得两个瑞典保姆的长相，记得她们叫什么名字，记得她们的身

223

材，也记得她们的脸庞和身上的气味，可我却忘了有关凯瑟琳的一切。我的意思是说，我不记得凯瑟琳的长相、身材和脸庞，只记得她那神秘、深邃而又忧郁的气质。假如要我把凯瑟琳比作一种浆果，我会说是黑加仑。她每天早上都会吹奏双簧管，一大早就开始练习，那时候我都还没起床，常常会被她的吹奏声吵醒。她吹出来的音乐很好听，但也有些烦人，因为她吹来吹去都是同一段旋律。有一次，她说："我要是能在花园里工作，做饭，吹双簧管，或只是在森林里散步，希望我能够做到像使徒保罗所说的'永远快乐，不停祈祷，感恩一切'。"

除了那一次以外，她再没提到过自己的信仰。她把手搭在了我的肩膀上，把我按到椅子上坐了下来，想让我别哭了。"永远快乐，不停祈祷，感恩一切。"我能听出来这样的话出自《圣经》，有时候，父亲和奶奶也都会引用《圣经》里的话，但不会像这样强调。我没有听懂这番话的意思，里面虽然提到了"永远快乐"，可凯瑟琳是我见过的最忧郁的人。

妈妈去欧洲之前，凯瑟琳对她说：

"你女儿需要买新衣服了，不能总穿着那件白色图案的蓝色羊毛衫。你不介意的话，我想带她去买衣服。她感觉在哪儿都融入不进去。"

凯瑟琳每天都做晚饭，总会在杯子和瓶子下面放上杯托。她还帮我一起写《杀死一只知更鸟》的读后感，我在牙医诊所里摘掉牙套后也是她来接我的。接到我以后，她就会捧着我的脸，说我长得真漂亮。她每天都给猫咪梳毛，把结梳开的同时，一撮毛都没有刷下。

尽管已是深秋，天气依然暖和，到了周末晚上，我就会爬出窗户去见维奥莱特、她哥哥还有她的朋友们，见面的地点就在黄色大房子下边的海滩上。我们会听音乐，喝啤酒或是配制酒，配制酒是从维奥莱特父母的酒柜里偷来的。她的父母给所有的酒瓶都做了标记，这样一来，就知道酒柜里应该有多少瓶酒，不过，维奥莱特在厨房抽屉里弄到了一个漏斗，把酒偷偷倒出来以后又往酒瓶里掺了水。她说，掺水的量要精确，这一点很重要。掺完水后，她再把漏斗放回原位。

我们围着篝火坐成了一圈。我从维奥莱特那儿借了一件衬衫和一条裤子。维奥莱特的年龄要比我大，穿的衣服比我的好看。我转过了身子，看到了凯瑟琳。她正站在水边，离我不远。硕大的太阳落到了地平线上，咄咄逼人，散发着刺眼的光芒。杰夫调大了音乐的声音，由他挑选磁带，因为便携式音响是他的。凯瑟琳的头发随风飞舞。凯瑟琳穿着一件黑色的裙子，正对着我大叫，嘴里喊着我的名字。她的声音其实并不大——"大叫"一词并不恰当。她叫我的时候从来都只叫名字。我转过身子，假装没看到她，篝火劈啪作响。凯瑟琳继续大叫着，不对，是继续喊着我的名字。最后，我告诉维奥莱特，自己必须得走了，有人来接我了。我们都翻了翻白眼。每个人都转身看向了凯瑟琳。她一步也没有靠近。天色暗了下来，海面上吹来了阵阵寒风。我耸了耸肩，必须要离开的人是我。我感觉有点想吐，但还是喝完了自己的那份酒，并不着急。凯瑟琳永远都不会丢下我不管。我曾梦到她对我说，"我永远都不会丢下你不管。"我收拾好自己的东西，拿上鞋子，赤脚走过了沙滩。她牵起了我的手，但我又把手抽了回去。她是在我十三岁生日的那天来到家里的，来时带着悲伤和祈祷，抛弃了自己的信仰。

我说："难怪你的男朋友会不要你。你长得真丑。我也不要你。我讨厌你。"

最后，是我给P先生打了电话。他的电话号码就写在一张纸上，放在厨房抽屉里，供紧急情况下拨打。眼下正是紧急情况。P先生有一个女秘书，秘书说，P先生在开会。我和她说，自己必须马上和P先生通话，问她能不能找到P先生。情况十分紧急。

我的英语水平还不错，可以直接对着听筒说话，吐字清晰，站得笔直。

"下午好。"P先生说道。他称呼我为"小姐"，但主要是为了捉弄我。"需要我帮什么忙吗?"

我说，他需要帮我取些钱，再帮我买一张机票。"我要去慕尼黑。"

"嗯。"P先生回应道。

我说，这些都是"父母明确指示我做的"。"父母"一词出人意料地显得很有说服力。

"嗯。"P先生又回应道。

我说，这会儿是联系不到我的父母的。

"我能和负责照顾你的女士谈谈吗?"P先生问道。

"凯瑟琳这会儿不在旁边。"

"她知道这事儿吗……知道你在给我打电话吗……知道你打算去慕

尼黑吗？"

P先生正处在犹豫之中。太好了。他不知道接下来该说什么。他动摇了。

"她当然知道！我妈和她说过。"

我强忍着不让自己说出"我已经不是小孩子了，做事不需要经过任何人的许可"这样的话来。

他要按我说的去做，这一点很重要，要帮我买一张飞往慕尼黑的机票，连返程的机票都不需要买，不过，他要是能安排辆车送我去机场就更好了。

"嗯。"这是P先生第三次这样回应道。

我和他说，妈妈在莫斯科，这会儿没有办法给她打电话，这一点P先生也非常清楚，我又补充道，爸爸任何时候都不许别人打扰，我甚至连他的电话号码都没有，他可以说是与世隔绝。我把所有的这些都说给了P先生听。我是有计划的，早就写了下来。这一刻，我蓄谋已久。在送我去机场的车子停到黄色大房子外面之前，我不会告诉凯瑟琳任何东西。

我走进厨房，身后拖着自己的行李箱。

凯瑟琳正在做午饭，眼下是星期六下午。

"好了，我现在要走了。"

她抬起头看着我。

"你说什么？"

我抓着自己的行李箱，提不起来，只能一路拖着行李箱走。

“我说，我现在要走了。”

“你要去哪儿？”

我深吸了一口气，尽可能地说清楚每一个字：

“我要去慕尼黑。”

家里不再有诺贝尔奖得主的身影，我跑去德国后，凯瑟琳也辞掉了工作。最终，妈妈和我又搬回了奥斯陆，再次住进了埃尔林斯凯杰尔加森街上的大公寓里。

妈妈说，自己活到了一定的岁数，是时候想为他人做些什么了。
她想要体现自身的价值。
她看遍了世界的各个角落，想让世界变得更加美好。
她不会像电影《假面》里的伊丽莎白·沃格勒那样沉默不语。

她说，如果你需要我。
如果你想念我。
如果你想让我来到身边。
如果你想聊天。
如果你想我和你在一起。

后来，妈妈去了伦敦。我不知道她为什么要去伦敦，不再坐在电话边上等着她的来电。可我还是害怕会失去她。有时候，我会逼着自己在公寓楼里疾走，速度要比平时快上百倍，或是逼着自己在楼梯上跑上跑下，累到哭泣为止，有一次，我把盐倒进了一杯水里，逼着自己把水喝下去。"把水喝了，要不然她就死了！"我知道，这都是自己的思绪在作怪，只有我才有这样的想法，我也知道，自己应该把这些想法都抛到脑后，专注于生活。我需要两个肉体，一个用来生活，另一个用来承受所有的这些思想。我旷了芭蕾舞课，这于我而言无关紧要。我放弃了芭蕾，这也同样无关紧要。如今，我十四岁了。海蒂和我经常去对方的家里过夜，我们都准备好了要和男人一起生活。海蒂早就意识到自己皮肤光滑，知道怎么一举一动，也知道自己走过一个房间或是走在路上的时候旁人的神情。她已经克服了自己曾经的恐惧，可又陷入了新的担忧。而我则徘徊在曾经的恐惧和新的担忧之间。

在伦敦，妈妈的简介登上了南斯拉夫的电视台。采访母亲的人叫波格丹，这是一个斯拉夫人的名字，寓意"神赐"。他穿着白色的亚麻西装，深深地爱上了她，收拾好行李随她来到了奥斯陆。我想象着波格丹到达福尼布机场时的画面，想象着他坐上了公交车，而不是出租车，在奥拉夫·凯雷斯广场下了车，之后拖着行李走了一百五十米，来到了始建于世纪交替时期的白色公寓大楼，妈妈和我就住在其中的三楼，家里挂着厚重的朱红色窗帘。奥斯陆的天气很冷，凛冽的寒风卷着秋叶从他的身边拂过，他站在那儿，拖着自己的行李，肩上挎着大大的皮包，包里放着几本书，声音低沉，嘴里说着蹩脚的英语，问自己能不能搬进来住。

"我抛弃了一切。"他说道。

接着，他张开了双臂，仿佛张开了一双翅膀将要飞翔。妈妈跑下了楼，打开大门，以为他张开双臂是想抱她，然而，他只是想比划给母亲看"一切"有多大。天下起了雨。他向母亲迈近了一步，说道：

"我到这儿来是为了和你一起住。"

妈妈当年是四十二岁，比他要小一岁。在南斯拉夫电视台第一部分的采访里，她的头发紧紧地扎成了一条马尾辫，而在第二部分的采访里则披散下了头发。母亲的头发并不是他松开的，她那段时间正好在拍摄一部电影，因此，采访是在拍摄间隙进行的。在一个电影场景里，她要把头发扎上去，而另一个场景则需要把头发放下来。采访中途，他对她表示了感谢，感谢她抽出时间来见面。

这段采访后来登上了南斯拉夫的电视台，未加删减。刚开始采访的时候，他坐在沙发上，对电视机前的观众说了一些话，之后就将注意力转向了同样坐在沙发上的妈妈。此时，镜头只对准了她一个人。我不知道她这时候脑子里想着的是镜头，还是他的凝视，还是两者都想着。他问了许多问题，她都一一解答。他引用了贝克特的名言，她深受触动。她的触动之情是从眼神中流露出来的，她的眼神就像是一个圈套，总能令男人为之发狂；她看男人时目不转睛，就那样直直地盯着，我想象着这些男人感受到前所未有的目光时的样子，自己也试着在镜子前模仿她的眼神，可我这么做的时候，看起来只像在眯着眼睛看东西。他问，她这么美丽是不是一种负担，她笑了笑，不知道该说什么，之后，他又问她能不能想起自己小时候听到的第一段话是什么。她用她那稚嫩的声音

232

悄悄说，自己小时候听到的第一段话是她妈妈常常唱的摇篮曲……接着，她就唱了起来。

她的歌声十分轻柔，不像是唱给南斯拉夫所有的观众听的，倒像是唱给他一个人听的，仿佛想唱着歌哄他和自己都入睡：

快安睡小宝贝

梦乡静谧甜美

天使守候在脚边

我的宝贝安睡吧

母亲和我说，波格丹已经背叛了自己的祖国，这显然意味着他不可能再回家了。他只能和我们待在一起，我们没有选择的余地，他没有其他去处。

这不是爱情与政治第一次扯上关系。她说，这一点很难解释清楚。对此我并不在乎，不想再听她说了。她常常生气，因为我从来都不听她讲话，还翻白眼，和别人说话时也懒得回应。波格丹在幻想着抛弃一切与母亲在一起的画面时，忘记了我的存在。我并不在他的计划之中，他也不在我的计划之中。他在贝尔格莱德有自己的孩子，却抛弃了这些孩子和我们一起生活。准确来说，并不是和"我们"一起生活，而是和"她"一起生活。"许愿要谨慎。"他和我之间有一个约定，是与沉默有关的约定。我可以向他讨要香烟，要到以后就得留他独自清静。母亲来了又走，走了又来。春天到了。妈妈走到房间里的时候，我和波格丹都没有抬起头。之后，冬天来了。

妈妈说："整天都阴沉沉的。"

波格丹抽着烟，烟圈吐满了大公寓里所有的房间。

之后又是一年春天。

到了夏天，一天晚上，他敲了敲我卧室的门，叫我马上跟着他走。当时正是午夜时分，我不是我自己，不是那个女孩，叫我这名字的人不是我。我是睡眠。我的身体沉乎乎的，同时又轻飘飘的，够也够不着，动也不能动，醒也醒不了，正躺在温暖的羽绒被下，可他说，我现在就得醒过来，我听到了他的声音，像是在梦里，刚开始很轻柔，后来响了一点儿。"我不知道该怎么办，"他说，"我……她……"

在此之前，他从来没有说过这么多话，至少没对我说过这么多话。

我们交流时用的是英语。他的英语蹩脚之余又不失帅气，有如陈旧的木制品。

"她在那儿。"

他指着妈妈卧室的那扇门，门半开着。

"她说，她有……我觉得她只是想吓唬我……"他没有把话说完，"可她接着又说她没有。"

他看着我，犹豫了片刻。

"你能和她谈谈吗？"

我走进了妈妈的房间，躺在了金色床柱的大床上，躺在了她身边。只见母亲正呼呼大睡，房间里黏湿而闷热，散发着一股酒臭味。白色墙纸的边缘是淡红色的。在我小的时候，母亲和我就常常躺在床上，伸出手指顺着墙边滑动，母亲会哼起一首摇篮曲，但却不知道歌词。

妈妈轻声说着些什么。

她想睡觉，想让我走开，想一个人待在房间里。

我依偎在她的身旁，轻轻说道："妈妈，你吃药了吗？"

"没，没有……可能只是有点儿喝多了。"

床头柜上放着一个药瓶子。我拿起了瓶子，放到了我们俩之间。

"妈妈……？"

"里面的药不是我吃的……瓶子里早就空了。"

她的身体依旧是世界上最温暖的地方。我抬起她的胳膊，搭在了自己的身上，接着，她叹了口气，并非出于无奈，而是像个夜里醒来的孩子，受到了抚慰，最终敢于再次入睡，我闭上了眼睛，她睡了很久，因此，我们能有时间依偎在一起，一阵微风透过敞开的窗户吹了进来，妈妈微微动了动，这时候分不清是谁在睡觉，又是谁在看着，但接着，她就哭了起来，一切都变得明朗了起来。

"我不是故意的。"她近乎无声地哭泣着。

之后，她悄声说道："我不知道该怎么办。"

这时候，波格丹正坐在客厅的椅子上抽着烟，周围一片漆黑。要想知道他在哪里，跟着房间里稀薄缭绕的白烟准能找到。

护理人员迈着重重的脚步上了楼，来到公寓里，这时我轻轻地对母亲说：

"妈妈?"

她把头别了过去，发出了呻吟。

"看看，"她哭着说道，"看看你都干了些什么。"

护理人员将母亲从床上抬到了担架上，说道：

"你们俩或许得自己坐车去医院。"

我把这句话翻译给了波格丹听。护理人员又说："我们现在就带她走，你们俩都可以自己坐车跟过来。好吧?"

接着，护理人员看着我重复道："我们现在必须得走了。你们俩自己坐车跟来吧。"

我点了点头。

我还穿着睡衣就和波格丹坐上了出租车，前往医院。

"你觉得，"波格丹问道，"你觉得你妈和男人在一起的时候有没有开心过?"

"我也不知道。我怎么知道?"

"可她为什么要这么做?"

"我不知道。"

"她之前就做过一次。"

他放低了自己的声音。

"我只是在想，她和某个男人在一起的时候有没有开心过。"

我转身看着他。

"波格丹，我不知道。"

出租车司机通过车内后视镜看着我们。他并不喜欢我们。我的睡衣脏兮兮的，波格丹的身上一股烟味儿。我要是在车上吐了，出租车司机大概会把我们俩都赶下车。

"别问这问那了！我想吐！"

波格丹拉着我的手，捏了捏。

出租车里的座位又黑又亮，我想象着自己吐满整个座位的画面；空气中弥漫着挡风玻璃清洗液的清香。

医生把她的手搭在了我的肩上，我想耸肩甩开，手却依旧搭着，医生的手大而潮湿，动作缓慢，就像是一只水母。

"你妈最近的心情是不是很不好？"

波格丹站到了我的身旁，拉起了医生的手，把手从我的肩膀上放了下来。他用英语和医生说了些什么，可医生并不会说英语，或者是假装不会；医生始终没有看他，反而想吸引我的注意。

"你妈最近的心情是不是很不好？"

医生的年龄比母亲要小，头发编成了辫子。在我看来，她应该把头发放下来。她看上去就像是一个小女孩。

"也许吧，"我回答道，目光移向了别的地方，"也许她只是更想住在纽约。我也不知道。"

派对地点在 "chambre séparée"，妈妈说，意思是 "单独的房间"，我说，"好吧，虽然我们在德国，这是法语吧"，她说对，派对举办的地点就在慕尼黑最好的一家酒店里。酒店的管家帮我们拿着外套，指向了一条长长的螺旋式楼梯。妈妈提起了裙子，开始往楼上跑，跑啊，跑啊，她说，我们不能迟到，极速前进的路上拐了个弯，她的丝绸裙摆飘扬了一路。

她指着一扇关着的镀金门说："那儿就是我们要去的地方。"

我站在她的身边，门的另一边传来了说话声和笑声。我转身面向了妈妈。

"爸爸在里面吗?"

"在，里面还有很多人。"

"我们要进去吗?"

"得让我先喘口气儿。"

"爸爸知道我在这儿吗?"

母亲咯咯地笑了笑。

"你要问的是他知不知道你没经过任何人同意，就从家里跑到这儿来的话……嗯，他知道。"

"可我没在家。"

“什么?”

“我没在家，所以不能说我是从家里跑出来的。”

“好吧。”

“凯瑟琳不是我妈。”

“凯瑟琳伤心死了，大概觉得你是离家出走，现在不想再做我们的保姆了。”

“你生气了吗?”

“没有。”

“爸爸生气了吗?”

“也没有。”

我牵起了她的手。

“好啦，我们要不要进去?”

妈妈看着我，脸上泛着光。她的丝绸裙子实在是太长了，也太薄了，看起来就像一件睡衣。

“我看上去漂亮吗?”她问道。

“漂亮。”我回答道。

“那就好，我们进去吧。”她说着，正要把门打开。

我握住了她的手，想让她稍微等等。

“那我呢? 我看上去漂亮吗?”

妈妈冲我笑了笑，放开了我的手，抓着我的肩膀，看着我。我穿着一条蓝色的裙子。

“你很漂亮。”她说。

第四章 予我怜悯

没有任何现成的词句供他使用，他被迫自己去创造新词，或许正如巴别城的居民当初创造语言时所做的那样，一手拿着疼痛，一手拿着一团纯声，就这样把它们挤啊揉呀捏在一起，最终，一个全新的措辞就从手里掉了出来。

——弗吉尼亚·伍尔夫《论生病》

她：你和爷爷谈论过上帝吗？

　　他：我和你爷爷？

　　她：你和我说过太多有关你母亲和外婆的事儿了，虽然她们在我出生前就去世了，可给我的感觉就像是我认识她们一样，但我对你父亲知道的却很少。只知道他是个牧师。

　　他：嗯，不过他这人非常冷漠，还很少说话。你不会和父亲交心。

　　她：从来没有过吗？

　　他：是的。他必须要遵守一定的规矩，就算你对这些规矩心怀感激，可规矩始终就是**规矩，规矩**……见鬼！什么时候吃午饭啊？是不是该吃午饭了？

　　她：是的，马上就可以吃了。我们马上就好。

　　他：（犹豫片刻）不……

　　她：嗯，我们这会儿已经是在加班了，明天是星期六，我们和往常一样十一点见吧。要不要把这事儿记到本子上？

　　他：要。

　　她：然后星期天休息。

他：啊，知道了。

他没有看向她。

她：要不要把这事儿也记到本子上？

他：把明天休息的事儿记下来？

她：不是，我们明天要工作，星期天才休息。要不要把后天休息的事儿记到本子上？

他：好的，可以记下来。

她起身走向记事本，记事本就放在他的桌上。

我之所以知道她走向了记事本，是因为听到她的声音和麦克风离得很远，而他的声音则和麦克风离得很近。两人的声音因此又变得不太协调。

她：(声音从远处传来) 我想知道可不可以……我们明天见面的时候……我想知道可不可以问你一些有关你父亲的问题？

他：(声音和麦克风离得很近，仿佛正弯着腰，直接在对着麦克风说话) 不行。

她：不可以吗？

他：不怎么行，不可以。

她：为什么啊？

他：因为我今天已经回答了许多**可以**问的问题，会觉得很累，不想明天也像今天这样。

她：你是不是更想明天不用工作？

他：不是。

她：我们还是统一一下意见吧，明天就不见面了。

他：这样可以吗？

她：那你后天想不想工作？星期天想不想？

他：不想。

她：你是不是想星期六星期天都休息，把这项目暂时放一放？

他：是的。

她：那你星期一想不想工作？

他：想，就这么办吧。

她：要不要把这事儿也记到本子上？

他：可以。

她：那我就记下来了。星期一十一点……可以吗？

他：可以。

患病之前，他每次睡不着的时候，都会在床头柜上潦草地写下些东西，不是在床头柜上的纸上写，而是直接在床头柜上写。他有一支黑色的记号笔，床头柜则是白色的。

他也会在墙上潦草地写些东西，比如："关灯！"他书房和客厅的桌子上同样留下了他的字迹。写下来的有时候是一个名字，是一个电话号码，是他必须记住的时间、日期，也许还是收音机里的一场音乐会。

不过，只有晚上床头柜上才会写下东西，床头柜上到处都是密密麻麻的文字、句子、便条和梦境。床头柜从远处望去就像是一张月球地图。

其中的一处写下了这样的文字，看上去像是三行诗：

真正的噩梦

萨拉邦德

该死的白内障在扩散

他曾说过，在他的想象中，巴赫《第五号大提琴组曲》中的萨拉邦德舞曲演绎的是痛苦的双人舞。

他：我再也没有办法工作了！一切都结束了。

她：不……还没结束呢。

他：不，一切都结束了。

她：我们俩已经谈了整整一个星期了……没有任何迹象表明一切都**结束了**。

他：是吗？……你是这么想的？……（急切地）有时候，感觉我自己的创造力和写作的欲望就像及时雨般回到了我的身上，落在了我的肩膀上，和我说话。这时候，我就有了一种强烈的冲动，想坐在自己的书桌前，面前放上黄色的纸张。这些纸张现在还放在那儿的抽屉里……这都是写作对于我来说是一种**乐趣**的时候……而当写作对于我来说是一种**绝妙享受**的时候……我就会有一股冲动……之后……到了第二天……，嗯，你知道的，所有的这些……这股冲动到了第二天就没有了。

她：嗯，可你告诉过我，一切全靠自律。

他：是的，但那是以前。

她：以前是这样，现在就不是了吗？为什么放到现在就不行了？

他：我也不知道。因为……以前，我觉得自己就像是一个做游戏的孩子。

长时间的沉默。

他：噢，这些都不要紧，忘了我刚才说过的一切吧，都只是些废话。

她：要忘了什么？

他：忘了所有讲到做游戏的孩子的东西。

她：那都是废话吗？

他：是的，我是说：那是我玩过的一个游戏……我觉得那个游戏很重要，后来，那个游戏就消失了。

她：你是说，工作和玩乐对于你来说是一回事儿吗？

他：说是也是，说不是也不是。一方面来说，我这人非常细心，一丝不苟，这你是知道的……这你大概从我的同事们那里有所耳闻。

她：是的，不仅如此，你还亲口和我说了这些。

他：嗯。

她：好吧，你从来都不喜欢临时做任何事情。

他：是的，当然了。

他大笑了起来。

她：是啊！

他：（继续笑着）嗯。临时起意可不是我的作风。我在拍《魔笛》的时候，就像是一个做游戏的孩子，这是一场游戏，每一天，幕后都播放着莫扎特的音乐，不过，听着，每一幕都是经过深思熟虑的。严谨细致。严谨细致。严谨细致，我的宝贝。

N医生是个上了年纪的人，身上穿着一件棕色的花呢夹克衫，佩戴着蝴蝶领结，显得瘦小而又高雅，他的手指很小，牙齿也很小，但睫毛很长。他像过去的医生那样常常出诊，只不过这不是发生在过去，而是发生在现在，或者说不是现在，而是七年前的事儿了，因此，还是可以说成是现在。照顾爸爸的六个女人中，其中一位在厨房里给N医生端上了一杯咖啡，之后便领着医生来到了客厅，那儿，爸爸正坐在轮椅上等着他。而我正坐在沙发上。N医生和我们俩都打了招呼后，我起身离开了——他的举止是那样得体，让人以为我们是在客厅里举办什么晚会。我说了类似于"我这就走，不打扰您二位了"这样的话。我甚至都还没来得及关上身后的门，就听到爸爸对N医生说，自己的周围都是陌生人。

　　他放低了自己的声音：

　　"我觉得她是我亲戚，但我也不确定。"

　　"她是你女儿，"医生笑着说道，觉得有些尴尬，"应该是你的小女儿。"

　　"是吗?"爸爸说道。

两人就这样静静地坐了一会儿，什么话也没说。

之后，爸爸问道："她多大了？"

"啊，嗯，那个，我也不知道。"N医生说道，嘴里嘟囔着什么，像是在说聪明的男人永远都不该去猜测女人的年龄。

"或许七十岁了吧。"爸爸说道。

"不是，不是。"N医生回应道。

"不是吗？"爸爸问道。

"你说得或许夸张了点儿，"N医生说，"我猜她大概四十岁左右吧。"

"啊哈，"爸爸说，"很可能被你给猜中了。"

她：能和我说说英格丽德吗？看，这儿有张她的照片。你能看到她吗？看得到这张照片吗？

卧室的墙壁上挂着一张英格丽德年轻时候的照片。她取下了画，拿给他看。照片里，英格丽德的头发乌黑而浓密，扎成了一条辫子挂在身后。他仔细看着这张照片。她在他跟前拿着照片，就像是拿着一面镜子，英格丽德正直视着他，眼神中流露出一丝笑意。

他：(几乎听不到声音) 对她来说，生活是一条笔直而又开阔的公路，在这条路上，我们俩能够平安同行。

她：是两个人都能平安？还是只有你能平安？她也觉得很安全吗？

他：是的。就是这样。

她：你现在还会和英格丽德说说话吗？

他：有，她一直在身边。

她：你相不相信自己死后还会再见到英格丽德？

他：完全相信。

她：除了英格丽德以外，你相不相信自己还会见到别人？

他：我也不知道，不过，我知道我会见到英格丽德的。对此我十分确信。你的扬声器还开着吗？

他口中的"扬声器"，指的是麦克风。

她：开着呢。这样可以吗？我们马上就好了。

他：就先到这儿吧。

她：你累了吗？

他：是的，我累了。

她：吃午饭前你要不要先休息一下？

他：我也不知道。什么时候吃午饭啊？

她：再过四十五……啊，不对（她看了看自己的手表）……再过四十分钟。

他：再过四十分钟才能吃午饭？

她：是的，还要等四十分钟。

他：十二点？

她：现在就已经十二点二十了。一点吃午饭。再过四十分钟。

他：什么……我不知道。

她：你是不知道，但我知道。你一点的时候才吃午饭。

他：我一点的时候才吃午饭？

她：是的。一点钟吃煎蛋卷。

他：一点钟吃煎蛋卷。

她：那么，现在再过半个小时就是一点钟了。

他： 你确定吗？

她： 我确定，确定无疑。

他： 确定无疑？

她： 也就是挪威语里的"skråsikker"，词根是羊皮纸"skrá"。

他： 那是什么？

她： Skråsikker。确定无疑到都可以把这事儿写到羊皮上。

长时间的停顿。

他： 好的，那么，我想我们今天就到这儿吧。

她： 那让我把录音机给关上。听我说，我问到英格丽德的时候，是不是让你不高兴了？

他： 是的。

她： 对不起。

他： 没关系，你事先肯定不知道这么问会伤到我的心。见鬼！

她： 我们今天就到这儿吧。

他： 好的。

她： 不过，听我说……我要不要把本子拿来？这样我们就可以把明天的时间安排写上去。

他： 拿来吧，不过，要知道，这样一来事情就会变得很复杂。

她： 这又是为什么？

他： 因为到时候，在这儿工作的女人里，就得有个人大老远地跑到这儿来帮我们……我们总不能硬是随时把她们叫来吧。

她： 可我们就不能自己拿本子，想在上面写什么就写什么吗？不用别人帮忙。

他：不能，那是不可能的。

她：好吧……可我们是不是该约好明天十一点见面？

无止境的长时间的停顿。

他：好的。

她：你听上去好像不太确定能来？

他：嗯，是的，要知道，我可是个大忙人。

她：当然。

他：身为大忙人，就有权不确定。

她：确实如此。

他：你要是不介意的话，我觉得我们还是约一点钟见面吧。

她：不行，那是你的午饭时间。

他：额，那我们到时候就一起吃午饭！我想她们到时候会烧鸡蛋吃，或许做份煎蛋卷，我们也许还能喝上一杯葡萄酒。相信我们是有计划的，难道不是吗？

他安静地坐着，戳了戳面前的煎蛋卷，低下了自己光滑而又沉重的头。他抬头看了我一眼，又低下了头，咬了一口煎蛋卷，又再次抬起头。最终，他张开了嘴，不是想吃东西，而是想说些什么。

在此之前，我们在那儿坐了很久很久，因此，当他终于要说些什么的时候，我松了一口气，身体前倾。他整个人都皱巴巴的，已是风烛残年，眼神也自然变得温和了，不过脸颊还是玫瑰红色的。

安妮·卡森写过一句话[1]，一直在我的脑海中挥之不去："在死之前，我们为什么会脸红呢？"

他指了指我和他之间放在桌上的番茄酱瓶子。番茄酱的瓶子也是红色的，一旁摆着个小小的玻璃花瓶，花瓶里插着摘来的野花，相比之下，番茄酱瓶子就显得很难看。餐桌上的一切都让人颇感熟悉，熟悉的松木，熟悉的野花，可是，番茄酱的瓶子却和父亲家里的这一切都格格不入，又大又红，十分难看。

1 安妮·卡森（Anne Carson, 1950— ），加拿大诗人。

爸爸沉默了许久之后，问我有没有尝过番茄酱。我意识到他是在找话题和我聊。这要是一场派对的话，那他就是主人，而我就是客人。他说，我要是没尝过番茄酱，就可能会因此错过人生的一大乐趣。我不知道该如何回应。自己要不要就番茄酱说点儿什么呢？

我从十六岁起就组织过许多派对，总感觉会有可怕的事情要发生。

爸爸有时候认得我，有时候又不认得我。每天早上，我都希望爸爸会认得我。过了一段时间后，我发现爸爸不止有认得我和不认得我这两种状态，还有第三种状态，这第三种状态要比前两种更为费解。他常常知道我是谁，却又怀疑自己知道的是不是真实的。

死亡并不是一蹴而就的，人总是一步一步慢慢地走向死亡，那个夏天，假如有人问我：你爸现在在干什么？我会回答，他正躺着等死，当然了，这种说法并不完全正确，因为父亲即便大多数时候都仰面**躺着**，偶尔也会**坐起来，或是弓起身子**，有时候，会有女人爱管闲事，或是出于好心，把父亲抬到轮椅上，推他进厨房，为他端上一份煎蛋卷。

我担心他的头会愈加沉重，重到身体无法承受，害怕他会像布娃娃一样破开、爆裂。他的体重只有一袋苹果那么轻。

卧室的窗户始终关着，以防苍蝇和昆虫飞进来，不过，房间里的墙上和天花板上还是停着许多蝴蝶（是坐着呢？还是站着呢？还是附着呢？），这些蝴蝶总给人一种死气沉沉的感觉，宛如正值冬季，光滑的白色墙面上附着许多黑色的斑点。我要是躺在他的床上，盯着天花板看，眼睛眯成一条缝，一切都因此而模糊，这些蝴蝶就会变得像别的东西，就像飞溅的血液，这或许是因为我刚读过一篇血迹分析的文章，内容就是关于如何通过血迹还原犯罪现场的。这些蝴蝶看上去就像是雪中的砂砾，他的卧室里很暖和，但是不透气，屋里屋外都很暖和，我盼望着能下雪。我躺在床上，躺在父亲的身旁，盼望着能下雪，或至少吹过一阵寒风，有时候，我会和他说说话，有时候还会唱歌，我突然想到，他可能不希望我躺在他的身边说着话，唱着歌，或许他需要的是安静，安静地死去，只是他身体太虚弱了，没办法告诉我这些。

这些蝴蝶并不能被称作物质存在，更不能被称作实体存在，我数了数，有一只，二只，三只，四只。在你的房间里，要是只有一只蝴蝶迷了路，那便让人喜悦，这时候，你或许会赋予它含义，欣赏它的美丽，心存感激，感谢能有这样精美的东西自己出现在了眼前，可要是同时有好几只蝴蝶　都出现在昏暗而又暖和的房间里——就是另一回事儿了。一只就是一只，几只就是几只。这些蝴蝶并不索求任何东西，甚至都不想逃离。我下了床，拉上了床帘，敞开了窗户。

"不，不行。"爸爸嘟囔着，阳光照到了他的脸上。

也许会有人觉得，这些蝴蝶会珍惜这样的机会，逃出窗外，会在阳光下张开巨大的翅膀，振翅飞翔，可事实却并非如此，我站在窗边，摇晃着，挥着手，轻声说着"嘘！嘘！"，可蝴蝶却依旧附在墙上。

这座房子是他扩建而来的。谁都不能在房间里随意走动，一切事物都有自己的规则，比如说，我永远都不能从厨房端杯水到客厅。这一点没有人和我说过。没有人说：你不可以从厨房端杯水到客厅。但我就是知道，很早以前就知道，而且铭记于心，因此，连想都不用想。父亲的房子又窄又长，窗外能够看到遍布石子的沙滩和波罗的海，简约的房子里始终井然有序，无论是住进来的大人，还是小孩，都干着自己的事儿，关注着时间的流逝，避免因情感而喧闹。俨然勾勒出了一片事先计划好的小小世界。

英格丽德去世的那一天，是不会有蝴蝶飞进来的。我从门厅、厨房和客厅间走廊上的橱柜里拿来了长柄扫帚。所罗门王要是到哈马尔斯的房子里来的话，他不仅会说，每一样东西都有自己**使用的时间**，还会说，每一样东西都有自己**摆放的位置**。

每天早上，英格丽德都会带着地毯拍打器走过房子里的各个角落，拍拍扶手椅上的靠枕，拍拍沙发，拍拍床，要是在她拍过靠枕的沙发上坐下，整个沙发就会陷下去，完全被压扁，软塌塌的。虽然在英格丽德去世后，父亲还活了许多年，但那些年里，有时候，总感觉她还在，穿过了一个又一个房间，拍打着靠枕。

他坐在轮椅上的时候，那双腿细长而瘦弱，引人注目，宛若芭蕾舞女演员的双腿，脚上穿着大大的羊皮拖鞋。他在一只拖鞋上写下了"左"字，另一只上则写下了"右"字。还是拿他常用的黑色记号笔写的。拖鞋上的这两个字是好几年前写的。如今，他已经什么也写不了了。

　　他的条纹睡衣在膝盖周围飘动，比他的身材大了好几个码数，就像是别人的，是比他身材更加高大的人的，而这个人如今仿佛正到处寻找着自己的睡衣，因为身上穿着的睡衣太小太紧了。爸爸坐在轮椅上，从卧室被推进厨房里的时候，就会大喊着"不要!"，之后，他会猛地弯下腰，试着缩成一团，似乎想消失在轮椅中，成为轮椅的一部分，他的死并不是一蹴而就的，不是简简单单地躺下就能死，坐着就能死，猛地弯下腰就能死，也不是大喊着"不要!"就能死，他嘟囔着，叫喊着，轻声说着，咔嗒作响，一天，我躺在床上，躺在他的身旁，唱了一首摇篮曲，这首曲子我也给自己的孩子们唱过，遮光的窗帘和往常一样是拉上的，因此，就算外面是正午时分，烈日当空，房间里也是一片漆黑。他总说，在灿烂的阳光下，自己所有的噩梦都会上演，所有关乎死亡的念头都会涌上心头，每当我想拉开窗帘的时候，他都会反对，米黄色的窗帘重重地拖到了地上，粘上了灰尘。对于我来说，这儿的一切都昏暗而闷热，我不喜欢老是盯着蝴蝶看，而是躺在黑暗中，把孩子们都非常喜欢的那首摇篮曲唱给他听。我看不清他的模样，他也看不清我的模样，我们是两团黑影，肩并肩地躺在床上，一团黑影在唱歌，另一团黑影则默默无言，他沉默了很长的一段时间，之后，摇篮曲刚唱到一半的时候，我怀疑他会不会已经去世了，我希望他已经去世了，已经在睡梦中安详地去世了。我唱的摇篮曲有许多段落，孩子们正是因为这样才爱听，唱完整首曲子要花上一些时间，孩子们都希望我唱得越久越好，唱完之后，我才会说晚安，才会把灯和门都关上。伊娃害怕黑夜，一到自己要去睡觉的时候就害怕，总想迟点儿再睡，因此，她会要上一片抹着果酱的面包，要一杯水，索要一个吻，还要我们把整首摇篮曲唱上一遍，当我躺在我父亲的身旁时——刚唱到摇篮曲的第三段还是第四段中间时——我心想：或许他现在已经去世了吧？

不过，我又唱了几段后，耳边响起了尖细而又刺耳的声音："太好听了。"

他的声音非常清晰，像是从前的时候。一种全新的感觉。

一直以来，我们彼此之间都很有礼貌。我说："你觉得很好听呀？"并没有收到答复。于是，我又问道："要不要我再唱一遍？"他回答说："不用了，谢谢你。"

礼貌十分重要，对此我心怀感激，直到他生命的最后一刻，我们都尽力表现出了礼貌。

她：可你刻画的所有人物，反映的都是对死亡的思考——无论是你的电影、戏剧，还是你写下来的文字，都和死亡有关。

他：噢，是吗？

她：你不觉得吗？你对死亡这一话题的痴迷程度不只是一点点吧？

他：好吧，也许吧，是有那么点儿，但也没有那么痴迷，我对死亡的痴迷程度其实一点儿也不大。

她：没想到你会这么说。

他：死亡是一门学问，也是一种幻想，嗯，可我从来都没把死亡当回事儿。当然啦，我现在必须要做的，就是把死亡当回事儿。

她：你这话是什么意思？

他：啊，哪儿来这么多问题！

她：我问个不停是不是惹你生气了？

他：没有，没有，没有。

她：你要是不想再让我问了，就和我直说。

他：没，没。

她：你所说的要把一样东西当回事儿是什么意思？

他：把一样东西当回事儿的意思就是要**务实**。

她：务实？

他：凡事都必须要务实，这让我感到害怕。

她：为什么呢？

他：你还看不出来吗：因为死亡是真实存在的，是不可改变的，是有形的，是生而为人一定要经历的。这并不是小题大做。事实上，我从来没把任何东西当回事儿过。

沉默。

她：你是这样的人吗？从不把任何东西当回事儿？

他：嗯，有时候，我觉得自己就是这样的人。但有时候——我也完全不是这样的人。

她：有时候是把所有东西都当回事儿的人？

他：是的……我不知道自己到底该做哪一种人。

父亲生命中最后的一年里，由几个女人轮番照顾。她们来来去去，所做的不只是拉开、拉上卧室的窗帘。其中一个女人每天晚上都会收听广播，第二个女人则在客厅里熨衣服，第三个女人在厨房里试裙子，第四个女人唱着歌，第五个女人则说，"他说，我让他想到了自己的母亲，"第六个女人则带着一大串钥匙到处走动，叮当作响，这座房子一点一点地发生了变化。在此之前，家里发生的一切都遵循一定的规则，特定的事物只会在特定的房间里、时间内才会发生，除了父亲以外，原本没有人在晚上收听过广播，没有人在客厅里熨过衣服，也没有人在厨房里试过裙子。

　　我要是试着想象这些女人的脸庞，一切就会变得模糊。一想到她们，就会想到她们的手。

　　父亲早已安排好自己要如何死去。"我将躺在自己的床上，躺在自己的房子里，望着遍地石子的海岸，望着奇形怪状的松树，望着大海和变幻莫测的阳光。""每个人都必须要闯出自己的一片天地，"亨利·亚当斯曾这样写道，"大多数人或多或少都有兴趣知道，自己的邻居是如何做到这一点的。"

照顾父亲的这些女人此前都照顾过老人和孩子，经验都很丰富，都饱经风霜，不过，要说她们会照顾人，我会有所犹豫。这一切都在父亲的计划之中。"我不想去该死的养老院。我想死在自己家里。不能留下我一个人无依无靠，任由儿女摆布。我不愿遭受情感上的喧嚣。"

这些女人大多六十来岁，父亲喜欢管她们叫在这儿工作的女人或女孩，她们至少成年以来，都一直做着同样的事儿。我甚至都想象不到她们年轻时候的模样。那年夏天，一切都关乎死亡，关乎死亡的工作，死神向着生活步步紧逼，生活也向着死神靠拢，父亲会在早上醒来，在晚上睡去，但每一天都可能会去世。尽管心脏依旧在跳动，却势必会有东西不复存在。来自岛上的这些女人做着自己一直在做的事情，以己所能地去照顾他——用轮椅推着他，将他抬起，喂他吃东西，帮他洗澡，轻轻拍打，擦干身体，有时候，她们还会抚摸父亲的额头，或是握住他的手。

我拿来了长柄扫帚，回到了爸爸的房间里。小时候，我常常会数台阶，从爸爸和英格丽德的房间数到另一头丹尼尔和我的房间。

那时候，洗东西，用吸尘器清洁和熨衣服的活儿都是由英格丽德来做的，袜子也是她缝补的，也是她用打字机打出了父亲的手稿，把床单和亚麻衣服挂进烘干壁橱里，也是她把衣服放到绞干机里脱水，还把床铺好，不留任何凸起和褶皱，买菜做饭的是她，走到哪儿就打扫到哪儿的还是她，把东西存档的是她，算账和回信的也是她。

我踮着脚站着，小心翼翼地用扫帚柄轻轻碰了碰其中的一只蝴蝶，生怕自己用的力太大，不想弄死它，要是只苍蝇，我肯定会弄死它，可这是一只蝴蝶呀，我也不知道自己为什么会这样，这些蝴蝶甚至并不漂亮，我就算是用扫帚柄戳，都一动也不动，始终贴在墙上，一只，两只，三只，四只，还有第五只，之前都没有发现，它们的翅膀都贴在墙上，哪儿也不去，什么也不要，我放弃了，把扫帚放到了角落里，躺回了床上，回到了爸爸的身旁。

其实，他的体重并不是只有一袋苹果那么轻，我也可以把他写成是比一棵大树还要重。我也说不准他的体重算轻还是算重。

我没有办法把躺着的爸爸扶起来坐，想给他喝点儿水。爸爸当然有·吨那么重 ——一棵大树又有多重呢？就拿榆树来说，一棵榆树又有多重呢？到头来，爸爸的姿势成了半躺半坐在床上，这样的姿势很不舒服，完全喝不了水，而我在床边支撑着他，也是半坐半躺着，·只手挂在他的肩膀上，另一只手去够床头柜上的杯子，笨手笨脚的，两人都僵持着这样的姿势，宛如来历不明的雕塑尚未完成。最后，我好不容易才拿到了杯子，送到了他的嘴边，两人都调整好了姿势，不再是半坐着，半躺着了，可以动了，不过，爸爸张不开嘴，喝不了水。我轻轻地把杯子放在了他的嘴唇上。我也不知道自己为什么会觉得父亲口渴，想喝水，他并没有说过："我渴了"，也没有指过杯子，他已经好几天都没说话了。或许，他已经决定不再喝水了。

后来，我突然想到，自己原本只要打湿父亲的嘴唇就行了。在那之前，我从来没有坐在任何临终之人的床前，但我读过许多书，本该知道要做什么。要打湿临死之人的嘴唇。"请予我怜悯，派拉撒路来吧，请他用指头蘸点水，打湿我的舌头。"《圣经》里的这位财主要的并不是一杯水，而是求拉撒路用指头蘸点水，打湿他的嘴唇。

我把事情都搞砸了，因为我的手脚实在是太笨了。家里所有的女人——母亲这边的，而不是父亲那边的——都笨手笨脚的，深受其扰。我常常会在街上摔跤，走着走着，就直直地撞到了树上，还会把葡萄酒洒到地板上。这一次，我把水洒到了父亲身上，水流啊流啊，顺着他的脖子流了下来，流到了衣领下和胸上，流得床单上到处都是。水洒到父亲身上时，他倒吸了一口气，他的皮肤从来没有接触过这么冰的东西，可我又怎么会了解他的皮肤，知道它经历过多少冷暖呢，我只知道，他身上如今洒到水的地方很久都没被碰过了——水顺着他的脖子流了下来，流过了锁骨和胸部——我想，父亲正是因为这样才开口说话了，虽然也算不上是说话，只是和我嘟囔了几句，那将是他生命中对我说的最后几句话。

"臭婊子。"他说道。

我回应道："爸爸，对不起。"

他又说道："冰死了……臭婊子。"

衰老是一项工作，意味着要说服身体听从大脑的指令，最终还要说服大脑听从自己的号令，请求上帝予以怜悯。爸爸这一生都在相信、猜疑和不信之间徘徊。他曾说过："一方面，我相信自己还会再见到英格丽德，另一方面，我相信死亡有如人死灯灭。"

他说："快起床，洗澡，穿上袜子和鞋子，换上新衣服，吃个早餐，骑上自行车，工作去吧。"

比如说：想想系鞋带要下的功夫吧。系鞋带是一项体力活儿，手要灵巧，人要聪明，六到九岁的孩子都知道这一点，小时候，系鞋带可是件正经事儿，鞋带上打的结是最大的奥秘，手、手指和鞋带加在一起成了显然无法解开的谜题。然而，你一旦掌握了系鞋带的方法，就会忘了这事儿有多复杂，直到多年后的一天，你穿上袜子后，低头看着自己的脚，又不知道该怎么系鞋带了。

到了晚上，他就会躲进家里最小的房间内，坐在床铺上，满脑子都想着别人。就这一习惯，父亲曾说："我看到她就在我的面前，看到了她的嘴唇、目光和轮廓，我大声叫出了她的名字，自己也能听到，看到她转身面向了我，她的动作或许有些笨拙，她或许正在哈哈大笑，之后，我想到了她的女儿，或是她说的话……看，眼前的不一定是个女人，也可能是个男人，或是个孩子……我想到了别人，想到了活着的人，也想到了去世的人，接着，我就点了一支蜡烛。"

他让她把窗帘拉开。她起身走向了窗边，拉开了窗帘。

他：让阳光多照些进来吧。

她依旧站在窗边。

她：这下我们能看到大海了。

他：我看不到。

她：要不要我把窗帘再拉开些？

他：不要。

她：你冷吗？

他：不冷。

她：要不要再拿条毛毯来？

他：不要。

她：好的，那么，我这就过来坐你边上啦。

他：每当有人问我住哪儿的时候，还没等我说上话，他们总会帮我回答，和我说我住在哈马尔斯。

她：可你确实就住在哈马尔斯。

他：是啊。

她：你想不想斯德哥尔摩？

他：想。

她：那你想不想那儿的剧院？

他：想。

在我二十来岁的时候，父亲想让我读艾格尼丝·冯·克鲁森斯杰尔娜写的《帕伦小姐》[1]，这套小说共有七部。我从第一部开始读，可只看了几页就觉得很无聊，又把书放回了书架上。父亲发现我没在读这本书的时候，脸上写满了失望和愤怒。几年之后，我对父亲说，自己已经看过了海德薇格·夏洛塔·诺登弗吕希特于一七四一年写的诗歌《女性运用智慧的义务》[2]，尽管这显然弥补不了我没看过《帕伦小姐》的事实。多年以后，父亲搭建了自己的书房，里面存放着他自己的手稿，装饰着松树、灯光和玻璃，这样　来，哈马尔斯的房子就变得更长了。我在书房里找到了海德薇格·夏洛塔·诺登弗吕希特的诗集。《悲鸣的斑鸠》是海德薇格在她第二任丈夫雅各布·法布里修斯离世后写下的，雅各布是一名牧师，他去世时两人才携手走过了九个月的婚姻。这部诗集的全名叫《悲鸣的斑鸠，或哀伤曲集：以美妙旋律为背景，由善良的听众收集而来》。

---

1 艾格尼丝·冯·克鲁森斯杰尔娜（Agnes von Krusenstjerna, 1894—1940），瑞典作家。

2 海德薇格·夏洛塔·诺登弗吕希特（Hedvig Charlotta Nordenflycht, 1718—1763），瑞典诗人，女权主义者。

父亲有成千上万本书，一直都在阅读，划出自己觉得重要的段落。

大概是在英格丽德快要离世的时候，他看了乌拉·伊萨克松写的《埃里克传》[1]，书中讲述的是作者自己的故事，她的丈夫因患阿尔茨海默症而去世。父亲则是因为癌症失去了英格丽德。他让我也看看这本书。当初他自己看的时候，手里都拿着黑色的记号笔，在空白处做些笔记，划些书中的句子。看父亲看过并且留下了字迹的书，就像是在和父亲交谈，同时又不必担心会说错话。

英格丽德的葬礼之后，又过了几个星期，我们在客厅的沙发上坐了一整夜，俯瞰着窗外的松树、海岸和大海。手牵着手，看着艳阳从波罗的海深处缓缓升起，刺眼的阳光下几乎睁不开眼睛。

"在这个荒僻的地方，"海德薇格·夏洛塔·诺登弗吕希特写道，"她在岸边看到了波浪。"

父亲一直叫我回奥斯陆去，不想让我待在他身边。之后又拉着我的手，说什么也不放开。两人的指关节在夜间发白，都快瘀青了。

"我已经七十四岁了，"父亲说道，"上帝到现在才决定要把我赶出托儿所。"

《埃里克传》里，乌拉·伊萨克松引用了瑞典诗人艾琳·瓦格纳的话："就算是在地狱里，你也得摆放家具。"此处，父亲在空白处加上了

---

1 乌拉·伊萨克松（Vlla Lsaksson, 1916—2000），瑞典作家，剧作家。

一个感叹号。

在我七岁那年，父亲告诉我不要用感叹号。那时候，我刚写了一个关于三只小猫的故事，故事的名字就叫"三只小猫!"。

随着年岁的增长，父亲的笔迹越来越难以辨认。他的手开始颤抖，一只眼睛也看不清东西了——整张字母表模糊成了一团。

父亲在空白处留下的感叹号都一个样。短短的竖线下加上一点，就像是一支燃烧的蜡烛，又像是一根断了的树枝，竖线仿佛代表着大陆，一点则是小岛。

他：有时候，我会走到客厅里，说：我们对墙上的那幅画做点儿什么吧。房间里站着一个男人，我转身面向了他，不知道他是谁，我说:"我来的时候，那幅画就已经在这儿了。"这位无名氏回答道:"你来的时候，这儿什么都没有，画是你挂上去的，也是你画的，所有的房间都是你修建的，家具也都是你配置的，这一切都是你做的……"如今，那句"这一切都是你做的"不断地在我的脑海里回荡，每次出现的场景都不太一样……我梦到过自己正在去皇官的路上，迎面走来了一个人，完全不认识，他问我:"你从哪儿来啊?"我回答说:"我从法罗岛上的哈马尔斯来。"他接着又问:"是吗，不知道那儿住着谁呢。"我的心中带着一丝疑惑，说道，"嗯，我想住在那儿的就是我。"

第五章　你夜里的哥哥

我们唯一能确定的，就是亨利·波特并不叫亨利·波特。

——鲍勃·迪伦／山姆·夏普德

要写真实的人物故事——父母，孩子，情人，朋友，敌人，兄弟叔伯，或是生命中的过客——都有必要编造。我相信，只有这样才能使人物活灵活现。记忆是一遍又一遍到处看来的，每看一次的结果都让人吃惊。

约翰·伯格曾这样写道，"自传始于孤独感。"

我想看看，要是把我们都写进书里，就像是只在书里出现的人物，会怎么样。于我而言，会是这样：我什么也没记住，但是之后，我无意间发现了一张格鲁古亚·奥基大的照片，这张照片让我想起了父亲。我记起来了一些东西。我写道："我记起来了，"可是，一想到自己忘记了多少事情，又感到心烦意乱。我的手里有一些信件，一些照片，还有一些散乱的小纸片，可我也说不上来自己为什么偏偏把这些小纸片保留了下来，我有六段和父亲访谈的录音，可我们做访谈的时候，父亲年事已高，早已忘了自己绝大多数的往事，也忘了我们之间大多数共同的回忆。我记得过去发生了什么，我想我记得过去发生了什么，可有些东西或许是我编造出来的，我回想起了讲过一遍又一遍的故事，也回想起了只讲过一遍的故事，有时候，我会认真倾听，其他时候，我都心不在焉的，我把所有记忆的碎片都放在一起，一块叠着一块，让不同的记忆相互碰撞，试图找到一个方向。

过去的几年里，我一到晚上就睡不着觉，靠吃安眠药才能睡上一会儿，失眠的时候，我总是什么事儿也做不了，只能躺在床上，望着天花板。

不久前，我丈夫在顶楼找到了录音机。我按下了播放按钮，随后便响起了录音。录音机里远远传来了我和父亲的声音。这些录音消失了很长一段时间，我都开始以为自己只是在梦里见过它们。

父亲睡不着的时候，就会在床头柜上草草地写下些东西。在他去世后，我拍了张床头柜的照片，照片就保存在我的手机上，可以放大，看遍床头柜上的各个角落：

十年了
　我发了疯似的
　　寻找着英格丽德
　死了
　　死了
　　　死了

死了

死了

拍了部毫无特色

又非常无聊的电影；<u>本想</u>

<u>描绘时代精神</u>

英格丽德也很害怕

一塌糊涂

还有恶意影评

该死的夜晚

父亲写下这些时躺的那张床如今收拾得很干净，多年以来都是这样。枕头和羽绒被上铺着一条钩针编织而成的白色毛毯。去年夏天，父亲还在世的时候，也有人在卧室的墙壁上写了些东西，墙上的字迹后来就被刷洗干净了。墙上的字迹并不是父亲留下的，而是他托照顾自己的女人写下来的，用的依旧是他一直在用的黑色粗记号笔，字体都是加粗的，她写下了父亲的名字，名字后面又写下了"宇宙，世界，欧洲，瑞典，法罗岛，哈马尔斯"这一连串地名。父亲的房间就是一张信封——是孩子的一页信纸。

所有的东西都还摆放在原来的位置上，和父亲在世的时候一模一样。哈马尔斯的房子是留给后代的。许多陌生人在房子里走来走去，有的在拍照，还有的坐在了椅子上或是沙发上，把自己的东西都放在了桌上，时而开灯，时而关灯，小心翼翼地躺在父亲的床上，想试试床垫。

一天晚上，我在奥斯陆打开了电视，透过监控看到了一位赫赫有名的中年电影导演，只见他正坐在房间里绿色的扶手椅上，我们以前都管这个房间叫录像室。那儿共有两把绿色的椅子，一把是英格丽德坐的，另一把是父亲坐的。这位导演坐的是英格丽德的椅子，正对着镜头说话。

这个录像室大概是这么来的：随着我和丹尼尔一天天长大，各自的儿童房都住不下了，于是，父亲就把我们俩的房间并到了一起，成了一个大大的电视机房。父亲收藏了大量的家庭录像带，将所有的录像带都分门别类，按字母顺序放在定制的架子上。上午十一点到下午三点之间，可以到房子里来借录像带。

每次借录像带的时候，都需要登记电影名称和借用日期，还要签名，归还的时候也要记下归还日期和具体时间。所有的这些信息都要记在一个黄色的记事本上，记事本就放在一张小桌上，桌上还放着一支钢笔供人使用。

有时候，你正找着要借什么电影呢，父亲就会走到房间里来。

"要不要看《克莱尔之膝》？"

"不要，爸爸，今晚不想看，这部电影我都看过好几遍了。"

"这是侯麦的作品。"

"嗯，我知道。"

父亲拖着脚在房间里到处走动，扫视着架子。

"那要不要看《冬天的心》？"

这时候，你会注意到父亲在他的一只拖鞋上写下了大大的"左"字，另一只上则写下了大大的"右"字。你正想问："你是从什么时候开始在拖鞋上写东西的？"不过，你没有这么做，而是嘴里嘟囔着："要，嗯……索泰是位出色的导演。"

其实，你想让他走开，留你独自一人，不过，这样的一幕不太可能会发生，因此，你或许只得收下《冬天的心》才能打发他走，迟点儿再来借另一部电影看。

或者，你也可以这么说：

"《冬天的心》我看过好几遍了，今晚我想看伍迪·艾伦的作品。"

父亲戴着厚厚的眼镜，盯着天花板看，有时候，他的嘴巴是那样长，嘴唇是那样薄，紧紧地绷成了一条线，仿佛能够从房子的一头延伸到另一头。

"嗯，好吧。有人提了个建议，可她似乎看过所有的电影。不管怎么说，伍迪·艾伦都是位一流的导演。《爱与罪》是他的一部代表作，不过，我看到你已经挑了《曼哈顿》。也够好看。你怎么高兴就怎么来吧。"

多年之后，我在奥斯陆打开了电视，这位赫赫有名的中年电影导演正对着镜头，说父亲这位大师带给了他一种亲切感。

他正坐在英格丽德的绿色扶手椅上，周围都是录像带，嘴里说着自己感到了一种亲切感。他的睫毛又黑又长，头发又黑又卷，蓬乱而浓密。桌上放着一杯水。这张桌子正是以前放黄色记事本和钢笔的地方。他时不时会喝上一口水，身子没有坐直，而是向后靠，还做着手势。

笨蛋，你不可以把水带到这儿来，杯子会在桌上留下杯痕的。

这位电影导演说，自己能感觉到父亲就在这个房间里，说着说着便从内兜里掏出了一块秒表。他说，这是一块神奇的秒表，接着解释说，钟摆要是动了起来，就说明他无疑就在这个房间里。"噢，对，"他轻声地呼吸着，来回摆动着秒表，"钟摆动起来了，看，钟摆动起来了，他就在这儿。"

所有房间，无论是书房，还是客厅，是摆着两张松木桌的厨房，还是录像室和书房，甚至连卧室都原封未动。

从父亲迟到十七分钟的那一刻起，他的生命便进入了倒计时。七年，不对，是八年之后，我试着描述当时的情境，描述迟到的那几分钟。我该管这样的时刻叫什么呢？一位档案管理员曾问过这样的问题：什么东西该保留？什么东西该丢掉？又该对什么东西进行分类整理呢？

父亲所有的遗物都被拍卖了，如他所愿。他留下了一份遗嘱，上面写得很清楚：我下葬的时候，想穿着棕色的灯芯绒裤子，红色的格子衬衫，还有褐色的针织背心。无论如何都不准在我的遗体前宣泄情感，不准哭哭啼啼的。

父亲还在遗嘱里说，自己还活着的八个孩子每人都可以拿走一件遗物，价值不能超过五千克朗，"留作纪念"。

其他所有的遗物都要卖给出价最高者，"最好是在拍卖会上卖出去"。

我想象着一系列物品从哈马尔斯运往斯德哥尔摩的拍卖行时的情景，这里面有几把直背椅，几张桌子，一张锈红色的沙发，几把绿色的扶手椅，一张床，几个床头柜，一张书桌，还有许多画作，一个接一个地运出了哈马尔斯，像是顺着河水平流而下。

留作纪念。

我挑的是舞蹈家兼编舞大师皮娜·鲍什的一幅肖像——是一张装裱好的海报，上面还有她的签名，海报内容和她的处女作《穆勒咖啡馆》有关。英格丽德去世后，我每次去哈马尔斯想安慰父亲，或是至少陪陪他的时候，他都一点儿也不想去丹巴的电影院看电影。不过，几天之后，他就想在录像室里的大电视机上看歌剧或是舞蹈了，那儿存着各种各样的舞蹈和歌剧录像带。我们一连看了好几天的皮娜·鲍什。《穆勒咖啡馆》如梦似幻，是夜晚，是忘却，也是记忆。皮娜的父母在伍珀塔尔经营着一家小小的咖啡馆，她将这家咖啡馆搬上了舞台——一样的椅了，一样的桌子，一样的梦游者。有个男人在舞台上东奔西跑，挪开了所有的椅子，以免梦游者摔跤。皮娜本人又高又瘦，苍白如水，在奥斯陆的房子里，我每次下楼梯都会看到她，这幅肖像就挂在墙上，她穿着宽松的白色睡衣，衣服几乎透明。照片里的她不知是站在了门后还是隔墙的后面，露出了一半身体，闭着眼睛。她身材清瘦，看起来虚弱而又坚强，年纪不大也不小，手臂周围的睡衣松松垮垮的，几乎露出了左胸。每次经过她的时候，我都担心自己就算只是擦身而过，也会蹭掉她的衣服。

皮娜的海报旁边挂着一张父亲和母亲的镶框合照。这张照片是儿子给我的。照片里，父亲和母亲并肩而坐，两人不再相爱，只是朋友和同事的关系。只见父亲直视着镜头，母亲则看着父亲，做了个鬼脸——眯起了眼睛，噘起了嘴。两人坐得很近。奥拉说，这张照片是他在网上找到的，想把它交给我，因为两人看着都很开心、自在，还带着几分傻气。

"他们俩看上去很开心。"他说道。

他的双亲去世后，父亲自己也开始衰老，他们开始出现在他的笔下。

父亲一共写了三本有关家人的小说，其中一本里这样写道：

"我看着这些照片，觉得这两个人深深地吸引着我，他们几乎怎么看都不像是支配过我童年和青春的人，不像是带着传奇色彩，目光游离的虚拟生物。"

我看着父母的这些照片，想知道他们是谁，过去又是什么样的人，我要随身带着这些照片吗？他们可曾得到过任何自己想要知道的答案？可曾感受过时间从我身边流逝的这般感觉？

买下父亲房子的人也买下了父亲所有的遗物。这个人决定把所有的东西都物归原处。沉重的家具还没搬离多久又放回了原处，地毯上的凹痕还没来得及消失。只见一小群专业人员带着卷尺和文件资料（包括许多照片和所有房间清空之前的原貌说明），监督着搬回所有东西的整个过程，确保直背松木椅放对房子，放对房间，放对桌子，确保落地式大摆钟从客厅的一头搬到另一头后，依然和陈旧的织品橱柜完全对齐，要能在织品橱柜厚重的柜门和落地式大摆钟的小门之间画出一条直线。这两样东西都是传家宝，大摆钟是从他父亲的祖上传下来的，织品橱柜则是从他母亲的祖上传下来的，又或者恰恰相反。如今，大摆钟和橱柜都搬回了房子里，分别立在了房间的两头，怒目相对。大摆钟发出了滴答声，橱柜则嘎吱作响。而其他家具都是父亲自己买的，很多都是松木做的，很多都是绿色的，还有晒得发白的锈红色座套，两把破旧的扶手椅，两对脚凳，脚凳本来是黑色的，现在却成了棕色，一对放在书房里，一对放在录像室里。一九六七年，母亲和我搬进来住的时候，所有的东西都准备好了。

父亲去世后，他所有的遗物都运到了斯德哥尔摩，之后又运回了哈马尔斯的家里。我独自一人在房子里穿梭。一切正常。所有家具都放对了地方。所有的房间都和原来一模一样。我发现自己倒是希望客厅里的两张小桌子能调换一下位置，或是大很多的那张桌子不知怎的放错了位置，没放到两张笨重的扶手椅之间，而是放到了沙发前。我希望能出现什么差错，可是一切正常，万籁俱寂。我打开了窗户，坐在了地板上。壁炉里冒着一点儿火星。如今，这儿没人居住。父亲所有的东西都失去了物性。正如里尔克写道的那样："噢，空无一物的夜晚啊。"[1]

* * *

唤醒我的是蝴蝶。噢，不对，唤醒我的当然不是蝴蝶。那是很久以

---

1 里尔克（Rainer Rilke, 1875—1926），奥地利诗人。

前的事儿了。蝴蝶停在了墙上和天花板上。我忍不住想起了父亲。我要
是现在就起床，就可以泡杯咖啡，就可以下楼，去厨房里给自己泡杯咖
啡喝，或许还能坐下来写些什么。我能听到丈夫和女儿呼吸的声音。我
们三个人睡的是同一张床。我还能听到家里的狗呼吸的声音。要是仔细
听的话，还能听到外面的汽车在路上开过的声音，眼下依旧是夜晚，或
者说是清晨，是夜晚还是清晨取决于你是谁，取决于你成长的环境，还
取决于你在一天中不同的时刻经历过什么，现在是三点四十五分，你是
管这时候叫早上还是晚上呢，我管它叫早上，不过，现在起床还太早了，
我看了看手机上的时间，接着又看了看短信，坐了起来，又躺了回去，
窗边有许多汽车呼啸而过，"那儿开过了一辆车，那儿也开过了一辆车，
还有那儿"，一路开向了远处的涓涓溪流，汽车夜里开过的声音和白天开
过的声音并不一样。今天是十二月的第一天。

弗吉尼亚·伍尔夫写道，我们阅读的方式会随着自己的健康状况
而变化。当我们生病的时候，不再是"正直大军"中的一员的时候，卧
病不起的时候，抑或是有幸能坐在荫凉处的椅子上，脚上盖着毛毯的
时候，我们在阅读之时，往往比成为"逃兵"前更加无所畏惧、不计
后果。散落在纸上的思绪，一经整理，就能唤起"一种既非言语所能
表达、又非理性所能解释的心理状态，生病之时，不可理解性对我们
具有极强的控制力，或许更超出正直所允许的合理范围"。伍尔夫这样
写道，这就好比你于夜晚或是清晨失眠，心脏在跳动，什么事儿也做
不了。

你站着、走着和你躺着的时候所看到的世界并不一样。当你像我现在这样，或是像贝克特笔下《陪伴》中的无名老人一样，又或是像伍尔夫《论生病》中的无名病人（也就是读者和叙述者）一样，仰卧在床，盯着天花板看的时候，你就会开始注意到其他的东西。你会注意到污渍、苍蝇、油漆的斑点、墙纸的边缘、窗户和天空，还有变化无穷的云朵。就像是伍尔夫笔下"永远对着一座空房子放映着电影的大电影院"。

* * *

家里到了晚上便是一片寂静，我似乎听到了狗用爪子刨楼梯的声音，可家里的这条狗正躺在床边的地板上，摊着四肢睡觉呢。或许我听到的声音是上一条狗发出来的？我不相信人死后会有鬼魂之说，但我不知道狗死后是否也会有鬼魂。即便是在狗死后的很多年里，我们也能听到它们到处走动的声音。

我没有吃安眠药，而是准备下床了。我起床下了楼。眼下差不多快四点了。我走进了客厅，坐在了沙发上，顺便看了一眼开着门的厨房。咖啡机闪烁着光亮。笔记本电脑也泛着微光。冰箱嗡嗡作响。家里共有三层楼，每一个房间都很小。白天，大家都醒着的时候，其中一层楼常常会传来一声巨响。我们一家四口如今就住在这儿。我们本来是六口之家，不过后来，最大的两个孩子搬出去了。家里只剩下四个人和一条狗。我们当中，总有个人老是掉东西，撞到东西，或是摔倒。每次发生这种事儿的时候，剩下的三个人就会停下手头的事儿，大喊道：喂，怎么了？没出什么事儿吧？你还好吗？这时候，通常都没什么事儿，很快便会收到回复：嗯，没事，一切正常。

* * *

一九六九年八月十七日，父亲给母亲写了封信，信末没有签上他的名字，而是写着"你夜里的哥哥"。两人刚刚坠入爱河的时候，父亲就给母亲写过许多信，分手后，又写了信。

我的手里有父母之间往来的所有信件的复印件。

复印件是这样来的：父亲去世的时候，母亲将父亲写给她的所有信件都交给了一家档案馆，这家档案馆正是用于管理父亲遗物的基金会，包括他的私人文件、笔记本、手稿和照片。父亲生前主动成立了这家档案馆，那时候，他让两个女儿（我和一个姐姐）都成了基金会董事会的一员，代他监管一切。董事会会议召开的地点位于斯德哥尔摩，在瑞典电影学院主楼的三楼。档案馆则位于地下室，规模持续增长，对外的说法是拥有父亲此生所有的作品。后来，父亲去世了。董事会成员依旧在三楼召开会议，而档案馆始终位于地下室。监管这家档案馆，就像是在看守一只大而无形的动物。我从来都没有去过那儿。

我公公是一名高校的图书管理员，在母亲把自己收藏的信件捐给档案馆前，他表示愿意帮忙将所有的信件分类、复印，这样一来，母亲就还是可以随时把信拿出来看看。我不知道母亲把信件托付给公公的时候，两人都说了些什么，那时候，我并不在乎这些信件，也不在乎信里的内容，只希望母亲能尽快将信件捐给档案馆。父亲死后几个月的时间里，我变成了这样的人，坚持所有的事情都要"妥善"处理，常常把"经过一致同意""不可逆共识"和"如会议记录所述"这样的措辞挂在嘴边。我要是迫不得已回想起自己当时的形象，眼前就会浮现出一个焦躁不安的女人，她说话的声音太大，走路太快，谁也不愿意和她打交道。换做是我，当时肯定也不会和这样的人打交道。她的声音很刺耳，发的邮件都太长。每天早上，她都会坐在床上，嘴里不停地说着她父亲的房子，所有的房子——她大声叫道，"他所有的房子将来会怎么样呢?"——说的时候，她丈夫甚至都还没来得及醒来，还没来得及睁开眼睛。

公公将信件分类、复印好以后，就马上把复印件装进了两个棕色的大文件夹里，两个文件夹的书脊都是黑色的，十分坚硬，系着黑色的丝带，封面上都印着"高校图书馆手稿收藏"的标志。几年之后，公公也去世了，母亲在埃尔林斯凯杰尔加森街上那间大公寓里的一个橱柜里找到了这些文件夹，那儿曾是我和母亲、外婆、几个保姆还有波格丹住的地方，之后，母亲就将文件夹带回了家里给我看。

"我知道你在写本关于爸爸的书。"她说道。有时候，我并不知道母亲口中的"爸爸"指的是她父亲还是我父亲，也不清楚她的意思是不是，我父亲也是她父亲。那样的话，母女俩就成两姐妹了。事物之间更加容易联系在一起。无论是一座落地式大摆钟，还是一张印有皮娜·鲍什照片的海报，还是一张床，一扇窗，一张餐桌，几把椅子，又或者是一张到了晚上就会打哈欠的印花墙纸，都存在着某种联系。

"你夜里的哥哥。"一天，我坐下来开始看父亲写给母亲的所有信件，好几个小时才看完，丈夫还得帮着我一起看，因为我还是很难辨认父亲的字迹。

一九六九年，母亲带着孩子离开了父亲。当时正是春天，女儿那年夏天就三岁了。父亲留在了哈马尔斯。

为了执行分手事宜，两人编写了一本登记册。 之所以将这样东西说成是"登记册"，是因为我觉得他们当时是想建立一套体系，或是一连串的规定，来为眼下正处于混乱中的自己指引方向，也防患于未然。这本登记册上散乱着手写的便条和清单——看上去真的就像是一条目录，并没有给人留下深刻的印象——不过，字里行间流露的真诚打动了我："既然我们以后再也不会生活在一起了，我还能指望你什么呢？你之后又会是什么样的人呢？将来我们说到彼此，说到自己的时候，又会讲出些什么样的故事呢？"

我想象着他们并肩而坐，写着东西的画面，或许他们当时就坐在父亲哈马尔斯的书桌前。两人正"开着会"，已经把女儿交给了西丽、罗莎或是别的保姆照顾。我想象着父亲在那样的场合拿出了自己的一个黄色笔记本，一页页的纸上将会在一天之内填满母亲的字迹。两人说着不一样的语言，挪威语和瑞典语，说话和书写的方式也迥然不同。据他们说，两人分手的原因是因为彼此之间太过相似。可在我看来，他们一个是白天，一个是黑夜，有着天壤之别。当我发现自己正想着我是谁，我为什么会是这个样子，而不是那个样子的时候，我能听到一个声音在窃窃私语:"你成了这个样子都是因为她,成了那个样子都是因为他。"

在他们的分居登记册（这纯粹是我的说法）中，母亲写道:"世界上根本就不存在纯洁的生活——不存在忠贞的生活——我们永远都给不了彼此那样的生活。但是，只要你牵着我的手，我牵着你的手，永不放手——无论你的手是在千里之外，还是就在床上，就在我身边，都不要紧——那么，我们要如何生活，包括如何过秘密、孤独的生活，就全由自己做主。"

此处，母亲写到"孤独"二字的时候，我想象着她将钢笔交给了父亲的画面。现在，轮到父亲写了。可父亲又重新把钢笔交到了母亲手里。或许他嘴里说着母亲的字迹要比自己的更加清晰之类的话。（在黑色的文件夹里，我找到了一封信，父亲在这封信里写到自己想知道母亲是真读过他写的信，还是只是假装读过；我还发现了另一封信，信里都是加粗的字体，仿佛是父亲想要确保母亲会去读每一个字。）我想知道他们在忙着写东西，忙着写分手后各自的余生规划时，有没有笑过。我想他们没有管这叫分手。"分手"只是对于我来说的，我想他们的说法是分居。我还觉得，他们这一连串的规定里要包括些什么，要如何措辞都是由母亲定的。

1. 多加考虑。做出影响他人的决定之前，要先听听他人的意见。

2. 不要阳奉阴违。

3．再困难也要做到诚实。

原来的清单上并没有编号。这些东西都是他们在黄色纸片上写的，丝毫没有条理，编号都是我自己加上去的。两人并肩而坐，写下了分居后各自的一些想法。是我给这些想法编了号，使之显得有条理，也是我编了目录，把它们都记录了下来。这样一来，我就参与到了父母之间的谈话中，与他们对话。

那年是一九六九年，我快三岁了，父母就要分开了。我们在哈马尔斯，当时正是春天，他们已经作出了决定，不会再更改了，不过，此时此刻，两人表现得就像是一切都没有发生过一样，仿佛离开彼此并不等同于被对方抛弃，仿佛分开后的生活与在一起的时候几乎没什么两样。"但是，只要你牵着我的手，我牵着你的手，永不放手——无论你的手是在千里之外，还是就在床上，就在我身边，都不要紧。"我还有自己的房子，自己的婴儿床，和让我揪耳朵的狗，家里的这条狗很小，比我还小，卧室的窗外有几棵松树，早上醒来的时候，我最先听到的便是风拂过树的声音，晚上睡觉的时候，最后听到的也是这样的声音，我告诉自己，我从两岁起就能记住这些声音，记住海浪的声音，记住碎石刮擦鞋子的声音，记住厨房里冰箱的声音，记住客厅里落地式大摆钟的声音，记住由于妈妈总是忘了关上窗户，玻璃窗里苍蝇的声音，记住印花墙纸上昏昏欲睡的花朵的声音，爸爸还是妈妈曾经说过，"到了晚上该睡觉的时候，墙纸上的花朵就会打哈欠。"记住我在刚洗过的床单上从一侧翻到另一侧时发出的声音，记住夜晚的声音，记住每一个人呼呼大睡的声音，记住爸爸和妈妈在房子里走动时的脚步声，还有他们的说话声，我每次躺在床上的时候，都能听到他们从一个房间走到了另一个房间，家里的这座房子又窄又长，就像是一座城堡。到了我和妈妈要离开的那一天，天气不冷也不热，妈妈留下了我的羊毛衫和几件长袖毛衣，也没有把她自己所有的衣服都打包，她不想永远离开这儿，虽然自己也知道事情已经没有挽回的余地了。妈妈拉着我的手，送我上了出租车的后座，父亲站在家门口，绷着一张脸。那时候，整个哥得兰岛北部就只有一辆出租车，因此，妈妈极度友好地和出租车司机打了一声招呼，这样一来，司机就不会生她的气，也不会觉得她高傲。家里的狗在到处跑。天气不好的时候，它就不喜欢出门，不过我和妈妈离开的那一天，天气很好。也正是因为家里的狗对天气特别敏感，妈妈才记得那天阳光明媚，温暖而又宁静；要是那一天，哪怕只是下了一丁点儿雨，打了一丁点儿雷，或是刮了一丁点儿大风——有时候，哈马尔斯也会刮起狂风——家里的狗都不会去外面到处乱跑。那是一条腊肠犬，它留了下来陪着父亲。

之后，我看到了这样的一条，看似是一条祈祷，实则暗含警告，看似是警告，实则是一项指责。

4. 不要卸下她自制的安全感，而是要加上一小撮安全感。

这句话很独特。首先，"自制的安全感"这样的词组使我感到困惑。

我从来没有听过父母这样表述过。父母常挂嘴边的措辞是孩子了解父母的途径。妈妈总说，"我感到心烦意乱，"而爸爸总说，"我很生气，就像是一条有毒的肝泥香肠。"可我从来没有听过"自制的安全感"这样的表达呀？自制——对应的反义词是什么呢？"罐装的安全感"？他们都不会烹饪；或许两个人不能在一起生活的一大原因，就是因为他们都不知道怎么做饭，我说得或许有些夸张了，自己也意识到了这一点，不过，两人都不知道怎么熨衣服，不知道怎么清洁地板，也不知道怎么照顾孩子，我在谈论的并不是爱情，他们相爱过，我在谈论的是工作，是一个人建立家庭之后要承担的东西。他们都出身于资产阶级，可他们却过不上现代斯堪的纳维亚人所过的中产阶级生活。两人也不想过那样的生活。他们向往的是自由，渴望做个孩子。他们聊过自由，聊过艺术，可每当发现自己有太多东西都不知道时，又会回到安全感的话题上。他们是小小世界里的孩子。父亲和母亲都想成为回头的浪子，所有的欢乐和游戏都结束的时候，他们想回到家中。或是离开。或是回家。或是离开。《圣经》里走失的正是那位最受宠爱的儿子。他总是那么受欢迎，他的父亲跑到田里去迎接他，还为他宰了肥牛犊，反而冷落了孝顺的大儿子，只给他留了碎屑。"儿啊！你常与我同在，我所拥有的一切，都是你的。只是你这个弟弟是死而复生，失而又得的，因此，我们理当欢喜快乐。"

或许妈妈和爸爸都需要一个**父亲**，每当他们迷失方向，渴望回家的时候，都会有人爱着他们，迎接他们，照顾他们。

又或许他们需要的是一个**妻子**。艺术家都需要妻子。她（或者他们）想修饰"安全感"一词的时候，用了象征着食物和住所的"自制"一词。之后，妈妈又写道："而是要加上一小撮安全感。"父亲不但不能卸下母亲自制的安全感，还应该加上一小撮安全感，就像是往鸡汤里加上一小撮盐一样。

无论是在父亲写给母亲的信里，还是在两人的分居登记册上，都没怎么谈到过女儿。两人都在女儿的生活中扮演着至关重要的角色，而我相信，女儿也在他们各自的生活中起到了一定的作用。父亲、母亲和女儿三人永远都不是一个整体。父亲和母亲不停地说着话，继续共事，可我觉得，他们并没有谈到女儿，不存在"那么，她今天都干了些什么呢？""嗯，告诉你吧。"这样的对话。

他们都有太多自己的事情要做，还有属于自己的幼稚游戏和密语。父亲在好几封信里都提到了一头黑色的美洲狮，我猜这头狮子是"危险"的意思，有时候，信里会冒出"piiiiiitsjjjhhhh"这样一连串的字母，完全不知道是什么意思。父亲和母亲之间有只属于他们的秘密符号和标记，岛上也有只属于他们的秘密地点，还有属于他们的工作。而他们的孩子，那个女儿，也就是我，却不在其中。他们自己就是孩子，就像孩子一样坐在一起，非常认真地制定着两人要玩的游戏的规则。

不过——登记册上有一条和孩子有关：

5．离开孩子的时间不能超过一个月（30天）。

守时至关重要。事情要在特定的时间发生，持续特定的时长。我们在这儿开始，到那儿结束。不能迟到，也不能早到。在我小时候，爸爸就对我说，迟到和早到都是不可原谅的，只是迟到更过分点儿罢了。世界上不存在临时去做的事情。

可这第五条是什么意思呢？意思是父母离开我的时间都不能超过一个月吗？还是单单针对妈妈？这一条并没有提到孩子的名字。尽管那时候，我还没有受洗取名，但父亲和母亲叫我的时候确实是有一个名字的，因此，我突然想到，这条规定也许压根就和我没关系，意思或许只是说父亲和母亲都不能离开彼此超过一个月吧？要真是那样的话，就又一次说明了两人分居并不是真正意义上的分居，最终的决定并不是没有商量的余地，已然结束的爱情会一如既往地持续下去。

我小心翼翼地打开了父亲书房的门，一切看上去都和往常一样，破旧的黑色扶手椅和脚凳依旧在大大的玻璃窗边放着，窗外便是大海和石子，还有几棵零星的松树，劲风吹过，松树东倒西歪；窗下放着一张窄窄的嵌入式长凳，上面铺着羊皮垫子，底下还放着叠好的灰色羊毛毯。当我还是个婴儿的时候，母亲就坐在这张长凳上，把我放到她腿上。这样的场景或许只发生过一次。父亲工作的时候，希望我们能离他的书房远远的。这张长凳上通常都放满了成堆的书本和唱片，这样一来，父亲每天下午在书桌前完成手里的工作后，就可以坐在破旧的扶手椅上，把腿搁在脚凳上看看书，或是听听音乐。父亲总在四月末到哈马尔斯来，九月末离开。每当他抬头望向窗外的时候，都会看到松树，遍地石子的海岸，还有天空，确切地知道日期和时间，阳光可不会说谎，不过当然啦，就算没有阳光，他也一样会知道日期和时间，因为家里到处都是钟表，就算钟表不够用，他还有日记本（有时候又叫记事本），他每天都会在日记本上做简要的总结，还会写下待办事项提醒自己。日记本就放在他的书桌上，书桌位于书房的正中央。

父亲去世的时候，他书房的墙壁上是光秃秃的，一如既往，墙上没有照片，也没有图画，只是门后有两张便利贴，是用透明胶带贴上去的。

我将房门打开，只见爸爸和妈妈就在书桌前。两人并肩而坐，面朝着对面的墙，时而傻笑，时而私语，时而书写，时而亲吻，之后，妈妈慢慢地转过身来，看着我。我站在门口，妈妈看着我，这时候，她没在笑了，或许只是因为光线在不断变化的缘故吧，今天的天气很特别，是北欧国家典型的春季天气，上一秒还是晴空万里，下一秒便乌云密布，一九六九年的春天气候温和，只是寒风阵阵。光线上任何细微的变化都能在妈妈的脸上体现出来，她年轻到都可以做我女儿了。我如今四十八岁了，母亲那时候是三十一岁。我想，她是在担心我们的未来。父亲可以将镜头永远停留在母亲的脸上。

6. 每年夏天都来法罗岛待上六个星期，一家团聚。

事情并没有像规定的这样发展。她没有这样做。我们没有这样做。

并没有一家团聚。只有我每年夏天都会来哈马尔斯待上几个星期，未必是六个星期，但至少会待上两个多星期，在很长一段时间里，我都对那份持续升温的伟大爱情一无所知，正是那份爱情将我带到了这里。

＊＊＊

二〇〇七年五月的录音里，父亲胡乱挥舞着双臂，结结巴巴的，说句话都费劲，就像是一个婴儿艰难地从地板上抬起了头。小时候，我和父亲常常会异常好奇地看着彼此。

他曾说过，要想维系一段感情，就得确保自己能在成人和小孩这两种角色之间来回转换。就算是想做个孩子，也不能一直做个孩子。

＊＊＊

爸爸去世的时候，我没法鼓起勇气去听这些录音，没有勇气去听那些支支吾吾、吞吞吐吐的说话声和词穷的时刻。而录音里，我的声音就像是安魂曲播放到一半时，响起的过于激越的唱机。

＊＊＊

我能记得经常发生的事儿和很少发生的事儿，记得平常的事儿和非同寻常的事儿。有时候，我并不清楚一段回忆属于其中的哪一类。我之所以记得这事儿是因为它总发生吗？还是因为它只发生过一次？

我记得爸爸每天晚上都会读书给我听，这事儿也已经写过多次了，我记得他打开了我房间的那扇门，坐在我的床边，摊开一页黄色的纸，或是打开床头柜上的书，记得他冲我微笑着说"好啦！"时的模样，记得房间里充满了期待，就连墙纸上的花朵都会绽放，大喊着"好！好！

好!"不知道墙纸的图案上都生活着些什么东西,又有些什么东西能从图案里爬出来。

知道星辰会化作碎片
我倾听自己的心扉
我的内心是

我忘记了许多名字、面孔、文字、日期、地方、对话、大事和男友,也忘记了自己读过什么书,听过什么歌,又看过什么电影,我甚至都忘了自己写过什么文章。有一次,我忘了自己写的一本小说的书名,别人问我最新出版的书叫什么名字的时候,一时之间,我的脑子里一片空白。我去看了医生,问医生我是不是哪儿有什么问题,她说没什么问题,我可能只是累了,太疲惫了,意志或许有些消沉。一直以来,我都羡慕那些过目不忘的人,而我和这些人恰恰相反——过目不忘的反义词该叫什么来着?   因此,我从来不参加派对上的游戏,也讨厌任何形式的知识竞赛,唯独参加过一次竞赛,那一次,我亲眼目睹了丈夫爱上了别的女人,眼看着两人坠入爱河,但直到后来才意识到这一点,当时,我们一群人围着桌子坐了下来,问的问题和《圣经》里的话有关,那个女人一头黑发,手腕纤细——显然要比我年轻——她马上就知道了答案,小声地说了出来,我忘了《圣经》里的话是她说出来的,还是问题里的,我甚至都想不起来当时间的是什么问题,只记得问题和《圣经》里的一句原话有关,后来,那天晚上,丈夫问我:"你有注意到她小声说出答案时的样子吗？"我回答说没有，没注意到，他说，"是啊，当时每个人说话的声音都那么大，根本没有人在听，说话声一个盖过一个，可她却只是坐在那儿，确切地知道答案。"我当时就该意识到这一点的。"但她或许只是有些害羞，"丈夫继续说道，"又或者是因为大家都在说话而感到慌张，唯一能做的只有小声说话。"

* * *

那句《圣经》里的话是："你将我投下深渊，就是海的深处；大水环绕我，你的波浪洪涛都漫过我身。"[1]

* * *

一九八一年，他那时候是一名美国摄影师，我在纽约西五十七街上一栋大楼的电梯里遇见了他。他让我把头发再剪短一些。那年我十五岁。我记得我们面对面坐了下来，中间是一张桌子，桌上放着食物，当时是在一家中餐厅里，我还记得一盏大红灯笼照亮了他的脸，记得他用一根筷子不停地敲着自己的酒杯。

听听这个，他说着便放起了吉米·亨德里克斯的唱片。我们当时是在他的工作室里。"知道这是谁吧？"我回答说知道，因为几年前，我和爸爸一起看过《现代启示录》，当时就听过这首歌。他又问我这首歌叫什么名字。我回答说不知道。"你竟然对音乐知道的并不多，"他说着便换了一首歌，"这首怎么样，天哪，你爸怎么生了你这么个女儿，据我所

---

1 出自《圣经·约拿书》第2章第2节。

知，你爸实际上很关注音乐。"我本该知道更多，记得更多，听过更多，"关我什么事？"我这样说道，每当有人提起我父母，我都会这么说。我不是谁的女儿，十五岁的我不是任何人的孩子。

一段时间里，这位摄影师说什么，我就做什么，我穿着他非常喜欢的白色夏裙，还买了《你有经验吗？》这张专辑，而我自然没有经验（这会不会是吉米·亨德里克斯有意要问我的一个问题呢？），我一遍又一遍地听着这张专辑，之后，我在放学后去了他的工作室，坐在了角落里黑色的皮沙发上，沙发上到处散落着衣服、手提包、帽子、莱茵石首饰和打火机，我喝着可乐，而他则抽着烟，给女生拍着照，说个不停，一天晚上，他带我去了街角处的中餐厅，就我们两个人，我不知道他为什么想带上我，可我受宠若惊，他一直用筷子敲着酒杯，说，"今天是我四十四岁的生日，我真是太老了，论年纪都可以做你爸，做你爷爷了，我太老了，都还记得阿波罗号登月的事儿，你记得吗？"接着，他笑着说："该死的……"他曾在电视上看过阿波罗号登月，再也没能忘记那一幕，也曾想过要去俄亥俄州给尼尔·阿姆斯特朗拍照，给他买瓶啤酒，和他说说话，仅此一次实实在在地做点儿什么，而不是待在纽约和巴黎做着这些毫无意义的事情，一切都和以前不一样了，酒不一样了，毒品也不一样了，性欲不一样了，老朋友也不一样了，没有以前那么有趣了，新朋友也不一样了，从来都不有趣，每次出行也不一样了，模特们在他的工作室里进进出出，半裸着身体，年纪轻轻，心甘情愿，可以替换，就像是他小时候玩过的锡兵，但他说，"要是让我看到一个普通女孩跑上楼时裙子向上卷起，露出了膝盖或是一点儿大腿，我就能整天想着这一场景，想着那个女孩。"

　　他是一名时尚摄影师，工作虽累，却很受欢迎，同时也是一位间歇性失眠症患者，吸食新老毒品后，总会极度兴奋或极度失落，抑或神志恍惚，这时候，让他到森林里散散步，采采蘑菇就没有坏处，采的当然不是致幻蘑菇，而是鸡油菌，再放放亨德里克斯之外的音乐，听听凯奇的《4分33秒》。不过，我怀疑他根本就没耐心听完任何长达四分三十三秒的东西，这一切都是我现在的想法，而不是我当时的想法，我十五岁的时候，还不知道约翰·凯奇是谁，他说的没错，我确实对音乐知道的并不多。因此，我们换了个话题，聊起了电影，聊到了戈达尔和夏布洛尔，"他们俩要比你爸的那些东西有趣万倍，"之后，他点了根烟，提议一起去看电影。他现在都快八十岁了，我在谷歌上搜过他的名字，发现他竟然还活着，我的意思是说，每当我想到英年早逝的人，想到突然意外离世的人，想到老死、累死、病死、饿死、撑死的人，想到死于古往今来的战争中的人，想到死于火海、雪崩、溺水的人，想到出于自愿或是别无选择而死去的人，想到将自己逼得太紧而死去的人，还有死于孤独的人，每当我想到所有这些死去的人时，想到他们所有人和我们所有人的时候，我就会觉得有些奇怪，他竟然还活着。我想过要给他写一封邮件，写上类似于"你还记得我吗"之类的话，"还记得那个短发女孩吗?"他往往都很温柔，也容易暴怒，最开始的时候，他说我们应该成为朋友，他是大人，我是小孩，大人为什么就不能和小孩交朋友呢，我们谁也没碰过谁，我从来都没想过要去触碰他，他的年纪太大了，我和两个男生上过床，但主要是因为我想尽快地迈过所有门槛，步入成年生活。他从我的脸上看到了别人，尤其是我，都不曾看到过的美丽，镜子里的我和照片里的我截然不同。或许，他已然发现了一种新的方式来看我的脸，找到了一个秘密的角度，我也不知道，在我看来，我们都有些爱上了他给我拍的那些照片，都管照片里的我叫"另一个女孩"，看上去要更成熟一些，眼神里流露出的平静是我不曾有过的，我向来不平静，脸上的表情该平静下来的时候从来都没有平静过。他的个子很高，留着一头长发，皮肤黝黑，老化龟裂，让人想到马鞍制造商会在店后面存放的东西，他马上就会带我去巴黎，为一家法国杂志进行拍摄，他会给我拍照，我到时候几乎素颜出镜，头发会剪得更短，照片会拍得很好看，或许会成为他长期以来拍出来的最好的作品。他给我母亲打了电话，告诉母亲他想带我去巴黎，母亲说，"不行，她还只有十五岁，不可能让她去巴黎，"我求母亲让我去，母亲还是不答应，他又给母亲打了电话，向母亲说明自己想拍什么样的照片，拍得会有多好，诉说着自己有多崇拜母亲在父亲电影里的演技，说母亲是一位伟大艺术家的缪斯，可母亲还是不同意，她说，"不行就是不行。"

我、妈妈还有波格丹都住在西八十一街的一间公寓里，公寓里宽敞而又昏暗，波格丹抽着香烟，一次又一次地弹奏着巴赫的《第五号大提琴组曲》，香烟的烟雾伴随着音乐飘过了所有的房间，他曾说过，自己抽完一根烟的时间刚好够卡萨尔斯拉完一首《加沃特舞曲》。我听到妈妈说，"我好孤独啊。"她找遍了所有的房间都没有找到波格丹，房间里弥漫着烟雾，回荡着音乐，唱盘上正播放着一张唱片，他还问道，"你知不知道，所有的乐器中，大提琴的声音和人的声音是最像的？"妈妈不知道，如今，她找不到波格丹，说自己好孤独，或许波格丹已经溶解了，卷进了自己抽的香烟的烟雾里，"我好孤独啊，你能回答我一声吗……"妈妈不想让我去巴黎，但还是被迫答应了，她不希望我离开她身边，在各个房间里转来转去，不停地念叨着不想让我去，"我好孤独啊，我不想让她去巴黎，"又在各个房间里转来转去，似乎希望能得到墙壁、地毯、椅子、灯和香烟烟雾的支持，只见烟雾沿着墙壁盘旋，有如灰色墙纸的边缘无限伸展，她总要自己来做这些决定，从来都没有任何人能一起商量，父亲并不在乎，波格丹也不在乎，波格丹哪儿去了，妈妈最后一次看到他，听到他的声音，看到他的脸，而不只是看到该死的香烟烟雾在家里飘荡，听到拨弄大提琴的声音，是什么时候呢，C大调里还包含着太多美好，波格丹曾说过自己有一个习惯，喜欢引用别人的话，妈妈想必会喜欢引用别人的话来谈论他们之间的恋情，母亲那年四十三岁，是单身妈妈，也是家里唯一的顶梁柱，孩子和男朋友都靠她来养活，她不知道该做什么，没有人帮她做决定，没有人帮她处理财务问题，也没有人帮她做饭，女儿的学校寄来了许多信件，说女儿的缺勤率异常高，考试成绩低得让人失望，对此，她也没有办法，如今，哪儿也找不到波格丹，她反复说着自己已经同意让女儿去巴黎了，但其实并不想女儿去，只是迫于压力才答应了这事儿，这位摄影师究竟是谁呢？

我动身前往巴黎的前一天，妈妈带我去了梅西百货。

"我们得去买点儿东西，你去巴黎之前需要买几件新衣服。"她说道。

可你不想让我去，不对，是我不想让你去。

我们买了一条漂亮的裙子，一件保暖的毛衣，两件上衣，还有连裤袜和一个手提箱。我还想买高跟鞋。

"等你十七岁了才能买。"

妈妈才刚剪过头发，决定要留刘海，她说，"我也不知道到底该如何选择。"她摸了摸头发，突然哭了起来，我们的周围都是人体模型、裙子、帽子、皮带、货架、衣架和镜子，还有苗条的女售货员来来往往，妈妈哭着说想念自己长发时候的样子，说自己的脑子里还想到了好多东西，一时半会儿也说不清楚，之后，她牵起了我的手，紧紧地握着。我不知道妈妈的手是从什么时候开始颤抖的，不过那一次，在梅西百货里，我第一次注意到她的手在颤抖。梅西百货共有十层楼，我们就这样在某一层楼里站了一会儿，周围都是购物袋和新买的手提箱，我忘了当时是在哪一层楼。母亲牵着我的手。

慢慢地，妈妈的手颤抖得越来越明显了。她因此发不了信息，也无法在电脑上打字，敲不准键盘，每当她喝茶的时候，瓷茶杯就会咯吱作响。

妈妈哭完之后，我们找到了一个吃香蕉船冰淇淋的地方，梅西百货里什么都有，妈妈过去常说，香蕉能够抚慰人心。小时候妈妈教过我怎么做香蕉船，首先要将一根香蕉和一块巧克力放在盘子上，然后把盘子端到太阳底下，或是放在台灯下，巧克力就会开始融化，香蕉就会变得松软温热，这时候，就可以拿个叉子仔细搅拌，要注意的是，巧克力不能完全融化，搅拌的时候也不能太用力，这两点很重要。

　　那天晚些时候，妈妈给我买了件外套，之后决定自己也买件外套，我们让女销售员将我们的旧羊毛衫装进了购物袋里，这样一来，我们就可以马上穿新买的衣服了。两件新外套都是棕色的，穿着有些紧，两边都有口袋，衣服上的翻领十分显眼，肩垫有乌龟那么大。外套的面料密度很大，穿上以后立马觉得黏糊糊的。梅西百货里的电梯坏了，我们只能一直往上走，往上走，感觉走了半天还是在原地，脚下轻飘飘的，只见妈妈脸色通红，"我想我们今天就到这儿吧，别再上下楼了，""天哪，这件外套穿着有些热。"接着，我在一家大型百货商店的镜子里瞥见了我们，梅西百货里到处都是镜子，我们穿着不合身的衣服，像是要去参加舞会，或许看起来就像是两个大男生，像是两兄弟。

　　到了巴黎以后，我失去了方向感。在此之前，我总能确定自己的方位，能画张地图，标注自己身处何处，可到了巴黎，我马上就迷路了，我不会说法语，向一对年轻夫妇问了路，却完全听不懂他们在说什么，只听懂了那个男的不耐烦地用法语说了句"她真笨"，我就在他们面前哭了起来，当时正是黄昏时分，整个星期里，我所记得的事儿都发生在黄昏时分，或是晚上，这对年轻夫妇转身就沿着一条不知名的林荫大道走了，在那之后，我就紧紧地跟着这位摄影师，他对巴黎这座城市了如指掌，还会说一口流利的法语。我第一次和他上了床，事后我吐了。让我觉得恶心的不是他，不是他的身体，也不是我的身体，而是身体接触的那种感觉，那种愉悦，让我觉得恶心的是他轻抚我，亲我，舔我，进入我身体里的方式，我希望他继续下去，也说出了这样的想法，当我感受到高潮时，我被吓到了，高潮来得是那样突然，那样猛烈，像是耻辱，又像是背叛，而他也被吓到了，他笑了笑，并不是在开玩笑，而是因为他自己也没想到会这样。那时候，我的个头还很小，骨瘦如柴，看到我高潮后，他甚至还想再多来几次，再用力点儿，我又一次高潮了，而他也高潮了，他的头发要比我的头发长很多，散落在了我的脸上，像是一千条线，结束之后，他亲了亲我的嘴唇，我搂住了他的脖子，像小女孩一样抱着他。之后，我就开始犯恶心，跑到洗手间里吐了。和他上床让我觉得头晕，和觉得他恶心的时候一样头晕，我不知道事情会是这样。我需要他，随他做什么都行，又觉得他恶心，始终处在这样的循环当中。有一次，他问我在干什么，怎么把自己锁在洗手间锁了这么久，我回答说，我在化妆。我常常在想他有没有听到我呕吐的声音，会不会想知道我为什么呕吐。到巴黎后的第四天，他履行承诺给我拍了照。

* * *

去看，去领会，一切都取决于你站在何处。从前有这样一个人，既是文艺复兴时期的天文学家，又是耶稣会的牧师，名叫乔瓦尼·巴蒂斯塔·利奇奥里，因命名月海、月坑和岩层而闻名：阿姆斯特朗当时登陆月球的地点——静海——就是他命名的。

月球地图是由利奇奥里的同事弗朗西斯科·玛丽亚·格里马尔迪画

的，地图上都是新命名的地名，弗朗西斯科要比利奇奥里年轻。"他们的生活在于命名。"我试着想象出这两个人的画面，想象着他们是谁，又是如何开展自己的工作的。

我想象着他们是朋友，都很有学问——格里马尔迪放弃了自己哲学教授的职位，成为了一名数学教授，因为哲学对他的健康造成了太大的压力——我想象着他们夜以继日工作着的画面，不断地写着，计算着东西，做着实验，创造着，使用着先进的仪器。比如说，格里马尔迪就发明了可以用来测量云层高度的仪器。

可有时候，他们或许只是笔直地蹲上蹲下，凝视着月亮。两人相识多年，都住在博洛尼亚的大学城里，或许各自就安顿在博洛尼亚的什么地方，又或者冒险在城外找到了一处可以静静观月的荒地。他们在工作期间有没有规定要保持安静？站着的时候有没有说话？要是有的话，有没有谈到自己看到了天上的什么东西，有没有谈过其他事情，有没有谈过日常琐事，比如说——额，比如说什么呢？两位十七世纪的耶稣会天文学家之间每天的对话究竟是如何展开的呢？

他们大多数的工作一定都是在晚上进行的，我突然想到，朋友、兄弟、同事、父子之间的对话白天和晚上是不一样的——我不知道两位天文学家如何定义他们之间的关系。

国家航空航天博物馆的入口处就装饰着格里马尔迪画的月球地图复制品，这家博物馆坐落于华盛顿，奥拉还小的时候，我就和他一起去过那儿，不过当时，我们并没有停下来看过那张地图，我甚至都不记得自已看到过那张地图，那天，华盛顿下着雨，我们饥寒交迫，只想着赶紧找个地方取暖，吃点儿东西。

我想知道，这些将一生都献给地图，进行分类和命名的人是不是迟早都会被手头的工作压得喘不过气来——无论他们留意的是天还是地，看着的东西是近还是远。

* * *

伊娃还在上幼儿园的时候，我公公每天都会去周边散步——幼儿园位于一座公园里，这座公园因种着三千棵树而出名——他偶尔会停下脚步，在橡树下休息一会儿，盼望着能看到小伊娃到处乱跑。他始终保持着一定的距离。公公的个子很高，肩膀很宽，满头白发，拄着一根拐杖，存在感十足，在人群中一眼就能认出来，不过，他不爱打扰别人，不想妨碍到任何人。

有一次，公公如往常一样散着步，伊娃抬头看到了他，便对着其他小孩喊道：“瞧！树下站着我爷爷！”

伊娃六岁的时候就吵着要打耳洞，我们早就和她说过，她要到十岁才能打耳洞，可后来，她奶奶去世了，我们就同意她打耳洞了，虽然那时候，她还只有八岁。我父亲去世的时候，伊娃还只有三岁，我公公去世的时候，她是五岁，而我婆婆去世的时候，她八岁，这一次，情况有些紧急，我不知道自己为什么会想到“紧急”这个词，但在她奶奶去世后的那几天，打耳洞这件事儿对于伊娃来说就变得极其重要，耳洞最好在葬礼之前就能打好。我们给附近的一家沙龙打了电话，接电话的是一位名叫利瓦的女士，我和利瓦说，伊娃的奶奶去世了，一周以后便会下葬，听到这一消息后，利瓦说，自己会在葬礼之前就抽空安排伊娃打耳洞，这两件人生大事之间——老妇人的葬礼和小女孩打耳洞——仿佛存在着明显的关联。我和伊娃去买了点儿东西，给她买了一件新上衣和一条新裙子，参加葬礼前往往都要买新衣服，正如普鲁斯特写到的那样，再大的悲哀在试衣服的时候也能化解。几年前，父亲去世的时候，我和我的一个姐姐去了斯德哥尔摩的一家百货商店，想找件葬礼时穿的衣服，我花了很多钱买了一条黑色的天鹅绒裙，私以为爸爸会喜欢这条裙子。我忘了姐姐当时买了什么，她喜欢羊绒和丝绸做的衣服，喜欢软绵绵的东西，可我确实记得我们当时心情很好，试穿了好几条裙子。从那时候起，我再也没穿过天鹅绒裙，因为我穿上去不大好看。我不止一次地从衣橱里掏出过这条裙子，试穿一下，又赶紧脱了下来。婆婆下葬的前一天，我带着伊娃去了利瓦的沙龙，去给伊娃打耳洞，我们往伊娃的耳垂上抹了麻醉霜，正式打耳洞前，至少要提前半个小时把麻醉霜抹上。和伊娃同校的一个女孩子不久前也刚刚打了耳洞，不过她当时没有抹麻醉霜，痛得不得了，捂着耳朵连着哭了好几天，后来伤口还感染了，一只耳朵肿成了另一只耳朵两倍那么大，我说，这故事或许有夸张的成分在。

我和伊娃快到沙龙的时候，伊娃在风中停下了脚步。再穿过一个大型的公共广场就能到了，可她却突然停下了脚步。当时正是秋天，树叶纷纷凋落，她就站在广场的中央，与秋天、秋风和飞旋的落叶融为一体，仿佛栖身于自己的暴风雪里，就在那时候，她说道："我改变主意了。我怕。我不想打耳洞了。"

　　她每天早上醒来后，我们都会花些时间在洗手间的镜子前梳妆打扮，准备好出门工作和上学。我会帮她梳头发，她的头发很难一路梳到底，"哎哟，"她大叫了起来，"妈，别这么梳。"伊娃的头发又细又长，缠在了一块儿，就像是一把稻草苗，梳开后还会缠结。每当她在公共泳池里，头发就会呈现出淡淡的绿色。我把她的头发抓到了一块儿，向后拉紧，有时候，我会弯下腰来，对着镜子看看我们的脸，问她今天要不要把头发扎上去，我说扎上去会很好看的，她摇了摇头，说不要，还是想把头发放下来。天气马上要变冷了，快要下雪了，她的头发也因此变得干硬。今年的秋天一直都很暖和，去年这时候也很暖和，温暖而又阴暗，每天早上都是漆黑一片。我希望很快就会下雪，十一月初，花园里的玫瑰花第二次开放了，窗台上的苍蝇也苏醒了过来，它们以为自己死了，却又醒了过来；窗台上、水槽里的苍蝇原本都躺下等死了，如今却在管道里飞了起来，一只苍蝇孤零零地飞过了各个房间，慢慢悠悠的，发出了嗡嗡声，紧接着，第一支降临节蜡烛就亮了；苍蝇要是会唱歌的话，或许就会唱起自己死后苏醒时，天气有多冷。我和苍蝇说，我们正生活在人类世，以人类的名字命名时代并不是多么光彩的事儿，玫瑰花于十一月开放，昆虫于十二月苏醒。我看着镜子里的伊娃，我们相互看着对方，许多人都说我们俩长得很像，我和伊娃说，她的头发或许该修剪了，她告诉我头发才刚修剪过，之后，她又说：

　　"妈妈，很多人都觉得头发要剪了才能长得快，**这样的观念是错**

误的。"

"我想你也许说得对。"我说道。

有时候，伊娃会走到我的身边，站得很近，试图吸引我的注意力，又或者搂着我的腰，不过，知道我"正忙着"（或是我说的别的什么东西）后，她又会拿开胳膊，"等一下，"我会告诉她，"现在不行。"她便会说"好的"或是别的什么话，我假装在听她说话，其实却想着别的事儿。到了晚上，伊娃脖子上就湿湿的，很可能踢开了身上的羽绒被。丈夫和我各有两条羽绒被，所以她也想要两条羽绒被，虽然盖上两条被子后，她就会热得踢开。家里的狗在地板上躺着，几乎听不到它呼吸的声音。有时候，狗狗会在做梦的时候发出呜咽声，声音特别大，我必须要在房间里喊它的名字才能让它安静下来，它时常会深吸一口气，然后发出哭声，就像是哭过一场的婴儿。狗狗就睡在我床边的羊皮地毯上，它已然步入中年，大概还剩下六年或是七年的寿命。它从来都不知道做一条狗意味着什么，总在猜测。我丈夫和我也像这条狗一样，不知道怎样才能做自己，做人永远都是个猜谜游戏。家里的这条狗常常会让我们想到别的动物，一只海豹、一匹小黑马、一只羊——这或许是因为它在刚出生的那一年里，曾在哈马尔斯的羊群中自由地奔跑吧。有一次，丈夫说这条狗长得像澳大利亚的鸭嘴兽。狗狗在沙发上缩成一团的时候，看上去就像是一只巨型蜗牛，小小的脑袋上长着大大的嘴巴和鼻子。它喜欢我用手指在它身上轻轻划动。吃东西的时候，它会先和饭碗保持一定的距离，之后，要是觉得没人看着，就会迅速开动，一次只吃上一小口，仿佛不想让我们看到它吃东西。它的耳朵非常柔软，很有光泽，就像是珍贵的布料，让我想起了自己参加葬礼时穿的那条黑色裙子，那条父亲会喜欢的裙子。我之所以觉得父亲会喜欢，是因为那条裙子能凸显出我的身材，与此同时，父亲本人大概会用"经典"一词来形容它。一九八〇年前后，那时候，父亲还在世，我还是个小女孩，坐飞机到慕尼黑去看望母亲和父亲，两个人在同一个房间里，妈妈穿着低胸的丝绸裙，裙子很长，是蓝色的，她的头发也很长，也是蓝色的，至少在我的印象中是这样的——蓝色——仿佛有人在天花板上装了蓝光灯泡，把母亲放到了灯泡的正下方，爸爸开门的时候，指着妈妈的低胸领，轻声说道，"我的天哪，真希望你穿的不是这条裙子。"

父亲不喜欢狗，看到狗就害怕，至少他是这么说的，不过，父亲和母亲住在一起的时候，两人养了条腊肠犬。分居后，由母亲抚养我，父亲来养狗。父亲说自己不喜欢动物，可接着就会没完没了地说起哈马尔斯的动物，说到兔子和鸟类。

伊娃每天醒来都会记得和家里的狗说声早上好，起床后，她会绕着床走，躺到地板上，把狗狗搂在怀里。这是她每天早上做的第一件事儿，在那之后，她就会梦游似的走到洗手间里，走进淋浴间，开始放水，头顶着花砖墙，一动也不动，让人难以接近，淋浴器里的水涌了出来，我喊她名字的时候，她都没有把头抬起来，也没有睁开眼睛，而是站着睡着了，就像一匹马驹。我说道：

"赶快睁开眼睛，拿起肥皂，动作快点儿，"没过多久，我又说，"别洗了，该下楼吃早饭了。"

要我说，伊娃是个小心谨慎的人，她自己也这么觉得。有时候，她会摆出一副令我困惑的表情，看上去完全像是另一个人，和小时候一模一样，这副表情不断控制着她，她虽然很快就会放下这副表情，或者说这副表情会弃她而去，但它却会伴随她一辈子。

* * *

我和爸爸原本要合著的书没有了进展。我录下了六段长对话，音频时而清晰，时而模糊，之后，爸爸就丧失了理智（我不知道此处用"丧失"一词恰不恰当），没办法继续录音了，后来，他就去世了，我最多只能听五分钟的录音，再多就听不下去了，再后来，我忘了把录音机放哪儿了，我为此感到羞愧，为没把东西留住而感到羞愧，将来，我想另写一本书，写一本关于那年夏天，关于他和我，关于一对父女，关于全天下父女，关于一个老男人，关于一个地方的书，有时候，我觉得更让自己感到惋惜的是那个地方而不是人——是东西，是石子，是那些奇形怪状的松树下的影子。

父亲还在世的时候，他的卧室里从来没有过蝴蝶。可那时候，他至少还活着。后来，房间里有了蝴蝶。他活着躺在床上，盯着天花板看。我不知道他有没有注意到蝴蝶，但他还活着。

我是不是从那年夏天起，想到父亲的时候就开始用上了过去时呢？

家里规定：房间里不能有昆虫。父亲一向对窗户很是讲究，窗户一定要一直关着。小时候，我在哈马尔斯有自己的房间，我会从自己的房间一路跑到父亲的房间里，在他和英格丽德之间缩成一团。还是那个房间，那张床，那条淡黄色床单，那扇窗户，那几棵树，那些石头，那片海。

蝴蝶在墙上停靠着。我躺在床上，躺在父亲的身旁，盯着天花板看。

有时候，父亲会告诉我自己在哪儿。我们没怎么说话，但他偶尔还是会说上几句。那时候，我已经很久没用磁带录过东西了。这些蝴蝶让我想到了雪，想到了雪留下的污渍，想到了脏兮兮的雪，想到了不会融化的雪，想到了其他雪都融化了的时候依旧堆积在路旁的雪，想到了四月的雪，想到了五月的雪，想到了不愿消失的雪，想到了成堆的雪，想到了包着无数灰尘、砂砾和废气的雪，还想到了留下人类脚印和动物粪便的雪。我甚至都不知道自己盯着看的究竟是不是蝴蝶，它们又黑又丑，或许是某种飞蛾，不过又比飞蛾要重，更加敦实，翅膀很大，上面没有图案。

* * *

我有一位朋友也失去了自己的父亲，她曾说过，时间会冲淡一切。就好比自己怀了孕，走到哪儿都能看到其他孕妇，你会刻意寻找，轻轻地和她们打声招呼，感到彼此之间有种姐妹情谊，换作失去了父亲，你就会开始寻找其他同样失去了父亲的人，会去看丧父或丧母的作家所写的文章和书籍，不过，要是让我即兴报出几个这类作家的名字，那么，我报出来的作家里，写亡父的人会比写亡母的多。我不知道要如何悼念父亲，觉得自己或许一直以来都做错了，不仅仅是在他去世的时候做错了，在他去世后的那些年里也都做错了。因此，我看了无数本书，都是丧父、丧母或是痛失双亲的作家写的书，之后又看了许多丧偶作家写的书，有关亡故和各类哀悼的书籍怎么也看不够。

一八九五年，小伊凡（又叫瓦尼亚或万涅奇卡）死于猩红热，此后两年的时间里，他的母亲再也没有写过日记。

伊凡去世之前，她还看着自己的儿子，写下了那些喧嚣的夜晚，儿子出现康复的迹象时，她还写下了内心的愉悦和欣慰，又写了好多则日记，记录日常活动和每日担忧，后来，她儿子的病情突然复发，去世了。

这位母亲名叫索菲亚·别尔斯，父亲是列夫·托尔斯泰。托尔斯泰没有停过记日记，反而提到了自行车。他时年六十七岁，从来没骑过自行车，更没有过自己的自行车。如今，他老会写到自己的那辆新自行车，一则又一则的日记都和自行车有关，列举了许多道德层面的理由，说明他为什么要给自己买辆自行车，很有说服力，还引用了 L. K. 波波夫《锻炼身体·骑脚踏车相关科普》一书中的话。

契诃夫到托尔斯泰心爱的亚斯纳亚波利亚纳庄园里拜访时，托尔斯泰提议一同到河里游泳，可契诃夫并不愿意。他虽然对托尔斯泰敬佩有加，但还不至于想和托尔斯泰一起游泳，这一点不难理解。

托尔斯泰有一张照片就是在自己的新自行车旁拍的。照片里还有索菲亚，她穿着一条黑色的裙子，脸上的表情令人捉摸不透。是因为丧子而悲痛吗？还是对她丈夫不抱任何希望了？她极力想要平静下来，做好自己。我想到了她空白两年的日记。沉默了两年。两年的时间里一事无成。照片里，托尔斯泰一身的白色，穿着宽松的白色亚麻衬衫或是长袍，戴着顶小小的白色遮阳帽，满脸的白胡子，看上去有点儿生气。他紧紧地抓着自己的自行车，或许心存忧虑。

托尔斯泰和自行车的这张照片让我想起了父亲。看着一样东西，会想到另一样东西。

托尔斯泰长得并不像我父亲，只是和父亲一样，都具备了风烛残年之人共有的特征。我父亲没有胡子，至少没有托尔斯泰那样满脸的白胡子，除此之外，每天早上，父亲虽然都会裸着身子到那冰冷的游泳池里游泳，但他喜欢一个人游。

我看着这张照片，让我想到父亲的不是别的，正是那辆自行车。

父亲骑在他那辆大大的女式红色自行车上。

一九一〇年，托尔斯泰在他生命最后的日子里选择了离家出走，给妻子索菲亚留下了这样的便条："我所做的只是我这把年纪的老人往往都会做的事情：告别尘世纷扰，于孤寂之中度过余生。"

爸爸虽然也想于孤寂之中度过余生，却从来没留过那样的便条。然而，事情并没有完全按照他的计划进展。尘世的纷扰自始至终都存在，只是和托尔斯泰所经历的不太一样。爸爸希望自己能安详地死去，家里都整理好了，还做了必要的安排，可一切都事与愿违。爸爸去世后，我在他书房的墙上发现了两张黄色的便条纸，便条纸就藏在门后，在那儿贴了很久，上面是手写的字。我拿下了便条纸，底下松木的颜色要淡一些。

左边的纸条上写着：

"落入永生神之手何等可怕。但人只有这样才能赎罪。"

右边的纸条上写着：

"或许我们穷极一生所要寻找的，是世间最大的不幸，只有找到它，才能在死之前活成真正的自己。

——赛琳"

* * *

一九九八年十二月二十四日，我醒来的时候，天正下着雪，当时住在索尔根弗里街上的公寓里，雪花飘进了空荡荡的房间，我跑着去赶机场大巴的时候下着雪，飞机从奥斯陆起飞前往斯德哥尔摩的时候，也下着雪。

我和爸爸准备一起庆祝平安夜，为此，他列了这样的计划：

下午三点：	你到达卡拉普兰的公寓。
下午三点半：	我们步行前往位于奥斯特马尔斯塔哥的海德维格·埃莱奥诺拉教堂，你爷爷埃里克·伯格曼就是在那儿做了三十年的牧师。
下午四点：	圣诞弥撒。

晚上六点:	晚餐时间。肉丸子。你要是想，可以喝点儿葡萄酒。
晚上六点半至十点半:	坐着。
晚上十点半:	结束。

那年，我三十二岁，离了婚。儿子和他父亲过圣诞节去了，留我独自一人。在那之前，我从来没有一个人过过圣诞节。或许我可以吃片安眠药，一觉睡过去？又或者去做礼拜？可到时候，没多少店还开着，熬不过漫漫长夜。父亲那年八十岁，是个鳏夫。是父亲在几年之后决定不写书了，而是要一起过圣诞节。写书是一项工作，"工作"一词本身就具备合法性。一起过圣诞节则完全不属于工作的范畴。

每逢圣诞节，人们就站在窗边，盛装出席，准备好食物，点亮圣诞树，然后能和站在身边的人说："看！这是我的小家庭。"

一个星期之前，爸爸和我通了电话，两人在通话中偶然发现了彼此都很孤单。至少那时候，我是这么想的。我想着：我们要一起过平安夜。可这条思路哪儿出了点问题。英格丽德还在世的时候，爸爸就不愿参加任何庆祝圣诞节的活动，因此，英格丽德就做了两份炖菜，写下了怎么把菜重新加热的说明后，就和子辈孙辈过节去了。英格丽德去世后，爸爸依旧是一个人过平安夜。所以，我们各自的孤单或许并不是我之前想的那样"偶然发现"的。他不需要我。而我却需要他。于是，他就说："来斯德哥尔摩吧。"

我对圣诞节最初的记忆是这样的：那时候，我还只有十八个月大，因此，说记忆其实是在撒谎，这一切肯定是谁告诉我的，一定是有人和我说过：你爸不想过圣诞节，他拒绝参加任何圣诞派对，不要圣诞节礼物，不要圣诞饼干，不要圣诞树，不要圣诞装饰物，也不要圣诞蜡烛。对此，你妈很是绝望。那是他们俩有了孩子以后一起过的第一个圣诞节。你妈还很年轻，和你爸住在哈马尔斯，与世隔绝。那天下着雪，天色昏暗，家里由你爸说了算。可你妈想过圣诞节，不想假装平安夜只是平常的一天。孩子就在身边，他们至少也该为了孩子将就将就过个节。事实上，孩子还太小，不懂平安夜和其他日子有什么区别，这就完全是另一回事儿了。你爸工作的时候，要求家里保持绝对安静，因此，他没注意到你妈带着孩子开车去了商店，去买蜡烛。商店离你家很远。往返于法罗岛和福勒松德之间的渡船每班间隔一个小时。那天是一九六七年的平安夜。你妈在商店里买了满满一购物车的蜡烛，或许是整整两车，反正买了许多蜡烛。漂亮的玻璃烛筒里装着白色的粗蜡烛。你妈还买了德国泡菜罐头，冻火腿（她当时没意识到这是冰冻的）和芥末酱。她之后就开车回到了家里。你爸依旧忙于工作，关着书房的门，你妈轻轻地走遍了各个房间，把蜡烛放到了窗台和桌面上，放进了客厅和厨房，在外面的雪地里也插上了蜡烛，那时候，天空已然一片漆黑，但落雪照亮了一切，你妈放好所有的蜡烛后，觉得自己就像是走进了童话故事里。她并不知道自己买的蜡烛是祭奠用的，你爸那晚或许也没和她说过这事儿。她挑了店里最好看的蜡烛，不知道这些蜡烛是用来祭奠死者的。你爸最终走出了书房，不是要过圣诞节，而是准备吃晚饭，这时候，无论他走到哪个房间，或是外面的雪地里，眼前都闪烁着祭奠用的蜡烛。

厨房的餐桌中间放着条滴着水的冻火腿，有人的头那么大。

　　我到父亲在卡拉普兰的公寓时，我们俩都很着急，像母鸡似的在窄窄的走廊上摇摆徘徊。我脱下了外套，父亲把外套挂到了衣帽架上，我坐到了椅子上，开始脱鞋，这时候，父亲说道："可我们马上就得出发去参加圣诞弥撒了，我是说，你可以不用脱鞋了。"我回应道："嗯，有道理。"又把鞋子穿了回去，站了起来，去拿衣帽架上的外套，可父亲接着又说："不过我们还有二十分钟才出发，你可以把外套先脱掉，到里面坐会儿。"

　　当时，外面没在下雪了，可二十分钟后，当我们在走廊上穿外套的时候——这回是真的要出发了——外面又飘起了一阵鹅毛大雪。

　　"下雪了。"我指着窗外说道。

　　"是啊，下了一整天了。"

　　父亲打开了走廊里的衣橱，拿出了一件绿色的羊毛大衣和一顶绿色的羊毛帽。我穿了外套和一双羊毛连裤袜，戴上了一顶帽子。接着，我们坐到两张一模一样的硬背椅上，开始穿鞋子。我们从没像那样穿着鞋子坐在一起过。在哈马尔斯，夏天的时候，鞋子在进门之前自己就会从脚上滑出来。我有一双高跟鞋，每次都要挤着才能穿进去。父亲穿好自己的鞋子和套鞋的时候，我还只穿上了右脚的鞋子。我继续将左脚往鞋子里塞的时候，他就在椅子上坐着，在一旁看着。过了一会儿，他说："天哪，你为什么要在这种天气穿高跟鞋啊？"

我们准备好要出发了，乘电梯下了楼，走到了雪中。外面，天开始黑了，不过路灯都亮了，每家每户的窗户里也透出了灯光。我一眼就能看到装饰好的圣诞树，还有为平安夜做着准备的所有人。我看着一家又一家的窗户里，发现斯德哥尔摩的圣诞树竟然要比奥斯陆的圣诞树大很多，或许只是看上去要大很多，因为我们是在窗外，而其他人都在室内。我沿着这些宽阔而又昏暗的街道走着，走着，周围都是这座城市老旧的公寓大楼，父亲就走在我的身旁，雪花落在了他的身上。我们迈着同样的步伐，他不需要等我跟上，我也不需要等他跟上，我穿着高跟鞋，他拄着拐杖，但我们走得很快，脚步声很轻，雪花落在了他的羊毛大衣和帽子上，绿色裹上了银装。快到教堂的时候，父亲轻轻地摸了摸我的脸颊，像是要小心翼翼地将我叫醒，他用手指着什么，说着话，这就到了，教堂很大，是黄色的，宏伟的穹顶周围飘着雪花。

　　"海德维格·埃莱奥诺拉教堂里有三口钟，"父亲说道，"分别是小号钟，中号钟和大号钟，大号钟的重量将近五吨，是在哈姆雷特的故乡铸造的。"

　　"也就是在赫尔辛格。"

　　"对，就是赫尔辛格，是一六三九年为克伦堡宫铸造的。"

　　之后，父亲沉默了下来。我想知道他愿不愿意说说有关他父亲的事儿，说说那位海德维格·埃莱奥诺拉教堂的前任牧师？愿不愿意说说他自己，说说那个叫普的男孩的事儿？我想他并不愿意，现在不是说这些事儿的时候。他说："十分钟后弥撒才开始，我们有足够的时间脱掉外套，让眼睛适应光线。"

我转身面向了父亲，轻轻擦去了他肩上的雪花。这时候，外面几乎一片漆黑。父亲对这些街道，这个地方，这座教堂和这下雪天都很熟悉。而对于我来说，一切都很新奇。在此之前，我们从来都没有沿着这些街道走过，我也从来没有见过雪中的父亲。

　　回家后，我们吃了肉丸子煮土豆，还有一份蔬菜沙拉。一个星期里，有那么几天都是由一个叫M的女人来照顾父亲。她来做饭、打扫卫生、买东西、洗衣服和熨衣服。父亲和M很合得来，M要比父亲年轻十岁，她烧的菜都很好吃，为人守时，不动声色。父亲要是没有了她该怎么活呀？我们在教堂里的时候，M就自己进厨房里准备晚饭。她摆好了餐桌，为我拿出了葡萄酒。看到一切正常，我们都就座后，她说，"拜拜，圣诞节快乐"，我们也说"圣诞节快乐"，接着，她说自己很期待和她的子辈和孙辈一起过节，父亲就说，"好像昨天才是圣诞节，我们都在这儿了，都在这儿了。"她告诉我们，从我父亲家到她女儿家只用走几步路，不过她现在要赶紧出发了，我们又说了一遍圣诞节快乐，父亲说，"穿暖和点，外面在下雪，可别感冒了。"

　　雪下了一整夜。客厅里，落地式大摆钟每到整点便会敲上两下。我记得自己告诉过父亲，在我的眼里，圣诞节就是孩子们的节日。父亲则说，在他的眼里，圣诞节就是满满的回忆。因此，我们在教堂的时候都希望自己在别的地方，希望能及时回家。后来，我突然想到自己真笨，就这样干坐在那儿希望自己在别的地方，那毕竟是我唯一一次和父亲一起过圣诞节啊。那天之后，直到父亲忘掉一切，我们常常会自嘲，笑我们当时有多傻，笑那几个小时是怎么熬过来的。当时，我们预约了十点半的出租车，可两个人都没胆量在七点的时候，在八点的时候，或是在九点的时候就取消原计划，说，"额，今晚就到这儿吧？"

我记得当时觉得自己很孤单，父亲也很孤单，两人心里都充满了渴望，但渴望的不是彼此的相伴。如今，我很少会想到这些，只是时常会想起和父亲走在雪中的情景，想起父亲抚摸着我的脸颊，指着雪中的教堂穹顶，对我说："看，宝贝，我们就要到了。"

* * *

他：我一点儿也不确定……我必须要问……我必须要问……今天家里有个女人在这儿工作，进进出出的，她叫什么名字来着？

她：她叫安·玛丽。

他：对，安·玛丽。我喜欢她。她的嗓音很美……她是个歌剧演唱家，这你知道吧？

她：嗯，我知道。

他：但不管怎么样，我要叫安·玛丽进来看看我的……那到底叫什么……？

她：看看你的本子？你的记事本？你是不是想说这个？是不是想叫安·玛丽到这儿来帮你看看你的记事本？看看你书桌上的记事本？

他：对……我在本子里写了东西……你也在本子里写了东西……你在上面写过自己的名字，我也在上面写过自己的名字，我们还写下了很多时间……嗯……虽然我坐在这儿……准时坐在这儿……等你过来，却发现自己必须要问……她叫什么名字？

她：安·玛丽。

他抓着两边的扶手，想从轮椅上起来。他发出了一声呻吟，又坐了回去。

他：我做不到，离不开这张轮椅。

他试着推动车轮。

他：我都没机会好好学学这要怎么做……我好可怜啊。

她：不是的，爸爸，别这么说。

他：我走不了路，也看不见东西。

他把手放在腿上，很长时间都没有说话。

他：太难受了，太让人不安了，丢脸死了，知道吧？我发现自己的周围全是道具……我走啊，走啊，然后发现自己的周围全是支撑物，或者总在同一个角度被镜头捕捉到……总是同样的支撑物，做的总是这些梦……才刚开始我就知道要发生了……知道吧？……可到那时，就已经来不及了，逃不出去了……我不想再这样了。

她：我小的时候，你会问我做了什么梦，之后会让我坐下，告诉我这些梦都是什么意思。假如你能够暂时置身事外，又会怎么和自己解释这些天天缠着你的梦呢？

他：你没在听我说话！宝贝！你我看待事物的方式完全不一样，看待……你有你妈的……也有我的……我有……我不知道那是什么……

他看着唱盘，但没有往上面放唱片。

他：我已经完全**陷入**了系列梦境，怎么逃也逃不出来，没有半点乐趣可言，我不喜欢自己做的梦，一个也不喜欢。这个……这些梦都和现实没有一点儿关系。

她：额，那对于你来说，这些天来，什么才是现实？

他：你就是现实。

她：没错，我是真实的。

他：你来之前，我就在这儿坐了二十分钟，完全准备好要工作了，可我接着就开始担心自己有没有不小心给你打了电话，取消了这次安排，担心你根本就不会来……之后我不得不叫了……？

她：安·玛丽。

他：对，安·玛丽……叫她推我去书桌那儿，这样我就可以看看自己的记事本了。我当时特别开心，以为是一个梦，或是不确定的什么东西，实际上却很清楚……之后，外面就传来了你的声音。谢天谢地。你和我都在这儿。嗯，事情就是这样。

他握住她的手。

她：我的手很冰。

他搓了搓她的手，身体前倾，将自己的额头贴到了她的额头上。

他：我的鼻子很冰。

她：嗯，是冰的，这是个好兆头。

他又靠回了椅背上。

他：是吗？

她：是的，至少对猫狗来说，鼻子冰是个好兆头。

她用手摸了摸他的额头。

她：你的额头不烫，不过也不冰，没有发烧。

他：嗯，我觉得自己非常健康，现在就能开始工作了。

* * *

这儿也下起了雪。我望向了窗外，外面已是大雪纷飞，这样一来，再过两个小时，我叫伊娃起床的时候就很容易了，只需要轻轻对她说："该起床啦，外面下雪了，"她就会从床上蹦起来，亲眼去看刚刚飘下来的雪花。

我上楼躺在了丈夫和女儿身边。

"你去哪儿了？"丈夫在床的那头轻轻问道。

我们之间躺着伊娃，她的个头虽然是最小的，却占了床上大部分的空间。

"刚刚在楼下。听录音。"

"外面已经在下雪了。"

"我知道。"

伊娃动了动。

"我想睡觉，"她说，"妈妈，天还没亮呢，你得保持安静。"

"可我说话的声音已经很轻了。"我轻声说道。

伊娃的呼吸要比我和丈夫的急促，声音更轻，比较顺畅，我摸了摸她的额头，感受到了温度。她的头发很粗，又很柔软，缠在了一起，黏乎乎的，手感有如糖粉从指间划过，她在留长发，她说，自己的头发留得永远都不够长。

我拨开了她脸上的头发，亲了亲她的脸颊。

伊娃已经在床上缩成了一团，就像是一枚小小的贝壳。

第六章　吉格舞曲

"留下所有往事只会徒增烦恼。"

——摘自斯万的遗言

扶灵人一辈子都生活在法罗岛上。他们是这座岛的长老。父亲也想成为一名法罗岛长老，他逐个拜访了这些扶灵人，问他们："我死了以后，你愿意把我的棺材抬到墓地去吗?"

父亲不断地回想起他所谓的结局，可我不知道他所说的"结局"指的是他身体还健朗之时，自我放逐于哈马尔斯，开着自己的吉普车到处飞驰的晚年时光，还是他一只眼睛看不见东西，躺在病床上，在轮椅上度过的生命中最后那六个月，还是他迈向死亡的过程本身以及死后的葬礼。葬礼是人生最后的篇章，也是最后的一场演出，和其他所有的事物一样，都经过了精心策划。父亲写下了自己的遗嘱，并作了修改。他找好了一处墓地，独自一人在法罗岛上的教堂墓地周围到处转悠，和教堂司事谈论埋葬在树下或是石墙内的利弊，自己的墓地是被他人的坟墓包围着好，还是独自设在角落里好。父亲想在死后马上躺到英格丽德的身边，开始办理相关的手续，获准将英格丽德的墓地从瑞典别处迁过来。他交代过牧师主持葬礼的时候该说什么，不该说什么——牧师头上常常装饰着一朵红色的玫瑰花。父亲坚决要牧师做好自己的布道，不要"另起炉灶"，每当演员在演出过程中没有按父亲说的去做，开始即兴表演的时候，父亲就会叫他们不要"另起炉灶"。许多原因都可能会导致演员想要"另起炉灶"——或许是为了博观众一笑，为了赚人眼泪，为了赢得喜爱，或只是为了博得更多的掌声；父亲曾经取消了莫里哀的一部作品的制作，因为他广受好评的阿尔切斯特一角想要"另起炉灶"，这样一来，他就只好取消了庆祝活动。

父亲认识几个当地的木匠，直到他生命之末，哈马尔斯的房子还在扩建，长度增加，高度不变，一头是书房，另一头是静音室。"静音室"是我的叫法，父亲管它叫"冥想室"，这是父亲决定搭建的最后一个房间，也是家里最小的房间，就像是一个木箱子，窗户面朝大海，房间里铺着一张折叠床，放着一支蜡烛和一台收音机。父亲还不需要轮椅的时候，晚上一旦睡不着觉就会到这个房间里来，点亮蜡烛。

父亲在他八十四岁那年搬来了哈马尔斯，从此再也没离开过，不再拍电影，也不再写剧本。他要卖掉斯德哥尔摩卡拉普兰的公寓，住进哈马尔斯的房子里，一直住到他生命的最后一刻，他会在家里听听唱片，望着四季更替。这就是他的计划。他和房子之间有一项协议。"你完成手里的任务后，就一个人到这儿来，该是什么样就是什么样，到我里面来，与世隔绝。"到了冬天，法罗岛才会露出自己的真面目。这川的冬天一片漆黑，万籁俱寂。所有红色的东西面对着自己的颜色都羞红了脸，直到冬日的银光下，罂粟花不见了，火红的朝霞没落了，就连红色的吉普车和红色的自行车也渐渐消失了，一切红色都慢慢褪去。吉普车就停在屋前高高的松树下，自行车则停在车棚里。到了早上，吉普车和自行车都结上了厚厚的霜——要是下过雪的话，还会覆盖着积雪。当父亲打开门，走出屋外的时候，眼前的一切都是白茫茫的。

父亲不再天天去丹巴的电影院看电影了，他没去丹巴的时候，或许会花上一下午的时间坐渡船去福勒松德买报纸。有时候，他在外面开着车，要是渡轮离港的时间还没到，就不会在教堂那儿左拐开向码头，而是右拐开往萨德桑德海滩，路上会经过一家旧商店。多年以前，父亲在卡尔伯加买了一套房子，离萨德桑德海滩不远，那套房子大概是他所有房子里最好看的，是一间农舍，由白色的石灰石堆砌而成，带有一个郁郁葱葱的花园和大仓库。英格丽德去世后不久，父亲就把那套房子卖掉了。如今，他或许正想着要开往卡尔伯加，去看看那套房子。

　　那套房子的仓库很大，天花板很高，里头一片漆黑，从上到下都堆满了东西，大多是电影道具。桌上叠着沙发，沙发上叠着椅子，椅子下面还放着床，上面放着地毯。很久以前的一天，英格丽德带我到那儿去过。她开着仓库的门，炽热的阳光照在了所有的东西上。我周围的一切都散发着热气，这些废弃的家具就像是被囚禁的动物，焦躁不安，开始掀起波澜。英格丽德当时在找一盏床头灯，发现这盏灯莫名其妙地夹在一张桌子和一个床垫之间，那是一盏铜灯，灯杆又细又长，黄色的灯罩是陶瓷做的，不知道是什么时候生产的。灯罩里住着十几只蜜蜂，这会儿都涌向了门外。英格丽德往后拽床头灯的时候，灯从她的手上掉了下来。"噢，天哪。"她虽然没有被蜜蜂蜇到，却大叫了一声。接着，她将头发扎成了一个结，弯腰捡起了床头灯的碎片。

一路上，父亲经过了小学和幼儿园。这家小学马上就要停办了，法罗岛的人口一年比一年少，不过幼儿园还能再多坚持一段时间——孩子们每天下午都会聚集在窗边，等着父母来接。趁着暮色，父亲隐约能看到窗户里这些孩子的面孔，一扇窗户里有三张脸，另一扇窗户里有两张脸。这家小学建在一座低矮的石灰石建筑里。眼下刚过三点钟。孩子们很是失望，一听到引擎的嗡嗡声，他们就知道父亲开来的这辆车不是自己要等的，即便是在关着窗户的室内，他们也能分辨出不同汽车发出的不同声音，在看到吉普车奔驰而过之前就知道车声不对，不是自己要等的车。那个老人戴着蝙蝠翼形的墨镜，没有向孩子们招手。他直视着前方的道路。路灯在荒野上静静地矗立着，没有抬头看，也没有咔咔叫，一动也不动，看起来像是在那儿矗立了千年，并且会继续这样矗立下去。只有最笨的游客才会觉得法罗岛之所以叫法罗岛（Fårö）是因为岛上有许多羊（在瑞典语中，"får"就是羊的意思）。法罗岛的原名叫"法罗欧岛"（Farøø），"Farøø"一词的词根是"far"，即前行（fare）的意思。而此时，想成为一名法罗岛长老的我的父亲正沿着主干道前行，心里想着自己先去卡尔伯加，再在三点半前回渡船码头的时间够不够，他看了看仪表板的时间，现在是三点十分，不行，他这样是赶不回码头的，他踩下了刹车，倒车后调头，匆匆开着吉普车原路返回，途中又经过了幼儿园，又看到了窗户里那一张张苍白的面孔，又经过了教堂、旧商店、荒野和风车房，一路开向了道路的尽头。到了渡船码头后，父亲跟前出现了一个大大的黄色指示牌，上面写着黑色的粗体字：**"凡运输危险物品的机动车驾驶员，登船前均须联系渡船船长。"**父亲不知道的是，小时候，我躺在自己印花墙纸的卧室的床上，列出了统治世界的人员名单，并给这些统治者划分了等级，其中，父亲名列前茅，但"渡船船长"更在他之上。

父亲及时赶到了码头，时间是三点二十八分。他放慢了车速。路障升起，父亲把车开到了跳板上。船桥上，只见船夫戴着防水帽，穿着油布雨衣，挥了挥手。

二〇〇五年四月，父亲独自一人坐在录像室的大电视机前，看着罗马教皇若望·保禄二世的葬礼。

电视里念着的《圣经》章节，父亲早已牢记在心。

"我实实在在地告诉你，你年少的时候，曾自己绑上腰带，随意往来；但到了年老之时，你会伸出手来，别人会把你绑着，带你到你不愿去的地方。"[1]

父亲越来越瘦了，因此，他拿了一条绳子，绑在自己身上，以免裤子滑落。他过着独居的生活，几乎不吃什么东西，早餐只吃一片吐司，喝一杯茶，午餐只喝脱脂牛奶，晚餐只吃一片肉或是一块鱼，不放任何调味料，也不吃任何蔬菜。每天都会有个女人来为父亲做饭，帮忙收拾东西、洗熨衣服。慢慢地，来照顾父亲的女人越来越多。塞西莉亚每周都会来家里好几次，负责雇用新帮手。父亲从来都不太在乎食物。在他眼里，食物是所有麻烦和肚子疼的罪魁祸首。葡萄酒也一样。晚餐的时

1 出自《圣经·约翰福音》第21章第18节。

候或许可以喝一杯啤酒。窗户必须要紧闭，会引起肚子疼的食物一定不要吃，葡萄酒不好喝，还会导致头痛，任何东西都不能过量，每天都要遵循严格的作息时间表。

"我不得不把绳子绑在自己身上，这样我的裤子才不会掉，"父亲在电话里说道，"不过这样一来，我至少绑上了腰带。"

若望·保禄二世的葬礼十分隆重，送葬的队伍声势浩大，画面中出现了奢华的壁毯，鲜红色的长袍，还有白色的帽子，这些色彩让父亲想到了他拍过的一部电影，那部电影里出现过红色的房间和白衣女子。"有时候，"很久以前，父亲在他的一本笔记本里这样写道，"我的脑海中会不由自主地再度浮现出一幅幅画面，可我又不知道这些画面想从我这儿得到什么。之后，这些画面便会消失，而后又会重现，每次出现的方式都一模一样。画面里有四位白衣女子和一个红色的房间。这些女子到处走动，相互说着悄悄话，看起来非常神秘。"父亲的注意力回到了电视屏幕上。教皇下葬时，人人都知道该做什么。一切都是事先安排好的，没有即兴一说。葬礼的编排对称而又精妙。父亲想到了自己执导的最后几部舞台剧，想到了《厌世者》，还想到了《冬天的故事》。他想念电影院，想念那群演员，想念早上起床，晚上睡下，以及在此期间上着班的那段时光。那时候可比这会儿快乐多了。如今，父亲八十六岁了，今年夏天就要八十七岁了，有时候，他不知道自己是不是将独处看得太过重要。或许，他应该搬回斯德哥尔摩，放弃自我放逐的生活，写上一部剧本，导演一场戏，或至少去听听音乐会，混迹在音乐家当中。父亲盯着教皇的棺材看，在那样的排场和情形下，棺材却只是个简简单单的木箱子。

父亲对自己说，"我也想要一个那样的棺材。"几天之后，他便爬上了自己的吉普车，去斯利特见一位老朋友，是个木匠。"朋友"一词只是从最广泛的意义上来讲的，这位木匠其实只是父亲的一个"熟人"，如今，父亲的身边都是些斯特林堡所说的"冷漠的熟人"，都是些你步行或开车经过的时候能认出来并点点头的人，这些人都和你一样，不想有任何亲密之举。这正是父亲想要的，这就是他的计划。他不想任何人打扰，想在自己的房子里到处走动，不和任何人说任何话。但教皇下葬后的几天里，天气暖和了一些，当时正是春天，父亲感到异常兴奋和焦躁。他去拜访了住在斯利特的这位木匠，给木匠看了许多剪报和照片，开始说明来意。木匠喝了一小口咖啡——没加糖的黑咖啡，没说什么话，任由父亲讲着正事。父亲想喝的不是咖啡，而是他面前的矿泉水。木匠弯下腰看了看照片。正是教皇的棺材照。父亲说，那只是个简简单单的木箱子，没有任何装饰。木匠轻轻地叹了口气，几乎听不到声音，说道，"额，让我想想。"他喝完了咖啡，站了起来，掏出一个记事本和一支铅笔，又坐了回去，画出了一个棺材的轮廓，"我们这片儿没有柏树，"他嘟囔着，没等父亲回应又说道，"棺木只好用普通的松树或是云杉来做。"接着，他便把记事本推向了桌子的另一边，给父亲看。父亲弯下腰仔细地看了看木匠画的草图，点了点头。

"没错，"他说道，又把记事本推到了木匠那侧，"我想要的就是这样的。"

哈马尔斯的房子里没有楼梯，在父亲生命最后的时光里，家里也没有门槛。父亲离不开轮椅后，塞西莉亚拆去了家里所有的门槛，这样一来，至少从理论上来说，父亲就可以行动自如，在各个房间里穿梭了。

父亲不喜欢轮椅，不知道怎么才能熟练操作，移动自如。

他想念自己穿着那双粉笔白的运动鞋在沙滩上散步，或是骑着自行车穿越森林的时光。

他想念那辆红色的吉普车，想念脚踩油门后，车子在狭窄的道路上飞驰而过的声音，开车从哈马尔斯到丹巴去看电影，从哈马尔斯到教堂去为英格丽德点支蜡烛，或是从哈马尔斯到渡船码头去福勒松德买报纸。

在生命最后的时光里，父亲忘了要怎么表达"失去"，再没说过"我想念这个"或是"我渴望那个"，他对吉普车、自行车还有运动鞋的想念都只是我的猜测罢了。我所说的"父亲生命最后的时光"，指的是夏天父亲在世的最后几个星期。那时候，父亲的几个子女就在哈马尔斯，我们会轮流和他说说话，但我没再把我们之间的对话录进磁带里。父亲也忘了要怎么表达"磁带""工作"和"孩子"这样的概念了。

在我们录下的倒数第二段音频里——当时是春天——父亲不知道该不该去找到自己的运动鞋和吉普车，然后去旅行。哈马尔斯是他这辈子梦寐以求要去的地方。要能到那儿去该多好啊。不用每年秋天都收拾行李回到斯德哥尔摩或是慕尼黑。就在那儿待着。不过，他既然好不容易在这儿了，又觉得自己或许想离开，或许想回到斯德哥尔摩。

父亲不喜欢旅行，一旅行就会肚子疼，一想到要从一个地方到另一个地方去，就觉得厌烦。他一想到陌生的街道、陌生的房间、陌生的面孔和陌生的声音，内心就充满了恐惧。旅行打乱根深蒂固、精心策划好的日常生活，不仅如此，还会占用父亲所谓的"职业演练"时间。

很多人都喜欢旅行，但对于那些不喜欢旅行的人来说，他们所经历的大概是这样：一次旅行关乎的不仅仅只是旅途本身，还包括你在出行前，回家后想到这次旅行时花的所有时间。我不知道此处用"想到"这个字是否恰当。你或许完全可以控制自己不去想旅行的事儿，但难免会觉得自己或多或少受到了旅行的影响，旅行的事儿始终萦绕在心头，早在出行之前就得想着，旅行结束后很长的一段时间里也得想着——与流感没有什么不同。

父亲曾经说过，"我的起飞跑道和着陆跑道都很漫长。"

尽管如此——父亲在他生命最后的时光里，还记得"渴望"这个词，还渴望去旅行，渴望离开法罗岛，回到斯德哥尔摩。

＊　＊　＊

他：是的，我渴望能在海德维格·埃莱奥诺拉教堂附近拥有一间两室户的小公寓……要么在斯托嘉坦街上，要么在津福鲁格坦街上，要么在西比勒格坦街上……我想念去剧院的时光，想念去听音乐会的时光。我发现自己怎么也忘不了这些。

他将双手放在了轮椅的车轮上，给她看，自己无论怎么晃动胳膊，车轮都纹丝未动。

他：我能想象出自己住在一室户小公寓里的画面……还记得格雷维特勒加坦的那间公寓吗？那就是我理想的住所，我如今就想住在那儿度过晚年时光。不过我不太可能会住到那儿，对吧？

他故意叹了口气。

她：我也不知道……也许吧？

他：也许？

她：嗯，为什么不太可能呢？

他：我也不知道……不知道你能不能想象出席一场管弦乐队排演时的画面，那是独一无二的体验。你打开了门，走进了一个大音乐厅里……

＊　＊　＊

七年之后，我躺在奥斯陆家里客厅的沙发上。丈夫和女儿在楼上睡着。眼下正是夜晚或清晨，再过好几个小时天才会亮。我听着录音。时间是四点整。我躺在沙发上，腿上放着苹果笔记本电脑，写下了我和父亲所说的每一个字，边写边把瑞典语翻译成挪威语，我感到了一种解脱，或许是因为这样做，我就拥有了这些声音。我向伊娃借了她那副大大的蓝色耳机。录音里，父亲说他想回到斯德哥尔摩，想搬进海德维格·埃莱奥诺拉教堂附近两室户的小公寓里，他还剩下两个月的寿命。我虽然忘了有过这段对话，但能从自己的声音里听出来，我当时正掂量着是反驳父亲，说"嗯，可是爸爸，你现在动不了了，这儿就是你想住的地方"，还是迁就他，说"是啊，你应该搬回斯德哥尔摩住"，但最后，我采取的是折衷的方式。"我也不知道，"我这样说道，"也许吧？"接着，我又说："嗯，有何不可呢？"我们之间没怎么谈过死亡的话题，父亲如今的生活就已经够他受的了。他既健忘，又深受同样的梦境困扰，还要应付家里来来往往的这些女人。家里所有的窗户都大开着。这些女人都不知道窗户必须要紧闭。塞西莉亚没和她们说这事儿。眼下正是春天，阳光灿烂。窗台上的苍蝇嗡嗡作响。父亲好几次都说到了自己的眼睛，担心六月十八日下午三点要在维斯比医院做的那台手术，担心着整个流程，想着自己到时候要怎么开车去医院，怎么办理相关的手续。从哈马尔斯到维斯比大约需要一个半小时的车程。父亲曾说过，岛上的居民都不愿意主动去维斯比医院就诊。

"进了维斯比医院，就别想活着出去。与其死在维斯比医院里，还不如死在自己的岗位上。"

* * *

记录心脏早期发育的图表上这样写着：

"新生儿心血管于妊娠期第五周中段开始延长，最开始呈'C'形，逐渐发展为压缩的'S'形。"

一天晚上，我从绞痛中惊醒，并伴随着出血的症状，那时候，我怀着女儿，还远不知道这个孩子将来会叫伊娃。过去的几年里，我有两次妊娠期都分别出现了差错。一次是在妊娠十二周的时候出了问题，还有一次是在妊娠十周的时候。那天晚上，我正处于妊娠期的第十一周，醒来时出现了不祥的征兆。

当时是二〇〇三年的夏天，我和我儿子还有丈夫和他的两个孩子都住在安根，在岛上待了好几天了。我们还带上了家里的狗，但不是现在的这条，当时的那条狗叫布兰多，在布兰多之前，我们还养过叫马龙的狗。布兰多是条大型犬，那时候，我还没敢告诉父亲我们把狗也带来了，因此，每天晚上，父亲顺道来看我们的时候（他管这叫"晚间会面"），我们就会把狗锁进楼上的一间卧室里，但愿它不会吠叫，也不会发出呜咽声。我不想惹父亲生气，不想听他念叨着让我们要么把狗丢掉，要么离开这座岛，或是让我们在他和狗之间做个选择，因为他不想看到一条该死的杂种狗到处乱跑。那时候，我老是犯恶心，大多数时候都下不了床，没有和孩子们一起玩耍，没有写东西，也没有去丹巴看下午场的电影。我想象着自己在电影放映中途呕吐后，被赶出来永远禁止入内的画面。姐姐英格玛丽说，她之前怀孕的时候也老是犯恶心。她还说，这是家里世代相传的毛病。我喜欢姐姐"世代相传"这样的表达。

父亲打来了电话，声音非常温柔：

"你今天为什么不来呀？来的话可以在肚子上盖条毯子，就不会那么想吐了。我们还可以一起看格里高利·派克演的那部电影。"

"哪部?"

"就那部。两部电影中的一部……格里高利·派克演的那部。"

那天晚上,我醒来的时候觉得很害怕,害怕自己会失去肚子里的孩子,丈夫叫醒了最大的两个孩子,告诉他们我们得去医院了,让他们务必照顾好小妹妹,确保她吃过早餐,不要忘了遛狗,但别把狗遛到哈马尔斯那儿去,不然父亲就看到了,只能把狗遛到森林里,朝荒野的方向遛。之后,我们便开车到了维斯比医院。在车上的时候,我说道:

"与其死在维斯比医院里,还不如死在自己的岗位上。"

对此,丈夫回应道:

"有时候,你就是把你爸说的话太当回事儿了。"

我们事先就和船夫说明了情况,他们知道我们要去哪儿,也知道我们为什么要去。那天早上,不再是我们等着渡船,而是渡船在码头等着我们。

医院的走廊上一片寂静,助产士也很安静。印象中,她轻声说道,我需要去看医生,要做个超声波检查。她帮忙收拾好了我的东西,送我们沿着走廊往里走。

我躺在医生的检查台上,小隔间里一片漆黑,只有超声波设备散发着光芒。

345

我双手捂住了脸。

过了一会儿，医生碰了碰我的手臂。

"看。"他说道。

丈夫牵起了我的手。

医生指了指屏幕，小心翼翼地在超声图上移动着他的手指，像是在给我们看一张罕见的地图，我们不太相信自己看到的，也不太相信他和我们说的，因此，他便调高了音量，这样一来，我们就能听到胎儿稳定的心跳声了。

* * *

在倒数第二段录音里，父亲说自己想住在两室户的公寓里，之后，他又说自己想住在一室户的公寓里，再后来，他打开了门，走进了一个音乐厅里，音乐厅实在是太大了，许多鸟儿在里面飞来飞去。

他：我打开了门，音乐厅里有一百五十名音乐家，我知道，一次非凡、难以名状的……不可名状的……无以言表的经历正等待着我。无论是贝多芬的交响曲，还是全声部合唱团与管弦乐队共同演绎的《马太受难曲》，都让我深感震撼，这一切都无法用言语来形容。只可意会，不可言传。

她：只可意会，不可言传？

他：是的。没错。人生在世，没有更好的体验了。

丹巴那儿由一套正房、一套厢房、一家电影院和一间老旧的风车房组成，如今已将风车房改造成了一间小公寓，一楼有个小厨房和一段狭窄的楼梯，顶楼有一间卧室，卧室里放着一张大床。我和哥哥姐姐小的时候，都会带着我们的男朋友或是女朋友到法罗岛来过夏天，风车房是给在一起还没多久的情侣住的。

"这些该死的风叶，"父亲指着风车上几百年来都未曾动过的四片风叶说道，"仔细修修还会再转起来的。"

电影院里，四节高高的台阶通往放映室。从放映室到塞西莉亚的办公室有一段楼梯，又陡又窄，和梯子没什么两样，办公室有·阵也用作剪辑室。

从电影院出发，走直线穿过荒野、丁香篱笆和花园后，就到了一段木制的楼梯下面，楼梯不大也不小，扶手是蓝色的。上楼后，就到了正房门口，进去后就会看到一段令人眩晕的楼梯。

厢房刚建起来的时候，楼梯是在室外的，因此，原先要从一楼上到二楼，就必须先走到室外，上楼后再进室内。后来，厢房经过了整修，楼梯便迁到了室内。

父亲在法罗岛上生活了四十年，和当地的建筑师、木匠一起工作，不厌其烦地对房屋进行整修和扩建。我忘了在哪儿读到过，父亲那位住在斯利特的木匠朋友就曾建造过许多楼梯。

二〇〇八年夏末，我和丈夫、女儿还有家里新来的狗一起搬到了法罗岛，在那儿住了一年。父亲去世后，他所有的房子（哈马尔斯、安根、写作屋和丹巴）在处理好前都得有人照看着。我们在安根度过了搬来后的第一个秋冬，到了春天，我们就搬到了丹巴住。伊娃上了当地的幼儿园。我和丈夫还有伊娃说，我们现在是岛上的居民了，对此，他们并不反对，但岛上真正的居民似乎并不答应。在他们的眼里，我们是外人，不属于法罗岛。

刚从奥斯陆搬到法罗岛来的第一年秋天，伊娃就收到了我那做高校图书管理员的公公的一封信。伊娃当时快五岁了，信里大多是些废话，这是她第一次收到寄给自己的邮件。信封里有一张明信片，上面是一张闪闪发光的照片，照片里，蓝丝绒的手提包中装着一只灰褐色的小猫。
明信片的背面上写着：

"亲爱的，我最亲爱的伊娃，
小猫来啦，从挪威一路到了瑞典来向你问好！看到它白色的爪子了吗？爷爷和奶奶都迫不及待地想再次见到你。今天，我路过了你坐落于公园的母校，可所有的孩子都躲在里面没出来，只听到了他们的声音。"

我们在安根度过了漫长的冬天，之后搬到了丹巴住，那时候，公公也已经去世了。夏天同样漫长，一片寂静，酷热难耐，身上都黏乎乎的。我们每晚都带着床垫和被单下楼，到放着两架钢琴的房间去。以前，凯比常常会弹奏这两架钢琴，一架用来练习曲子，另一架用来演奏。如今，这两架钢琴上都盖着黑毯，宛如冬季的马匹。

家里就属这个房间最凉快，我们都摊开手脚躺在了地板上。

八月的一天傍午，丈夫开车前往奥斯陆，第二天才能到，晚上在厄勒布鲁过夜，就在那儿，他会遇上那个手腕纤细的女人。早在几个月前，他就计划着要回奥斯陆，可那时候，我还被蒙在鼓里。他发动了车子，迅速开走了。我记得他当时开得非常快，在这些狭窄的土路上一路疾驰，但之后，他还要赶两艘渡船。我们要搬回奥斯陆了。他带走了家里的狗和我们大多数的东西。我和伊娃还有大点儿的孩子们过几天再坐飞机回去。看不到车子，也听不到车声后，我穿过了荒野，来到了电影院的长凳前，坐了下来。电影院的钥匙就在我的口袋里。那一年，我每天都把所有房子的所有钥匙都带在身上，有时候，我会去父亲哈马尔斯的房子里溜达，在椅子上坐坐，在床上躺躺，翻翻厨房的抽屉，在书房里喝喝葡萄酒，打开所有的窗户。

父亲所有的房子都在出售中，我心想，所有这些废弃的房间和建筑很快就是别人的了。

我用钥匙打开了电影院锈红色的门，走过了一幅大大的壁毯，壁毯上描绘的是《魔笛》里的人物，有萨拉斯、摩罗、帕米娜、塔米诺、芭芭吉娜、巴巴吉诺和夜之女王，我顺着楼梯来到了放映室，又继续往上走，来到了塞西莉亚的旧办公室。父亲去世后，塞西莉亚离开了法罗岛，再没回来过。她说，"我在这儿的工作到此为止了。"办公室里乱糟糟的。纸张和活页夹都没有人整理过。每次到这儿来的时候，我都想着，我们得早日相聚，边想边整理好了所有东西。我发现了一个吸尘器，把它带下了楼，清扫了绿色扶手椅和绿色地毯。到处都是苍蝇的尸体。之后，我拿着吸尘器回到了办公室里，关上了所有灯，走出了电影院，锁好了门，又坐回了长凳上。

就在这时候，我注意到了一个年轻人，他正骑着自行车朝我这儿来。他正费劲地穿过防畜栏，一看就不是这儿的人。他骑着白色的自行车，一头黑发，穿着棕色的短裤和大大的黑色T恤衫。他一路骑着车来到了我坐的位置，在我跟前打着圈，像是有意让我看到他的存在，告诉我他来了。

"你好。"他说的是英语，不过带着口音。

"你好。"我回应道，扭头看向了别处。

他在我的跟前停了下来，离得很近，我一伸手就能碰到他，还能把他推下自行车。

"这是电影院吗?"他问道。

"是的，"我回答道，"不过，这其实是一个仓库。"

"这就是大师的私人电影院啊。"他的语气中透着敬意，像是提前练习过的话语。

我扭头看向了别处，没有回答。

"我是从德国远道而来的。"他说道。

"骑着自行车来的？"我问道。

他突然大笑了起来，笑了很久，之后又突然不笑了。

"不是的，这辆自行车是我在福勒松德租来的。不过我是从德国远道而来……想来见见大师。"

"你来自德国哪儿？"

"汉堡市。"

"好吧，很抱歉，你来这儿想见到的人已经去世了，"我说，"他两年前就去世了。"

"这我知道，"他压低了自己声音，"可我能感觉到他无处不在。要知道，这对于我来说是一种朝圣之旅。"

他下了自行车，任车翻倒在草地上，坐到了我的身旁。

"我刚刚看到你从那里面出来了，"他说，"你有钥匙。能不能让我进去看看？"

"不行。"我说。

他顿时傻了眼，像是故意摆出一副目瞪口呆的样子。仿佛我刚刚说的不是"不行"，而是"给我看看你目瞪口呆的样子"。

"不行吗？！"他问道。

"不行。"我回答道。

他目不转睛地看着我。

我从长凳上站了起来，双手插在口袋里，看了一眼他丢在草地上的自行车。我把手从口袋里拿了出来，把自行车扶了起来，靠在了石灰墙上。

"可我刚刚还看到你从里面出来了，"他说，"你有钥匙。"

"没错，"我说，"可我现在不想再进去了。奇怪……"我没有再继续说下去，不愿解释。

他站了起来。

"你不想再进去了？"他提高了音量，"哪怕只占用你宝贵的五分钟，带我看看他的电影院也不愿意？"

"不愿意。"我回答道。

"不愿意？"

他坐了下来，又站了起来，说话的语气近乎哀求：

"可我大老远地跑到这儿来，就是为了看看这电影院。"

"额，很抱歉。"

他走到了自行车旁，骑了上去。不一会儿，他停车转过身来。

"你这人不怎么样，"他大叫道，"我一天到晚遇上的都是好人，而你却不怎么样。"

他穿过了林中的空地，骑上了公路。

"等等。"我喊道。

他的双腿苍白，在棕色短裤的衬托下显得格外醒目。

"等等。"我再次喊道，开始追着他跑。

他停下了车，转过了身子，双脚放到了地面上。我跑到了公路上，和他分别站在防畜栏的两旁。他看上去顶多只有二十来岁。

"回来，"我尽可能冷静地说道，"我可以开门带你到电影院里看看。"

"不用了。"他交叉着双臂回应道。

"没关系的，"我说着，向他靠近了一些，"只是你刚刚出现的时候太奇怪了。我本来是一个人坐着的，可你接着就突然出现了，之后……回来吧，我带你去看看电影院。"

"不用了，"他说道，"现在已经太迟了。我不想去看了。"

他转过了身子，双脚放回了踏板上，骑车走了。我看着他消失在路的尽头，他最后一次转身看向我的时候，大声喊道：

"我不想去了！是你扫了我的兴！"

那年夏天，我时而会在止房的楼梯上跑上跑下，只想看看自己一口气能连着跑几趟。我和伊娃说了丁香篱笆那儿闹鬼的事儿。我父亲，也就是伊娃她外公（伊娃几乎忘了有这么个人）曾说过，要是不想撞上鬼，就得在所有的台阶上都摆上刀叉，伊娃觉得我们也该这么做，可到了晚上，伊娃问我为什么要告诉她这些破事儿，害她都不敢睡觉了。

娄·里德唱过这样一首歌，歌词里囊括了必须要记得教孩子的所有东西，其中的一句这样唱道，"教会他们遗忘的美好"。我几乎忘记了关乎父亲葬礼的一切。我只记得当时，牧师飘逸的长发上装饰着一朵玫瑰花，还记得她唱了一首哥得兰岛的摇篮曲，是用当地的方言唱的，因此没有人能听懂歌词。我只记得当时，大提琴手演奏的是巴赫《第五号大提琴组曲》里的萨拉邦德舞曲。我只记得父亲曾扮演过哈姆雷特，一度崩溃，痛哭到啜泣。我只记得父亲的棺材上有许多红花。我只记得当时，络绎不绝的送葬队伍在车子、教堂里进进出出，最后走了很长的一段路，穿过教堂的墓地来到了父亲的坟前，等待着迎接遗体。

随着第六天，也是最后一天的录音工作接近尾声，我和父亲制订了一项计划。我们的这项工作，这个项目，要写的这本书最起码还是有所进展的，而就一件事儿有所进展的时候，就必然会面临"下一步要如何进行"的问题。二〇〇七年五月十日那天，我得回奥斯陆了，几个星期才回来。

"不过。"我说道。

"不过什么?"他问道。

"不过，"我回应道，"我很快就会回来的，到时候我们就可以继续上次没有完成的工作。"

我会离开一阵子，但还会回来的。我们会继续上一次没有完成的工作。这就是新计划。

可我回来的时候，父亲已经很虚弱了，没法再继续工作，没法和我在约定的时间见面，也没法再用磁带录制对话了。他已经什么都不记得了，忘了我们的项目，忘了那些磁带，也忘了我。

我们之前的工作都是这样开展的：每次见面都以一项仪式收尾。首先，我们会再三确定当天的工作是时候结束了。之后，我们会聊聊午饭要吃什么，最后，我会推着轮椅上的父亲到他的书桌前。书桌上放着父亲的记事本，也叫簿子或日记。我翻了翻记事本，找到了我们下次见面的日期，写下了下次约定的时间。有时候，我们还会讨论要不要换个时间，不要十一点钟见面，可最后都还是觉得十一点钟最合适。之后，我们就会在记事本的那一页纸上签下我们的名字，就像是要签订协议。父亲的名字由我来签，我的名字则由父亲来签。这项仪式大概要持续二十分钟的时间。父亲不慌不忙地写着字。我的名字（Linn）由四个字母组成。父亲坐在轮椅上，而我则站在他的身旁，他不慌不忙地在记事本上写下了我的名字，手不停地颤抖着。我只好把手塞进了口袋里，以免突然从父亲的手里拽走钢笔，自己写完签名，"一个'N'，另一个'N'，写好啦。"

父亲时时刻刻都需要人帮助，或者叫照顾。他由六个女人轮番照顾，所有的决定都由塞西莉亚来做。他还去丹巴电影院的时候，放映机是由塞西莉亚来操作的，开车冲出路面的时候，也是塞西莉亚在沟里发现了他，英格丽德去世后，父亲步枪里的子弹也都是塞西莉亚取出来的。

我们原来的计划是每天都见面，可事实却并非如此。我们没有每天都见面，每次见面间隔的时间甚至都不止一天。在父亲生命的最后几个月里，我还没离开他身边，去奥斯陆待两个星期的时候，他的病情就已经急转直下了。我不知道此处用"急转直下"这个词是否恰当。衰老是一个复杂的过程，忽快忽慢，捉摸不定，永不停歇，不是在白天，也不是在夜晚。有时候，我们只会听听音乐。一次，我问父亲想不想换换口味，换张布鲁斯音乐的唱片听，或者听听爵士，抑或是福音音乐。要不然听听马哈丽亚·杰克逊唱的歌？可他却会说，"嘘……"或说要听"巴赫"，之后便会摇摇头。

有人曾问过大提琴家帕布罗·卡萨尔斯，他都九十多岁了，为什么还是会每天练上六个小时的大提琴，帕布罗是这样回答的，"因为我觉得自己在进步。"

有时候，父亲早上都起不了床，这时候，我就会坐在他的床边。其他时候，照顾他的其中一个女人会打电话和我说："他今天太累了。"或者和我说："今天不怎么样。"又或者："他今天不希望你来。"我不知道是谁每天决定我要不要来。是父亲吗？还是照顾他的其中一个女人？又或者是塞西莉亚？我也不知道自己不在父亲那儿的时候，他还知不知道我是谁。所有的日子、面孔和声音都化作了模糊的记忆。哈马尔斯仿佛起了一阵雾，来来往往的所有人都因此而模糊。

塞西莉亚留着一头乌黑长发，长着一张漂亮的脸蛋，她在餐桌上留下了一张便条："他不想任何人打扰！明天别来这儿！"

塞西莉亚有她自己的计划和安排，与我的计划和安排相互冲突。

* * *

父亲有个罕见的本事，能让人觉得自己是他唯一看到的，听到的，并选择的人。他会拉着你的手说，"跟我来，"这时候，你也许一时半会儿，或是在很长的一段时间里，会以为这是他第一次和人说这话，以为这个世界是你和他共同来面对的。就算父亲年纪大了，一只眼睛看不见东西了，身体虚弱了，记忆力差了，口腔溃疡越长越大，都碍着舌头了，离不开轮椅了，瘦得只剩下皮包骨了，也依然拥有这样的本事。"留下来陪我。不要抛弃我。我只允许你靠近我。"

他或许还说："我们俩太像了。都是回头的浪子，夜里的兄弟。"

有人爱着你，有人不爱你，有人可能曾经爱过你，有人曾经爱着你，有人视你为至爱。假如爸爸是一首歌——想到他拥有过的所有女人，经历过的所有破裂的爱情，所有的遗憾和所有的言语——那么，这首歌会融入许多乡村音乐和布鲁斯音乐元素，尽管他本人不太关注，也不太了解这两类音乐。

此处，我试着去理解关乎爱情，关乎父母的东西，想知道在他们的生活中，独处为什么那么重要，想知道他们为什么如此害怕被人抛弃，胜过世上的一切。

这儿有一封父亲于一九五八年写给凯比，也就是第四任妻子的情书：

"今天，我收到了四封至爱之人的来信，最是让人着迷。其中的一封信里，她问我为什么那么爱她，又为什么'偏偏爱上了她'。

我是该试着回答这个问题？还是选择回避，转而用钢笔轻松写下一串动人的话语?

'爱'这个字是那样独特,承载感伤之余,还容易被滥用,因此,我不想爱你。

但我或许该试着去表达自己所有的感觉,这些感觉此起彼伏,如流水般填满了我的内心。"

父亲搬到哈马尔斯后,塞西莉亚向他许下了一项承诺。对于塞西莉亚来说,他从来都不像是一个父亲,相信他们也不是这样想的,同时,父亲的身份也不是追求者,也不是兄长,也不是朋友。那么,他们之间到底是什么关系呢?我知道他们会定期开晨会,也知道他们会用黄色的记事纸相互留言,纸上没流露出任何情感,到处都是FYI(仅供参考),ASAP(越快越好),e.g.(比如说),etc.(等等)之类的缩写。简短的信息都和实用的东西有关,关乎房子,关乎电影院,关乎账单和修理服务。父亲为人并不务实,从来不像我公公,会去森林里找块木头,给自己做个刀柄或是斧头柄,不过,他深知务实的重要性。务实是一项细活儿,意味着要把事情做好。

"宝贝,你做人一定要务实。爱情中也好,工作中也罢,都要务实。尤其是爱情。不切实际的爱情注定会失败。你没办法——怎么说呢?——你没办法拿一把沙子和无数动人的文字搭建出一座房子。你有在听我说话吗?"

父亲这辈子得到过许多女人的承诺,卡琳奶奶是第一个,塞西莉亚是最后一个。

等我老到生活不能自理了，会变成什么样呢？

这一问题不知不觉地困扰了他多时。

父亲浑身上下都充满了活力，斯德哥尔摩的公寓已经卖出去了。他终于可以一年到头都在哈马尔斯住下了。如今，他八十四岁了，眼下正是春天，风信子随处可见。他期待着自己成为法罗岛长老后新的生活。所以现在为什么要问这个问题呢？

　　一个姑娘正站在栏杆边上，扭头望着下方的水面，像是要跳下去。他在去福勒松德买报纸的路上。大雨倾盆而下。姑娘一动不动地站在那儿。他希望她能转头看到自己。姑娘年纪很轻，这一点从她那苗条的背影就能看出来。渡船轰隆隆地震动着。大雨倾盆而下，他启动了……那叫什么来着？一切戛然而止。他身边的一切仍在继续，可他的内心深处却有什么东西戛然而止。姑娘没有转头。天下着雨，她盯着下方的水面，身体前倾，远远超过了栏杆的边缘，他想着她是不是想跳下去，启动了……额，那东西叫什么来着……？下雨天会在车上启动，来回摆动唰唰响的东西，叫什么来着？

大雨倾盆而下，父亲坐在吉普车里，怎么也想不起来"雨刷"这个词，换做是我，要是再也说不出自己的想法了，会出什么事儿呢？

我要是髋部出了问题，眼睛看不见了，失去自己的语言了，会怎么样？

父亲这辈子都在和语言打交道，都在和写作打交道，常常要用到钢笔和黄色的记事本，还要遵循严格的规定，电影布景时，父亲的周围都是演员和技术人员，这些人都知道要如何完成自己的工作，只有在这时候，父亲才想打破这些规定，却又没有那个胆子。这些人都是他的同事。"同事"——多么动听的词啊，可他坐下来写东西的时候，都是一个人，身边什么人也没有，只有鬼魂，偶尔会有该死的评论家（"我鄙视你，讨厌你，希望你大祸临头，更希望你这辈子至少有过一次懦弱"）。父亲的书房里一片寂静，这并不完全是一件好事。文字并不容易酝酿，写出来的时候或许还会杂乱无章。许多句子纠缠在一块儿，没有头也没有尾。维特根斯坦曾说过，"语言的边界就是世界的边界。""可现在呢，"父亲问道，"我现在就要失去自己的语言了，又会发生什么呢？"一切都马上会荡然无存，留下的只有碎片。

父亲从床上坐了起来，想到了斯特林堡。"你究竟是怎么做到的？"斯特林堡回答道，"我生活在言语凌乱的世界里。"

有关写作的言论同样也可以用到衰老上。这又让人想起了斯特林堡说过的话："眼前的风景与我格格不入，这绷紧了我的神经，我就要崩溃了，就要逃走了。"不过……有时候，写作其实是一件乐事，十分容易。有时候，我可以在任何地方写下任何东西，还可以倒立着写东西。世界都变大了，焕然一新。父亲肯定会说，"或许会有人用'优雅'来形容这样的场景。"一切都很容易。

可衰老就完全是另一回事儿了。

我觉得衰老是一项艰巨的工作，单调乏味，折磨人，还很花时间。

父亲每次离开书桌，经过家里安静的房间时，斯特林堡都会在墙上不以为然地看他一眼，在父亲看来，家里就像是一个舞厅，有一千扇窗户。

"你试着回顾往事，有所规划时，许多东西都会变得至关重要，"父亲在他的一本自传体小说中这样写道，"而你要回顾的这件往事，只是些随处漂流的记忆的碎片，要用常识和丰富的想象力才能拼凑出完整的记忆。有时候，我能听到这些碎片微弱的声音，或鼓励我，或责备我，说着'事情根本就不是这样。事实并非如此'。"

一天，父亲叫塞西莉亚来开会。塞西莉亚，听我说，我信任你。我没有多少年可以活了，已经开始忘事儿了，很多词都想不起来了，比如说"雨刷"。拜托，这没什么好担心的。年纪大了都会这样。我都八十四岁了，我不是在抱怨，也不是在发牢骚，只是有点儿吃惊罢了：好吧，好吧——我就要变成老古董了。这一切对于我来说似乎有些可笑，我的身体要出毛病了，而且让我惊讶的还不止这一件事儿。惊讶成了我的家常便饭。可是……（父亲将自己的大手搭在了塞西莉亚那细长的手上）……你一定要保证照我说的去做，事成之前不要离开，我想要你帮我做下面的事情：

　　我不想去该死的养老院。我想死在自己的家里，死在自己的床上。不能留下我一个人无依无靠，任由儿女摆布。我不愿遭受情感上的喧嚣，希望身边都安安静静的，井然有序的。愿我能安详地死去。

父亲一大家子在达拉纳杜瓦纳斯有一套房子，他第一次说自己想去瓦罗姆斯看望他母亲的时候，我是这样回答的："可是爸爸，她已经去世了，四十年前就去世了。"话音刚落，父亲就生气了，拒绝和我说话，让塞西莉亚叫了一辆出租车。我不知道他是给自己还是给我叫的那辆出租车。塞西莉亚耸了耸肩，继续做自己手头的事儿，过了一会儿，父亲就忘了刚刚发生的一切。他第二次说自己想去瓦罗姆斯看望他母亲的时候，我就回答说："瓦罗姆斯太远了，这你也知道，坐车和渡船去那儿至少要花十个小时，而且我不知道她会不会在那儿。"他看了我很长时间，心里想着"她到底在说什么啊？"接着，就让塞西莉亚叫了一辆出租车。等他第三次说想去看望母亲的时候，我就不想让他再麻烦塞西莉亚了，也不想让他再提到出租车了，因此，我就和他说，"好呀，我想和你一起去瓦罗姆斯。"

"要不我就葬在这儿吧。"我不知道这是不是父亲的原话，反正大意如此。"嗯，不过等等。"教堂司事回答道。一般来说，墓地是由直系亲属来挑选的，不过教堂司事没有和父亲说清楚这事儿。尸体的主权是在活人的还是死者的手里呢？我们死后还是自己吗？如果答案是肯定的，不久之后也就不是了。尸体会化作尘土，在那之后，葬在哪儿都无所谓了——只要下葬就好，或火化，或遵循岛上几百年来的习俗，将遗体海葬。教堂的墙壁上挂着两幅画，稍大的那幅创作于一六一八年，小的那幅则创作于一七六七年，内幅画描绘的都是海豹猎人漂泊在海面上。我想司事那时候正想着那些海豹猎人，脑海中浮现出他们几百年前冒着严寒，在浮冰上挤在一起的画面。如今正是春天，阳光照在了司事和父亲的身上，但两个人都没有脱掉自己的夹克，自有人类以来，有幸一次又一次迎接我们的便是这片土地。父亲望向了墓地，望向了周围高大的树木和零星的墓碑。两个人都没怎么说话。"跟我来，"司事说道，"跟我来，再走进去点儿，我带你去看一处更好的地方。"

　　当你像他们当年（忘了是二〇〇五年还是二〇〇六年）那样走过墓地时，会来到一堵石墙前，墙后便是一片田野，到了夏天，羊群就在这片田野上吃草。

要不就选在石墙边的角落这儿?

父亲和司事在那儿站了一会儿。白蜡树的树冠间吹过了一阵微风。两人都没有说话。他们在那儿站了多久呢? 久到父亲作好了决定,至少我是这样听说的。

在安根、丹巴和卡尔伯加的房子还没卖出去的时候，家里的餐桌上每年夏天都会放着一张黄色的便条，上面写着欢迎词。

"星期一　晚上7点

亲爱的

小女儿!

热烈

欢迎你的到来

　　　　　　老父亲

明天十一点左右来见我吧。"

要是你愿意的话

在我十九岁那年，父亲去了希腊，他管这次旅行叫回到古代的时空之旅。他不顾自己对旅行的恐惧——对自由、未知和跌倒的恐惧——坐飞机从斯德哥尔摩到了雅典，在机场迎接他的一群人仪表堂堂，胸前、领带、衣服、电视摄像机和话筒上都绑着丝带，以示尊重。摄像机不时闪光，咔咔作响，一名女性嘶哑的叫喊声盖过了其他的所有声音："欢迎大师！"按照计划，接下来六个月的时间里，父亲要在斯德哥尔摩皇家剧院里导演欧里庇得斯的作品《酒神的伴侣》，还要和剧团里的助理们、技术人员们、舞蹈指导和文学顾问去希腊。他们此行的目的是来学习，长长见识，看看德尔斐神谕，并逛逛埃皮达鲁斯剧场。

英格丽德也跟着来了，但主要是为了拉着他的手。我不知道他为什么还带上了我。过去的几年里，爸爸和我都没说过什么话，我住在纽约，他则住在斯德哥尔摩，我是少女，他则是"你的老父亲"，他一年也没给我打过几次电话，每次在电话里都说自己是我的"老父亲"。我们之间的年龄相差很大（他在我小时候就说明了这一点），所以常常不知道要聊什么话题，但是后来，有一次，他提议让我跟他一起去希腊——我猜我们俩当时都觉得有些莫名其妙，让我先坐飞机去斯德哥尔摩，再和他还有英格丽德一起去雅典。我那时候在上大学，学的是文学，自然可以和他聊聊欧里庇得斯。好啦，好啦，看吧，女儿现在在上大学，学的是文学和摆架子。接下来的事儿你是知道的，我得眼睁睁地看着她成为一名评论家。这是我无法容忍的！我要把她从我的遗产继承人里删掉。宝贝，你要把两件事儿放在心上：其一，我希望你成为一名评论家，其二，我希望你在说到皇室的时候语气别那么轻蔑。西尔维娅王后令人敬佩。看看她举手投足之间是多么优雅啊。

父亲说，希腊之行将是一次回归大剧场年代的朝圣之旅。

坐车去机场的路上，英格丽德不太高兴，因为我穿的是破洞牛仔裤。

她对爸爸说："她出来旅游就没其他合适的衣服能穿吗？"

她对我说："你出来旅游就没其他合适的衣服能穿吗？最起码挑一条没有破洞的牛仔裤啊？"

爸爸对这次旅行充满了恐惧，带上了安定片。他的声音格外镇定，内心却并不平静，仿佛将他自己留了下来，派别人顶替了自己的位置，换上了他的衣服、四肢和所有显著的特征，还配备了提前录好的怪声。他说他同意英格丽德的说法，可英格丽德难道就不知道，现在的女孩子都喜欢买现成的破洞牛仔裤穿吗？难道她就不知道我的牛仔裤其实并不老气，反而是流行的款式吗？难道不知道我大腿、膝盖和小腿上的破洞、裂缝并不代表邋遢，而是表明我有为这次小小的旅行特意打扮过吗？

他转身看向了我，骄傲地笑了。

我们坐的是头等舱。英格丽德和爸爸坐在第二排，而我则坐在第一排。坐我身边的是一个英国人，他不仅占了自己所有的座位，还占了我的大部分座位。他一边喝着威士忌，一边看着《金融时报》，不以为然地瞪着我的破洞牛仔裤看。我的膝盖和手臂都凉丝丝的。

　　头等舱的座位十分宽敞，可我却被挤在窗边，多么希望自己能爬出窗外，消失不见。我看着飞机下的云层，听着身后的爸爸急促的呼吸声。这个英国商人摊开了他的报纸，身体也舒展得更开了。如今，他的报纸就贴在我的脸上，胳膊肘正顶着我。或许他根本就没有注意到我坐在他旁边的座位上吧？或许他根本就没看到我的破洞牛仔裤，也没看到裸露的膝盖？也许他看不见我？还有比别人瞪着你看，或是假装看不见你更糟糕的事儿吗？是看得见我，还是看不见我？不管怎么说，他的报纸就贴在我的脸上，胳膊肘正顶着我，而这一切，父亲肯定都透过座位的缝隙看到了，因为他站了起来，弯下腰，伸出手臂，宛如一只金鹰准备好了要向猎物俯冲突袭，用他那独特的美国、德国、瑞典三国混合口音对这个英国人说：

　　"把你该死的胳膊从她的座位上挪开。还有你的报纸。坐你旁边的是我女儿！我女儿！"

　　英国人的脸涨得通红。他合上了报纸，挪开了胳膊，说不出话来。与此同时，父亲就在他的身边转悠。

　　对此，连我都觉得有些不好意思，听到他道歉的时候，我的脸都红了：

"对不起，小姐。"

父亲哼了一声，混杂着类似嘶鸣的声音，之后便坐了回去，飞行期间没再说过一句话。

公元前三四〇年，设计师皮力克雷托斯在医神阿斯克勒庇俄斯的出生地，也就是埃皮达鲁斯的小镇上搭建了一个圆形大剧场。对于所有病人来说，这个剧场便是最为重要的治疗场所，足以容纳一万三千名观众。剧场的传声效果很好，无论坐在哪儿都能听到演员在说什么。起初，人们以为是风让自己听到了演员的声音，或是因为演员戴了双层面具，有扩音的效果，后来才发现，是因为剧场里的台阶能够滤除风等杂音。而这一切都缘于"虚拟音调"现象，就算是坐在最后面的听众本身也能填补消失的音调。

离开雅典前往埃皮达鲁斯的前一天晚上，我们是在一家餐厅里吃的晚餐。我和爸爸很久都没有一起去过餐厅和陌生人吃饭了，上一次还要追溯到我小时候，那一次，我和母亲来到了慕尼黑的一家豪华餐厅，他拒绝拥抱我，因为我一直在打喷嚏，我打喷嚏并不是像他以为的那样感冒了，而是因为我快一年没见到他了，从他看到我的那一刻起，我的鼻子就开始痒痒。他会注意到我的牙箍不见了吗？会觉得我漂亮吗？可如今，我们在雅典的一家餐厅里，周围坐着的都是瑞典和希腊的学者，还有剧场的工作人员，当时我十九岁，不再是个孩子了，爸爸穿着法兰绒格子衬衫坐在那儿，虽然不喜欢喝葡萄酒，却还是说"好的，请给我来一杯"，虽然从来不在晚饭前吃面包，也还是对着晚饭前的面包说"好的，请给我来一片"，我注意到父亲梳了一个别致的发型，长头发都梳到了秃顶处，父亲的英语发音近乎滑稽，我不知道桌上的其他人是不是也这样认为，也不知道父亲说过的话是不是真的，他觉得自己在许多情况下就像是他的一个表亲。

父亲举起了酒杯，指了指面包说，"我想为葡萄酒和面包这样的伟大发明而干杯。"他的声音听起来就像是从某位演员那儿借来的，扮演的是一位在林荫大道上溜达的懒汉。

在座的每一个人也都举起了酒杯，之后，父亲有些丧失了热情。上菜后，他悄悄地向服务员要了一杯啤酒。

我和父亲度过了漫长的一天，听了许多讲座，还在导游的带领下游览了许多地方，我们一路爬到了埃皮达鲁斯剧场最上面的一排长凳上，终于坐了下来。远处，人们在剧场底下的舞台上到处走动，说着话。我们能听到他们的声音，听到他们在说什么，但不是每一个字都能听得清楚。有人在说瑞典语，有人在说英语，还有的人在说希腊语。我注意到了一个女孩孤零零地站在那儿，和他人保持着一定的距离。我看不到她的脸，她很年轻，或许要比我大几岁。她戴着一顶大大的黑色宽边帽和一副黑墨镜，抬头看着天空，站在那儿一动也不动。太阳已经开始落山了，阳光很温暖，灰暗的天空中残留着余晖。

"我们无论用什么办法都没法在舞台上效仿那样的光亮。"父亲指着太阳说道。

我的目光从女孩的身上移向了翠柏和更远处赭色的山峰。这时候，刮起了一阵风。女孩头上的遮阳帽掉到了地上，追着风儿跑。

底下的声音渐渐消失了，大家都不约而同地转向了远处的山峰，仿佛正揣量着风是从哪里吹来的。

"我知道为什么……"父亲搂着我的肩膀说道，之后陷入了沉默。

"什么？"

"没什么。我也不知道。到了这儿，会让你思考。"

"思考什么？"

"思考几千年前，那时候的人们像我们如今这样坐在这儿的时候会是什么样子……我的意思是说，这儿就是一家音乐厅。"

父亲的胳膊依然压在我的肩膀上。我向他靠近了点儿。

"我要说的是，"父亲说道，"我知道他们为什么会觉得神灵就在附近。"

我们正坐在哈马尔斯的棕色长凳上，望着砾石路，望着父亲的那辆吉普车和自行车，还有松树。父亲坐在他的轮椅上，而我坐在一张折叠椅上。他叫我去拿他的鞋子。

"哪双鞋子啊，爸爸?"

"我的鞋子，卧室衣柜里的那双。"

"你的那双运动鞋?"

"白色的那双。"

"可你现在正穿着呢。"

"那就好。因为我们现在就得出发了。"

"去哪儿?"

"去瓦罗姆斯看母亲。"

"我可以和你一起去吗?"

"你当然要和我一起去。我刚刚在想我们可以坐火车去，不过还是决定开吉普车去。"

"可是爸爸，我没有驾照。我不会开车。"

他在轮椅上扭来扭去，生气了。

"又不是你来开车!"

"噢，好吧，那就好。"

"我来开车！"

"那当然啦！"

"我们马上就要出发了。去瓦罗姆斯。你去过瓦罗姆斯吗？"

"没有，从来没去过。"

"那你去过达拉纳吗？"

"也没有。"

"我的宝贝……你到底去过哪儿？"

"我没去过达拉纳。"

"那你听好了。你先去把我的鞋子拿来，然后我们就开吉普车出发——由我来开车。你觉得——我们要不要在教堂那儿停一下？我看不要。今天又不是星期六，所以三点钟的时候，钟声不会响起，以示休息日的开始。有一次，我坐在那儿等钟声响起，一直等到了三点钟，三点零五分，三点十分，可敲钟人始终都没有出现，我就像个傻子一样坐在那儿等着……我想为英格丽德点支蜡烛……我想点支蜡烛……到了三点十五分的时候，我拄着拐杖上了楼，往塔上走，自己来敲那些该死的钟。下楼的时候，牧师发现了我，说我不能到塔上去，还说上面有根保险丝熔断了。显然就是因为这样，钟声才没有响起。就是因为一根保险丝熔断了，钟声才没有响起！我便说，好吧，要是那样的话，你也许听说过一种叫'绳子'的东西。做人要守时，宝贝，做人要守时。我们现在不能再在这儿坐着闲聊下去了，你快去拿我的鞋子，我们要去赶渡船了。我们一共要坐两艘渡船。首先坐一艘小的，之后再坐一艘大的。你介不介意我们顺路去一趟乌普萨拉？我知道这样就得绕远路，但还是想带你去看看我小时候生活过的地方。你去过乌普萨拉吗？"

"没有。"

"没去过是吧，没关系。这也是没办法的事儿。我们赶上渡船后就吃午餐。我知道路上哪儿可以停下来休息。那儿提供住宿，可以过夜，还能看到美丽的湖景，吃到美食，不过我无论如何都不想在那儿过夜，我们必须在天黑之前到达瓦罗姆斯。我们可以在外面坐上一会儿，享受享受好天气，你要是喜欢，还可以喝杯葡萄酒。我想喝矿泉水。你知不知道矿泉水会导致脱水？这和矿泉水里的气泡有关，和二氧化碳还有盐分有关。医生说，我应该喝无汽水，而不是矿泉水。他说我脱水了！好啦，我们刚刚说到哪儿了……我离不开气泡。"

"嗯，可我们在路上的时候，你可以喝矿泉水。没关系的。我不会告诉任何人。"

"我们现在在哪儿啊？"

"在去瓦罗姆斯的路上。"

"我们的车在往北开。"

"往北开？"

"要往北开很长一段路。杜瓦纳斯离博伦厄不远，不知道这么说你能不能明白？它位于达拉纳。"

"我没去过达拉纳。"

"是的，你没去过。那这儿……？"

"我们现在在杜瓦纳斯？"

"对，在杜瓦纳斯……在杜瓦纳斯……再往山坡上开一小段路，就能在火车轨道的上方看到瓦罗姆斯了。我想母亲正站在窗边找我们呢。这会儿时间不早了。她正望着外面的公路。高大的桦树投下了影子，货运火车切换了轨道，河水流淌着，即便是在光线最亮的时候，也是黑乎乎的。"

塞西莉亚转身面向我，大喊道：

"你一天到晚都来这儿打扰他，脚步声那么大，吵得他不得安宁。你自己就没意识到这一点吗？"

她让我交还了房子的钥匙。确保父亲能待在安静的环境里是她的责任。这也是父亲的意思。我不可以随意走动。

"但是他叫我来的。"我说道。

塞西莉亚耸了耸肩。

"他是叫了什么人来。我想他要叫的不是你吧。"

父亲去世的那年夏天，天气阴凉。我有几张父亲在弥留之际与我的合照。照片里的我们坐在棕色的长凳上，穿着羊毛衫，父亲的腿上盖着一条毛毯，我戴着一顶古雅的草帽，父亲则戴着他最喜欢的绿色羊毛帽。

凯比的夏天依旧是在丹巴度过的。她的两位音乐家朋友前来拜访，他们邀请我和我丈夫去吃晚餐。也就是在这时候，我们计划要举行最后一次演奏会。

照顾父亲的其中一个女人说，她希望父亲能最后再听凯比弹一次钢琴，对此我们表示支持。如今，父亲几乎什么话也不说了，大多数时候都只是躺在床上，望着大花板，一到晚上就胡言乱语。叫安娜的女人和我说，父亲认为自己正从事着一项很难的翻译活儿，并和她说，这项活儿永远也做不完。她觉得父亲该出门走走，这会对他有好处。可我们什么也不能和塞西莉亚说，毕竟这座房子是由她来管理的，父亲每天的生活都由她按照既定的时间表来安排，而这所谓的时间表，很可能是她和父亲在很久以前一起制定的：起床，穿衣服，吃早饭，坐在书房里，坐在外面的棕色长凳上，吃午饭，吃晚饭，听收音机，上床睡觉，到了第二天，一切又重头来过。事实上，安娜划掉了时间表上父亲已经做不了的事儿（如起床），只剩下煎蛋卷还没有划掉。鸡蛋富含蛋白质，有益身体健康。在塞西莉亚看来，每天的生活就应该是一成不变的，没有心血来潮的事儿，也没有临时要做的事儿。如今，父亲的生命只剩下最后几个星期了，我们临时计划着要做一件事。后来的一天，我们就带着父亲出门了，悄悄地把他带出了家门，连同轮椅和其他所有东西都带了出去。我们人数众多，一共开了两辆车，像劫匪，又像小偷。我们偷走了父亲，开车从哈马尔斯出发来到了丹巴，到丹巴的时候马上就要两点了。我们相互帮着把父亲从车里弄了出来，弄上了轮椅。安娜推着轮椅上的父亲穿过了荒野，她带了许多年迈病人外出时可能要用到的东西，把这些东西都装在了一个大黑包里，由我带着。爸爸在队伍的最前面，安娜紧随其后，推着轮椅，她后面是我，带着大黑包。走在我身后的则是我丈夫，再后面是凯比的两个音乐家朋友。我们走啊，走啊。凯比正在远处蓝色扶手的楼梯最上面等着我们。她如今八十多岁了，扎起了头发，面带微笑。女性的美体现在站姿和动作中。父亲坐在轮椅上，转头问安娜我们现在在哪儿，要去哪儿。

"我们在丹巴，"我说道，脱离队伍跑到了他的身边，"我们要去见凯比，她答应过要弹琴给我们听。"

我们已经走了许久，第一次觉得眼前的荒野和花园是那么辽阔。我们是漫漫行军路上的一小支队伍，在丹巴，往放着两台钢琴的房间前进，去往世界上最小的音乐厅，凯比答应过要弹琴。

刚到目的地的时候，我们站在楼梯底下，一时之间不知道该怎么办，不知道要怎么把父亲送上楼，弄进屋里。

"来吧，"其中一位音乐家朋友说，"我们能做到的。"

队伍里人员的位置发生了变动。安娜到了最后面，我站到了她的身边，两个音乐家朋友则站在了轮椅周围，之后，随着"一，二，三"的口号声，他们抓起了父亲坐着的轮椅，连人带椅送上了楼梯，一节一节地踩着台阶上楼，推着轮椅进了客厅。

等大家都坐定以后，凯比坐到了钢琴前，抬起一只手，开始弹奏肖邦的玛祖卡舞曲。她在弹琴的时候，我看了看父亲的侧脸，不知道这儿是不是他想来的地方，不知道他这会儿是不是宁愿身处别处，此刻，他仿佛孤身一人在远处海面的浮冰上，凯比弹奏着肖邦的曲子，阳光透过窗户照进了房间里，已经两点钟了，之后又到了两点零五分，她弹给父亲听，给其他许多人听，仿佛在此之前已经演练过千遍，这是一场精心策划过的演奏会，她还准备了别的东西，弹完玛祖卡舞曲后，凯比将双手放到了腿上，转身面向了我们这一小群听众，正要开口说话，或许是要介绍下一首曲目，此时，父亲抬头望向了窗外。

"我想对你们表示感谢，感谢你们陪我度过了这样一个美好的夜晚。"父亲说道。他的这句话既是对所有人说的，又不是对任何人说的，是对白天与黑夜对午后明亮的阳光说的，阳光撒在了一块又一块宽阔的木制地板上，宛如一个又一个琴键。

我们都屏住了呼吸，很久没听父亲说过这么多话了，他的吐字也很久没这么清晰过了。他接着又说道：

"时候不早了，老头子我想回家了。"

所有东西都准备好了。没有其他要做的了。葬礼的时间已经定好。客人都在路上了。牧师已经写好了她的布道词，排练过了要唱的歌，选定了一朵玫瑰花，到时候要戴到头上。葬礼的一切安排都已经打印好了。风琴的演奏者和大提琴手都知道到时候要弹奏什么音乐。抬棺人也已经穿上了自己最好的衣服。近亲正准备和遗体最后一次道别。

家里所有的兄弟姐妹里，英格玛丽排行老大，她已经给每一位维斯比花商都打了电话，确保他们知悉家属的意愿：棺材上和棺材周围只放红色的花。要是有人想送黄色、粉红色或是紫色的花，花商主管就该坚决阻拦。

到时候会有哪些人来参加葬礼呢：英格玛丽的母亲埃尔斯是父亲的第一任妻子，已经过世了。第二任妻子埃伦是四个孩子的母亲，也已经过世了。两人在世的时候，都是赫赫有名的舞蹈家和编舞大师。第三任妻子贡沃尔是我那飞行员哥哥的母亲，曾是一名斯拉夫语教师，还从事过南斯拉夫文学及俄罗斯文学的翻译，托尔斯泰的《万物理论》就是她翻译的，她也已经过世了。第四任妻子凯比是丹尼尔的母亲，她是一名钢琴家，到时候会来参加葬礼。我母亲也会来。

母亲和父亲并没有夫妻之名，与母亲相爱时，父亲已经有了第四任妻子，还不认识第五任妻子，两个人是好朋友，是同事，母亲还很年轻的时候，父亲曾对她说，他们的命运痛苦地交织在了一起。

父亲的第五任妻子，也是最后一任妻子英格丽德是我姐姐玛丽亚的母亲，她的遗体很快就会从原来的坟墓里挖出来，和父亲合葬在法罗岛的墓地里。

父亲生前要求葬礼低调举行，只邀请最亲近的家人、最亲密的朋友、同事和岛上的熟人，熟人指的是父亲年老多病时，照顾过他的那些女人，还有搭建、整修过他的房子的那些人。

父亲生前就宾客名单作出过指示，明确要求名单里要包括他合作过的一些演员，但不是所有的演员，他离开剧场，搬来哈马尔斯后，非常想念这些演员。葬礼的时候，这些演员独自一人或两两成双地来了。沃格勒先生和太太还有埃克布罗姆小姐来了。阿尔玛和伊丽莎白来了。卡尔叔叔来了。那些饰演过自杀、骑士、妻子有外遇、爱哭鬼、音乐家和小丑的人也来了。资产阶级人士来了。女王来了，至少还带上了一位王子。棺材下放到地面上的时候，王子哭得很厉害，要漂亮极了的女人扶着才能站稳，这个女人陪伴在他左右，自己也感动落泪了。

来参加葬礼的还有许多记者和摄影师，但他们没有越过石墙。他们不可以进教堂，也不能进到墓地里。一家人雇用了三名警卫，以确保葬礼全程安静进行，这些警卫穿着黑色的防弹衣，戴着黑色的头盔，严阵以待，大造声势，看上去就像是在守卫什么重要的东西。记者们都穿着自己最好的鞋子，后悔不已，石墙周围的草长高了，因此，他们无论走到哪儿，都会不小心踩进羊屎里。送葬的人们或步行，或坐车，都陆续到了，大多在葬礼开始之前就早早地来了，羊群毫不在意。

依照传统，由宾客最先进入教堂坐下，最后才轮到一小队近亲到场，在第一排的长凳上落座。

* * *

几天前，我给母亲打了电话。我们有一段时间没好好说过话了，彼此之间或许只是顺便说过几句话。我想告诉母亲有关葬礼的安排，说说到时候的流程，讲点儿实在的东西——葬礼的时间、地点等事宜。我没有告诉她，爸爸在弥留之际，每天晚上都会躺在床上胡言乱语，最后演变成喊叫声和嘎嘎声。我也没有告诉母亲，到了晚上，父亲大多数时候都是由安娜来照顾的，安娜会弯下腰问他想说什么，他就会和安娜说，自己正从事着一项很难的翻译活儿。

在父亲弥留之际，我从没听他说过"翻译"这个词，我想他已经忘了这个词吧。可安娜说的要是真的，那么，用"翻译"一词来结束这一切就很恰当。所谓翻译，就是要在命名事物的同时失去一些东西，这看似不可思议。正如父亲那样，衰老本身便是一项翻译工作——将过去发生的一切翻译成将要发生的一切。

* * *

在他的一本有关父母的小说中这样写道：

"我不敢说自己讲的故事从头到尾都是真实的。有些内容是我拼凑出来的，同时，我也加上了一些东西，删减了一些东西，虽然往往只是闹着玩的，可这样的文字游戏却很可能要比现实更加清晰。"

* * *

依照瑞典的丧葬习俗，近亲参加葬礼时，男性有着装上的要求：所有人都必须打上白色的领带。对此，我并不百分之百确定，不过据我所知，其他国家都没有这样的习俗。葬礼是死亡的剧场，我想这话是普鲁斯特写的。

这一次，我们乘了飞机，先从奥斯陆飞往斯德哥尔摩，再从斯德哥尔摩飞往维斯比。女装和男装分别放在两个行李箱里。我们一行共有六个人：我、丈夫还有孩子们。几个孩子里，伊娃最小，只有三岁。我们带上了她喜欢的白色牛仔裙和一件粉红色的T恤衫，不指望她穿黑色的衣服。

我们到达斯德哥尔摩机场的时候，放男装的行李箱不见了，没在奥斯陆，也没在斯德哥尔摩，不知道哪儿去了，怎么找也找不到。我们要想在葬礼上全都穿着得体，就只好坐机场大巴去斯德哥尔摩买新衣服。飞往维斯比的最后一班飞机将于八点起飞，因此，我们只有几个小时的时间。我们要去的百货商店离皇家剧院很近，环境优雅，这将是我一个月内第二次去那儿，第一次是和姐姐一起去的，当初是要买葬礼时穿的裙子。这一次，则是和丈夫还有孩子们一起去，要买葬礼时穿的男装。

男装店里，接待我们的女人假睫毛很长，又黑又沉，她瘦小的身躯唯一能做的就是保持住睫毛的位置。我和她说，我们有三个人要买西装。

"对不起，您说什么？"

我再次和她说，我们要买西装，说的是挪威语，而不是瑞典语。每当我说瑞典语时，声音就很尖锐，我当时的声音也很尖锐。

"对不起，您说什么？"这个女人又问。她眨了眨眼睛。儿子目不转睛地看着她的睫毛，转身面向了他的继兄，问他觉没觉得这些睫毛会引发疼痛。

"对不起，您说什么？"这个年轻女子第三次这样说道，"我不明白您这话是什么意思……您要找的是女装吗？这儿是男装店。"

"男装。"丈夫用瑞典语大声说道。他深深地吸了一口气，把话又说了一遍，第二次说的时候冷静了点儿，但只是一点儿："我们想买三套男装！正要去参加葬礼，还要赶飞机，在赶时间。你明白我的意思了吗？"

一位老先生无意中听到了我们之间所有的对话，急匆匆地向我们走来，他的鼻子很灵，鼻孔很大，胸前的口袋里塞着一方丝帕。老先生把手搭在了这个年轻女子的胳膊上，点头示意她离开。他的脖子上挂着卷尺，口袋里装着针垫，声音温和，我好想爬进他的声音里取暖。

"葬礼啊，"老先生开了腔，"节哀顺变。节哀顺变。"他看了看我们六个，点了点头以示安慰。"你们能看到，我们这儿卖许多高端品牌的男装。有雨果博斯，阿玛尼，还有凯卓。我们这儿也卖其他品牌的衣服，价格要便宜一些。我总说：一个人不必花一大笔钱买一身好衣服。一切都会好的。我刚刚听到你说你们要赶飞机，是吗？你是不是死者的家属？是不是近亲？我可以问问有关死者的情况吗？他是你什么人啊……
你爸？你岳父？还是你爷爷？要是近亲的话，你们都得打上白色的领带。
请一个一个地站到这儿的踏凳上，让我来看看，给你们量量尺寸。"

＊　＊　＊

我们要迟到了。我要在父亲的葬礼上迟到了。"做人要守时，宝贝，
做人要守时。"这都要怪白色的领带。我和伊娃都换好了衣服，准备就
绪，坐在车里等着，十四岁的继女在外面的荒野上来回踱步，也换好了
衣服，准备就绪。从丹巴开车到教堂要十分钟的时间，我们必须要在
十一点四十五分的时候就到那儿，眼下已经十一点半了。我原来是想早
点到教堂的，本想把车停在旧商店那儿，在车里坐上一会儿，可现在，
我们要想准时参加葬礼，就必须要出发了。我掏出了自己的手机，给丈
夫打了电话，他和孩子们还在店里没出来。

"好了没？"我怒气冲冲地说道。

"来了来了，"他回答道，"我们不知道要怎么打领带。"

"不知道什么？"

我开始大喊大叫。

我之所以大喊大叫，并不是因为父亲去世了，而是因为没有人知道
怎么打领带，还因为我们要迟到了。

"我打好自己的领带了，"丈夫说道，"现在在帮孩子们打。一切都
会好的。"

"不会好的，"我大喊道，"不会好的。不会好的。不会好的。永远
不要说一切都会好的。"

"我们马上就出来了，"丈夫说道，"我保证。我们不会迟到的。还有的是时间。"

"一切都不会好的。"我大声喊道。

我挂断了电话，转身看向了后座上的伊娃。伊娃的瞳孔是宝蓝色的。她正坐在儿童座椅上，身上绑着带子，在维斯比租车的时候，我们多付了些钱买了个儿童座椅。座椅也是宝蓝色的，太大了点儿。伊娃看着我。我捋了捋自己的头发，想着该说些什么。对不起。别担心。妈妈不是故意大喊大叫的。我不想大喊大叫，不想吵架，也不想在孩子们面前出洋相，可我老会失态。我什么也没和伊娃说，转身望向了窗外。外面天气晴朗，而父亲过去喜欢下雨天。

"妈妈。"伊娃叫道。我转身看向她。她捡去了自己白色牛仔裙上的碎屑，盯着我看。

"妈妈，"她又叫道，"一切都会好的。"

荒野的那头，三个穿着黑色西装的男人正往我这儿跑，准确来说，是一个男人，两个男孩。可他们跑得太慢了，这时正刮着风，他们跑啊，跑啊，三条白色的丝绸领带迎风飘扬，就像是海鸥在空中紧绷的翅膀，他们终于来了，丈夫坐上了驾驶座，孩子们则挤在后座，我们在狭窄的道路上全速前进，开往教堂，赶去参加父亲的葬礼。

她：我们已经谈了很久了。

他：我们还可以再多谈一会儿……我没别的事儿要做。

她：好吧，那我想问问你在剧场的工作。

他：好，问吧。这么说吧，剧场是我的地盘。

她：你的地盘？

他：是的。

他大笑了起来。

他：说真的。剧场完全就是我的地盘。这是有依据的。剧场……电影……英格丽德。所有我珍视的人。但爱就是爱，不分排名，也不分等级。

她：你有没有过这样的担忧，觉得自己没必要全身心地投入到剧场这个小世界里……我的意思是说，你面对这样一个现实世界的时候，有没有过这样的想法？

他：没有，一直都是必要的。这就好像一颗跳动的心脏，一直会跳动下去。让一切开始。不然的话，就一起见鬼去吧。

她：我不知道……

他：风度是……一个人的风度会以最独特的方式表现出来。对于你我来说都是一样的。

她：你说对于你我来说都是一样的，是什么意思？

他：噢，我的宝贝女儿。你老是问我这些问题。你知道我说的是什么意思。来，我们吃饭去吧。

她：嗯，我们马上就结束了。

他：我们吃午饭吧？

她：四十五分钟后就可以吃午饭了。

他：四十五分钟？

她：是的，再过四十五分钟。爸爸，听我说，我有事儿要告诉你。我要去奥斯陆了，月底才会回来。

他：你要去哪儿？

她：我要去奥斯陆待几天，就是我住的那个地方。两个星期后回来。我一回来我们就可以继续写书的事儿了。我想我们应该把记事本拿来，写下我们下次见面的时间。

他：不要。

她：要的，就这么办吧。

她推着他来到了书桌前，翻了翻记事本，指了指几个地方。

她：我会回来的。一回来我们就马上开始工作。星期一，五月二十八日这一天，看到了吧，我们到时候就在这一天重新开始工作。

他：我不知道。

她：让我找一支笔来，把下次见面的时间写下来。

他：可是有个问题……我到时候要做眼科手术了。

她：是的，但手术的时间是六月八日。我回来的时候离那天还早着呢。

　　他：好。

　　她翻阅着记事本，指点着。

　　她：你眼科手术的时间在这儿呢。而我们下次见面的时间在这儿。

　　他：下次见面的时间是五月二十八日？

　　她：对。我要不要先记下来？

　　他：好。

　　她：看到了吧。五月二十八日。十一点。

　　他：这是我们下次见面的时间吗？

　　她：是的。

　　他：我要不要在这儿签上你的名字？

　　她：好的。

　　他在写字，录音长时间没有了声音。

　　她：那我就在这儿签上你的名字。

　　他：好。

　　她：就这么说定了。

　　他：没别的事儿了吧？

远远看去，他们就像是被召来跳舞的。队伍最前面的是抬棺人，中间夹着棺材，后面跟着的是牧师，牧师后面是家属，再后面是演员，演员后面跟着父亲的朋友、邻居还有岛上的熟人，最后面是三个殡仪馆的人，手上都捧满了大大的红色玫瑰花。人群中，一个穿着白色牛仔裙的小女孩蹦蹦跳跳地往石墙和敞开的坟墓那儿走，也朝另一头的摄影师们和羊群靠近。女孩的身后追着一个女人，她把女孩举了起来，带回到了队伍里。"我们现在必须要和其他人同行。"她轻轻地说道。明亮的阳光下，送葬的队伍交织成黑色、白色和红色。教堂和大海之间的路上，沿途开过了不太多的车辆，旅游旺季就要过去了，这些人大多是从渡船码头来的，或是去渡船码头的岛上居民。其中一些人在旧商店前放慢了车速，瞥了一眼教堂和上面的墓地。送葬的人流络绎不绝，两两之间似乎手牵着手，彼此搀扶着前行。谁也没有说话，大家都沉默着，却依然响起了无数的声音。教堂的钟声，照相机的快门声，一阵狂风吹起了人们的裙摆、裤腿、丝巾、西装翻领、领带和牧师身上乳白色的长袍。只见小女孩迎着风旋转，大笑着。

本书引用了以下文献：

[1] 亨利·亚当斯，自传《亨利·亚当斯的教育》，现代文库出版社，1996年。

[2] 塞缪尔·贝克特，《看不清道不明》，短篇小说集《无法继续》，格罗夫出版社，1980年。

[3] 塞缪尔·贝克特，《塞缪尔·贝克特的信》第三卷（1957—1965），剑桥大学出版社，2014年。

[4] 约翰·伯格，散文选《母亲》，年代图书出版社，2003年。

[5] 艾伦·霍伦德·伯格曼/莉娜·伊科思·伯格曼，《三个问题》，金钱豹出版社，2006年。

[6] 英格玛·伯格曼，《伯格曼论电影》，诺斯特出版社，1993年。

[7] 英格玛·伯格曼，《善意的背叛》，诺斯特出版社，1991年。

[8] 英格玛·伯格曼，《星期天的孩子》，诺斯特出版社，1993年。

[9] 贡纳·毕约林，《文集》第四卷，埃里克森出版社，1995年。

[10] 安妮·卡森，《司夜女神诺克斯》，新方向出版社，2010年。

[11] 安妮·卡森，《玻璃、讽刺和神》，新方向出版社，1995年。

[12] 约翰·契佛，《游泳的人》，《故事集》，年代经典丛书，2010年。

[13] 让·谷克多，《电影艺术》，玛丽恩博亚尔出版有限公司，2000年。

[14] 尼尔斯·弗雷德里克·达尔，《诺绍曼》，弗拉姆出版社，2010年。

[15] 彼得·达斯，《全集》，居伦达尔挪威出版社，1980年。

[16] 鲍勃·迪伦，山姆·夏普德，《布朗斯维尔姑娘》，出自专辑《烂醉如泥》，1986年。

[17] 居斯塔夫·福楼拜，《包法利夫人》，莉迪亚·戴维斯译，企鹅经典丛书，2010年。

[18] 维托尔德·贡布罗维奇，《日记》，耶鲁大学出版社，2012年。

[19] 凯比·拉莱蒂，《这一切的爱都是从哪儿来的?》，诺斯特出版社，2009年。

[20] 比吉特·林顿-马尔姆福什，《卡琳的回忆》，《卡琳·伯格曼日记(1952-1966)》，卡尔松出版社，1996年。

[21] 威廉·尼克尔，《托尔斯泰之死》，康奈尔大学出版社，2010年。

[22] 挪威卫生信息学，《心脏发育》，NHI.no.

[23] 费尔南多·佩索阿，《惶然录》，理查德·齐尼思译，企鹅现代经典丛书，2002年。

[24] 普鲁塔克，《写给新娘和新郎的忠告》，莎拉·B·波默罗伊编著，牛津大学出版社，1999年。

[25] 马塞尔·普鲁斯特，《追忆似水年华》第三卷及第四卷，特伦斯·克里马丁译，D·J·恩莱特修订，年代图书出版社，1996年。

[26] 赖内·马利亚·里尔克，《杜伊诺哀歌》，苏尔坎普出版社，1975年。

[27] 赖内·马利亚·里尔克，《马尔特手记》，岛屿出版社，2012年。

[28] 阿尔贝特·施韦泽，《论巴赫》，欧内斯特·纽曼译，多佛出版社，1967年。

[29] 奥古斯特·斯特林堡，《孤独》，阿维德·保尔森译自瑞典语，菲德拉出版有限公司，1971年。

[30] 米凯尔·蒂姆，《欲望与女儿》，诺斯特出版社，2008年。

[31] 丽芙·乌尔曼，《变化》，海尔格埃里克森斯出版社，1976年。

[32] 吉恩·伊丽莎白·沃德，《向杜甫致敬》，璐璐出版商，2008年。

[33] 弗吉尼亚·伍尔夫，《论生病》，巴黎出版社，2002年。